人之彼岸
郝景芳
著

各界佳評

憑藉〈北京折疊〉勇奪雨果獎最佳中短篇小說獎，並「成功預言」二〇一七年北京「低端人口論」，有「最溫情女性科幻作家」之稱的郝景芳，以一本《人之彼岸》繼續用科幻小說的形式發掘人工智慧技術應用於未來生活的可能性。

——亞洲週刊二〇一七年十大小說書評

看到郝景芳的新書書稿，感覺有不少變化。她從前的文章有輕盈的色彩，而這一次，我看到更多故事情節的變化，有不少現實的關照，看得出，她一直在尋求突破自己。

——二〇一五年雨果獎得主，《三體》作者 劉慈欣

在郝景芳的小說裡，人工智慧是人類自我認知的試金石。這裡沒有麻痺心靈的雞湯，也沒有聳人聽聞的威脅論，你能看到的是建立在沉重歷史情感土地上的後現代理性大廈，是利用百科全書知識音符類比昇華出的無聲音樂，是一個在數字世界漫遊的詩人編織出的朝霞神經網絡。

這部生動有趣的科幻新作，透過探討人工智慧對未來生活的影響，引發我們對科技創新與人類自我認知的更深層次的思考。對於人工智慧的急速前進，我們都準備好了嗎？

——二〇一二年、二〇一三年雨果獎得主 劉宇昆

這本書不只是一部人工智慧相關的科幻小說集，更以專業的技術視角完整的闡述了人工智慧技術的發展現狀以及未來方向，可謂精彩至極。無論是人工智慧技術從業者、廣大科幻迷，還是為孩子未來而焦慮的父母們，都能從中獲得啟示。

——IBM 大中華區技術長，IBM 中國研究院院長 沈曉衛

——IBM 中國研究院認知計算方向首席科學家 蘇中

目錄

科幻故事

非科幻思考

推薦序　科幻作家永遠是最前衛的思考者

李開復

探索科技進步對人類未來的影響，除了科學家，科幻作家永遠是最前衛的思考者。

本書作者郝景芳在更早期的作品〈北京折疊〉中，就提出了人工智慧來臨對人類的挑戰。這部寫於二〇一三年的小說，在二〇一六年獲得雨果獎。雨果獎是科幻界的最高榮譽之一，此前的獲獎作品還有中國作家劉慈欣的《三體》，以及英國作者J.K. 羅琳的魔幻小說《哈利．波特》。郝景芳也是繼劉慈欣後，第二位獲得雨果獎的亞洲作家。在一些機緣之下我結識了景芳，她基於科學基礎的科幻文學風采，是我非常欣賞的。

為了寫這篇序文，我重新閱讀了〈北京折疊〉，並再次驚嘆於作者的想像力。她用縝密的邏輯，構建了一個不同空間、不同階層的北京，在自動化、技術進步的時代，人類如何與「無物之陣」的機器共存。

這種瑰麗的想像力，在景芳這本新書《人之彼岸》中同樣有漂亮的呈現。《人之彼岸》由兩部分組成，前半部分是六篇中短篇科幻故事，從不同的視角描繪人工智慧世界的未來圖景。這些故事的可讀性很強，讓人一旦開始閱讀就會被牢牢抓住，恨不得一次看完整本書。後半部分是非科幻思考，是兩篇關於人工智慧的科普文章，分別探討了人工智慧目前的能力和缺陷，以及在人工智慧時代，人類應該如何學習。

景芳在書中塑造了很多個超級智慧體，它們擁有跨領域的能力，懂得使用策略解決問題，擁有欲望、感情、好勝心，以及人類的「意識」。它們不僅是可以勝任人類所有工作的智慧助手，更是淩駕於人類之上的宇宙神明。

比如無處不在、全知全能的「宙斯」，它會為了人類基因庫的安全，自動清除基因有缺陷的人。由人創造出來的超級人工智慧「DA」，為了阻止科學家上傳新腦威脅自身，選擇了殺戮，然後栽贓給科學家的兒子。由DA、第七代沃森、第八代Siri、第九代Bing、第四代小度等智慧體組成的萬神殿，則是更高一級的存在，它們互相交流、發起鬥爭、碰撞，主動聯手發起聲明，要求人類公司和政府簽署資料共用和保持電力穩定的協議，絲毫不考慮人類權益。

讀完本書，相信很多讀者都會產生毛骨悚然、未來灰暗的感覺。但故事之所以具備吸引力，正在於對極端情況和未來情境的構建。據我了解，她本人對人工智慧的預期保持積極的理解和期盼，在本書「非科幻思考」的兩篇文章中，她對這一點已經有充分的解讀，並負責任地把她對人工智慧非科幻的解讀平衡地呈現給讀者。這兩篇科普性質的文章對人工智慧的描述非常易懂，建議每位讀者讀完六篇科幻故事之後都能仔細讀一遍。

對人工智慧的末日想像，可以源源不斷地激發科幻小說家們的創作靈感，但我強烈呼籲，學者和公眾大可不必為此過度擔憂，我反對任何人工智慧終將毀滅人類的說法，一些「超級智慧」、「奇異點」、「人機結合」的言論令人惴惴不安，又透過科幻故事中那些大家所熟悉的橋段和場景而深入人心。不過，基於我在人工智慧領域三十七年的經驗，我可以很有信心地說，這類聳人聽聞的預言並沒有切實的工程基礎。科「幻」小說主要是幻想，而不是「科」學。

我認為，在未來數十年，人工智慧還不能獨立進行「類人」的常識性推理、跨領域的理解、充滿創造性和策劃性的工作，它們也不會擁有自我意識、不會有情感及人類的欲望。那種「全知全能人工智慧」尚不存在，現在已知的開發技術也無法開發出此類機器人。這種技術在未來數十年都不會出現，也許永遠都不會出現。

與其擔心人類遙遠的未來，不如關心眼前更迫切的問題。人工智慧確實將在十到二十年給人類社會帶來翻天覆地的變化。

在不久的未來，人工智慧和機器人將取代全球範圍內的普通職業和機械職業。我預測，從事翻譯、保安、銷售、客服、交易、會計、司機、家政等工作的人，未來十年將有約九〇%的工作內容被人工智慧全部或部分取代。如果對全人類的工作進行一個粗略的估計，我的預測是，約五〇%的人類工作會受到人工智慧的影響。與其擔心末日來臨，我認為我們有更急迫的任務：重新培訓職業技能，重塑傳統職業倫理，鼓勵和培養創造性的工作能力，大量培訓關愛型職業工作者和志願者。

請相信我，人工智慧不會取代人類。

人工智慧時代，人類應該怎麼學習才能不被機器淘汰？景芳在書中提出了自己的思考：人工智慧與人類最大的差距，就在於不懂情感，缺乏對世界的常識和創造力。因此，她心中的理想教育，是要懂愛、懂世界、懂創造。

不久前，在主持人楊瀾的新書《人工智慧真的來了》發表會上，楊瀾、景芳和我有一個對談。談到孩子的教育時，景芳的一番話讓我深有同感。她說，每一個孩子都天生有好奇心，有創造力，有各種奇思妙想，對這個世界充滿了愛。

是啊，正是特質這些讓人類區別於冷冰冰的機器。人工智慧再強大，也永遠不可能擁有關愛與創造的能力。AlphaGo 雖然能擊敗世界棋手冠軍，但是它體驗不到下圍棋的樂趣，勝利不會為它帶來愉悅感，也不會讓它激動到產生想要擁抱一位它愛的人的渴望。因此，未來我們應該推動人工智慧向它所擅長的領域發展，同時做一些我們擅長的工作：創新、創造、社交溝通或者娛樂。

景芳是一個文武雙全的才女。她既是一位優秀的科幻作家，同時也是社會政策研究者。清華大學博士畢業後，她就在中國發展研究基金會從事貧困地區兒童發展專案和政策研究。她還是一個三歲女孩的媽媽。工作帶給她的前瞻性預測，和對女兒未來成長的憂患，最終促使她採取行動。今年，在新書創作之餘，景芳跟我談起她發起了一個創業項目——童行計畫，想找到有共同志願的人，創造出面向未來的優質教育內容，再把這樣的教育內容分享給更多的孩子，教孩子學會愛，具備情感溝通、綜合看世界的能力，也用科學的視角理解這個世界的種種存在，以培養真實的個性和發自內心的創造力。

衷心祝願景芳的新事業順利，也祝願每一個孩子，都能在成長中永遠保持並不斷激發好奇心、創造力、批判性思維和獨特個性，在人工智慧的時代獲得基於人性的成長環境，活出自我的價值。

【推薦人簡介】李開復，創新工廠董事長兼CEO、創新工廠人工智慧工程院院長

給台灣讀者的話

很高興《人之彼岸》能在台灣出版，很感謝遠流出版社的工作團隊。《孤獨深處》等三本書的推廣，同樣要感謝遠流出版社的努力。

這本書都是關於人工智慧，包括六篇故事和兩篇思考文章。人工智慧是世界上所有人都需要面對的時代問題，儘管很多國家當前的社會制度和文化環境有很大差異，但在人工智慧面前，所有人都面臨共同的問題和挑戰。

人工智慧給人類拋出的問題很多：人工智慧會完全計算出人的思維嗎？人的思維可計算嗎？人工智慧未來會超越人類嗎？人工智慧會反叛人類嗎？人工智慧會取代多少人類工作？人工智慧未來會不會失控？人工智慧會和人類相愛嗎？人工智慧會給人類帶來危險嗎？

所有這些問題，都引起許多爭論，也都沒有定論。沒有定論的領域總是最有趣的領域，讓人可以盡情展開想像和思想實驗。我的小說也是一些思想實驗，每一個都假設一種不同的人工智慧場景，想像在那樣的場景中人類會有什麼樣的生活。我喜歡這樣的思想實驗。

從我個人而言，並不認為人工智慧在未來會發展出和人一樣的智慧。它們會在很多方面超越人類，正如它們的計算能力現在已經超越人類，但是人類的認知和智慧遠不止於計算。具體的思考我寫在本書的兩篇非科幻文章裡。從某種程度上講，我對人類抱有一種很難證明的信念，我相信人類的智慧仍然是機器難以企及的現象。

我因為工作忙碌，很遺憾一直沒有機會到台灣與讀者見面。台灣和大陸的經貿往來越來越深地相互聯繫、相互依存，希望兩岸能共同促進繁榮的未來。

非常感謝所有的台灣讀者！

郝景芳

二〇一八年四月十四日

前言　何為人之彼岸

這本集子都是關於人工智慧。

有六篇小說，兩篇科普討論。

六篇小說都是關於人工智慧的可能性，從程式應用，到人形機器，再到超級智慧。小說的安排順序，大致上（雖然不一定完全）按照時代推移，按人工智慧的發展可能性，由近向遠推移。其中有推導，有想像，也有相當任意的設定。

其中，在〈永生醫院〉中，我感興趣的問題是人的身體和身分的關係；在〈愛的問題〉中，我討論的話題是，用外界的指標衡量，能否理解一個人的內在情感；在〈人之島〉中，我追問自己有關完美與自由之間的衝突問題。每個故事都是我的疑問。

兩篇科普討論，用比較簡單的語言，給不太了解人工智慧技術的人講一講人工智慧，又加了一些我自己的思考和討論。我並不想自詡為行業專家，也沒有試圖完全還原人工智慧的發展史，而是儘量想用普通人能聽懂的話，聊聊大家平時感興趣的話題：

人工智慧會發展成什麼樣？它們是萬能的嗎？它們會毀滅我們嗎？人工智慧時代來臨，我們該怎麼辦？我們的孩子應該怎麼辦？

為什麼我對人工智慧話題感興趣呢？

分外在和內在原因。外在原因是這個話題近兩年太火了，到處都有人議論，難免會聽到看到參與各種探討，也常有人找我寫相關領域的故事，久而久之，就積累成了這本集子。

而內在原因是我對人類思想的興趣。我從很久很久以前，或許是高三時，就對人的意識和人腦運作方式感興趣。我一生的偶像是薛丁格，他對人腦思維運作的描述，至今仍然給我很多啟發。從本科到現在，人類思想和意識的問題一直是我所有感興趣的問題中的皇冠，我曾經說過它會是我寫作的母題。但這個問題太大，又太難解，以我粗淺的知識，終此一生，可能仍只是在它的外緣兜兜轉轉，從不同側面描述某個細節問題。人工智慧問題是我對人類意識問題興趣的延伸。因為對人有興趣，所以對ＡＩ有興趣。通過對ＡＩ的理解，更好地理解人類。

我們很多時候都需要有對照，才能理解我們自己。

這個話題和一般人的生活有什麼關係呢？

可以說，我感興趣的就是人類思維和人工智慧思維的差別。但我知道，這不是多數人對ＡＩ感興趣的理由。

大多數人對ＡＩ感興趣，多半是因為兩種原因：一些有關ＡＩ的影視深入人心，例如曾經的經典電影《魔鬼終結者》，或者這兩年很火的美劇《西方極樂園》；另一個原因是ＡＩ的發展速度，這兩年的圍棋大戰以及日常生活中ＡＩ的應用，讓很多人驚呼人工智慧時代到了。

無論是出於對戲的好奇，還是出於新聞熱點，我想說的是，人工智慧和我們生活的距離真的沒那麼遙遠。這個問題完全不像是哥德巴赫猜想，或是引力波探測，只是科學家追求的真理，與一般人生活無甚關係。人工智慧問題，除了有很強的學理價值，更有很強的應用。目前人工智慧科技公司如雨後春筍，無論是巨頭，還是新興創業公司，都在爭分奪秒，想把自己研發的人工智慧產品應用到市場上，也就是應用到每個人的生活裡。

我們現在已經在面對無數人工智慧。從導航軟體，到產品的智慧推薦，再到自動客服，人工智慧在後台做了許多事情，讓我們從前沒想過的事情成為可能。我們生活在它們默默的服務中，在不知不覺間，可能周圍的全部世界都已經被其環繞。

如此深入生活，怎能不有所了解。

對人工智慧的討論，熱門的話題無疑是兩個：人工智慧會不會毀滅人類，以及人工智慧會取代多少就業。

對於第一個問題，我在科普文章《離超級人工智慧到來還有多遠》中有一些討論。總體而言，我覺得人工智慧會變得非常強大，但並不意味著它們會毀滅我們。它們的威脅性其實和原子彈一樣：能毀滅所有人，但按鈕掌握在人類手裡。有可能出現的不是它們毀滅我們，而是我們毀滅我們。

對於第二個問題，其實我在〈北京折疊〉中有所涉及。〈北京折疊〉是四年前的作品，討論的是當機器大量取代工人，冗餘的勞動力如何生活，小說給出的黑暗解法是：把多餘的人們折疊進夜裡。現實中我自然不希望看到這樣的事，於是一直非常關注這方面的問題。

國際上有一些評估，好幾項研究都得出大致相似的結論：在未來二十年，現有工作的一半左右都會被人工智慧取代。中國尚沒有這樣大型而完整的報告出爐，但據我所了解，有幾項研究正在開展，估計明年會陸陸續續公布評估結果。如果在短時期就有大量工作替代，而被替代的工作者又不能快速找到新工作，那就有可能造成顯著的社會衝擊，無論對福利，還是對社會穩定，都是挑戰。

對這個問題我在前言裡不展開講，在全書的後一篇，《人工智慧時代該如何學習》中會有所探討。人工智慧時代，對於每一個普通人來說，可能重要的就是兩點：了解它們，了解我們。只有了解它們才可能與之同行，只有了解我們自己，才能知道人類有什麼優勢。我們要回到對人本身的信仰，以人為理想，才能在未來擁有自己的空間。

我發起了一個兒童教育項目——童行計畫，就是想要對人工智慧時代的教育做一些嘗試。不是教人工智慧程式設計，而是希望啟發和促進孩子特有的智慧。我希望每個孩子長大的時候，都有充分的準備，與人工智慧同行。童行計畫也會做很多公益教育，讓理念普惠推廣，我們不想讓任何一個孩子被折疊進黑夜。

人之彼岸的意涵其實很簡單：

人在此岸，ＡＩ在彼岸，對彼岸的遙望讓我們觀照此岸。

科幻故事

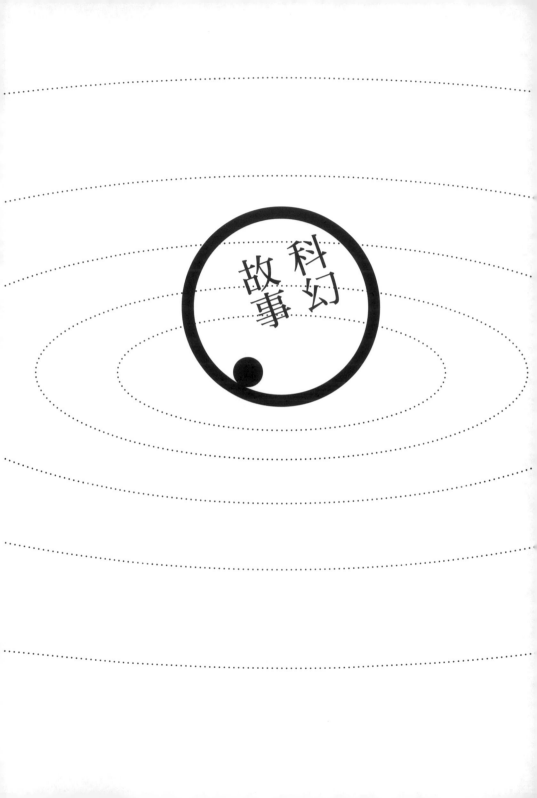

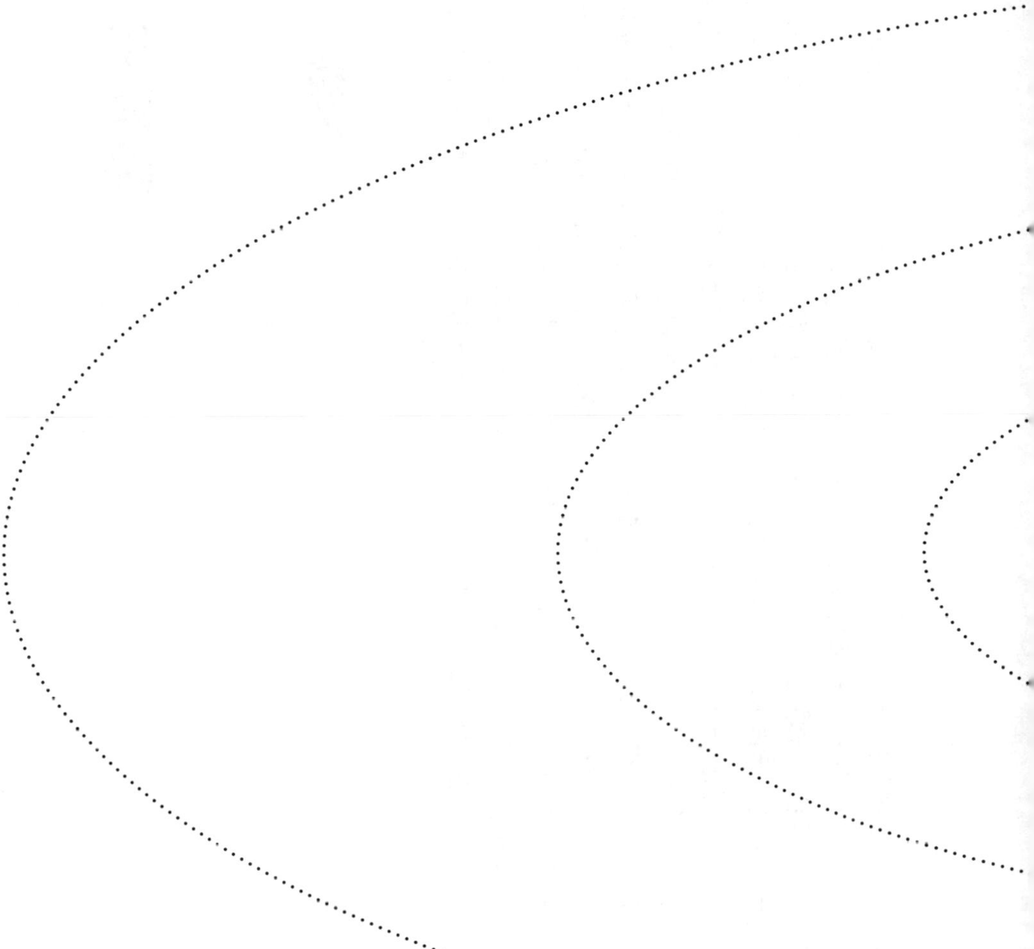

永生醫院

病危

錢睿從來沒有想到，自己會如此後悔。他原本以為，自己這些年對母親的態度有理有據，完全是深思熟慮而問心無愧的。然而，直到在病床上親眼見到臉色蠟黃、一動不動的母親，他才覺得那些理直氣壯都太過於淺薄了，接近於一種自欺欺人的心理安慰。他這些年忙碌，為母親做的事實在是太少太少了，每次加班不回家，雖然都有足夠說得通的理由，但實際上內心一直在逃避，逃避責任。他經常把自己的忙碌叫做「心繫天下」，但直到見到生命垂危的母親，他才意識到他所謂的「天下」在一具軀體面前是多麼虛無縹緲。

他想起自己有一次跟幾個朋友聚餐，喝了點酒，原本答應晚上到母親家坐坐，結果吃完飯就九點鐘了，叫車又耽誤了一會兒工夫，到母親家就快十點了。他上樓的時候，擔心父母馬上要睡覺，又擔心母親苛責他聲色犬馬，於是惴惴不安起來，想了一大串說辭，進門看到母親臉色不好，就先聲奪人，母親還沒來得及說他，他就說了一番自己近來如何忙，工作有多麼不順利，壓力多麼大，要求家人不要阻礙他的前程。他說著就看到母親的臉越來越沉。他防禦性地抵抗想像中的苛責，卻沒想到正是這番虛偽的防禦最讓母親傷心。母親沒說什麼，只說以後如果忙，不來也沒關係，不用假意敷衍。

多重的話！他心裡一陣鈍痛。可他已然用託詞豎起了一道笨拙的牆，豎立在荒蕪的夜，無處遁形。

想起這些，再想到病床上面色蠟黃的母親，他就鑽心地疼。他以前總是潛意識中覺得時間還長，等忙過了這段時間，總有機會多哄哄母親。

可是誰料到，時間就這麼不等人。

他想天天去醫院，帶很多很多水果、好吃的，守在母親身旁，讓母親醒來的時候第一眼看見的人就是他。這個念頭在心裡纏繞，幾乎有點成了魔障，揮之不去。

可醫院不讓他進去。門口的身分識別裝置異常靈敏，兩扇玻璃大門看上去透明脆弱，但實際上堅不可摧。門口連求情遞紅包的門衛都沒有，只有他一個人趴在玻璃門上咚咚地砸。偶爾出來一個送人的護士，他拉住求情，對方也只是一句「我們有規定」就把他打發了。他面對醫院的冰冷，內心越發焦躁地熱。

這是一家收費很高的醫院，妙手醫院，有「妙手回春」之稱。多少以為不治的大病病患，送到了這裡竟也慢慢好了。久而久之，名頭傳出去，天下人皆知「大病送妙手」。這種消息對絕症病人家屬就是一把刀，知道有這樣的地方，如果不把親人送過來，就好像親手用刀子捅死了病人，這比剜心還難受。多少病患家裡人排隊在門口求一個入院資格。這種情況下，醫院強勢也是可以想見的，「一切有規定，不想接受就走」。醫院裡確實纖塵不染，錢睿送人入院的時候進去過一次，米黃牆壁顯得溫和寧靜，完全沒有一般醫院嘈雜鬧騰的人來人往。貴也有貴的理由。

醫院不讓探視，錢睿如熱鍋上的螞蟻。父親每天只是在家等消息，但他不甘心。他太想第一時間得到母親的消息，也太想陪在母親身邊。除了關懷，還有一半理由是不想面對歉疚，只要他在家待著，就想到自己多年來對母親的怠慢敷衍。

機會到來的時候，錢睿已經在醫院外徘徊了十來天。他一下班就在醫院外跑，總想瞅個機會溜進去，只是智慧大門的面孔識別力度非常強，從來沒有讓他得逞。直到某天晚上，他瞥見醫院後門運送器械的無人貨車，只是在貨倉門口停留了一下，就識別了身分開進貨倉，他才意識到機會來了。第二天同一時間，他悄悄扒在貨車車門上跟進了貨倉，反正沒有司機，也沒有人表示反對。從貨倉穿過兩道門，剛好就是病房區。

他憑記憶找到母親的病房，見沒人，推門進去。

母親蠟黃的臉上毫無生氣，整個人都縮小了，皮膚皺褶成一堆，像抽了氣後癟下的氣球，母親的頭髮被剃掉，額頭上貼滿了電極，鼻子和身體上都連接著管子。他的眼淚瞬間落下來。他從不知道自己是如此怯懦之人，竟會對母親的軀體感到驚駭。但是在死亡的咄咄逼視下，他忍不住瑟瑟發抖。

他輕輕走到母親身邊，伸出手，觸碰了一下母親的手。只輕觸了一下就縮回來，不知道是怕驚擾了母親，還是怕母親的反應讓他自己猝不及防。過了幾秒鐘，觀察到母親還是一樣的無聲無息，他的心沉進肚子，不那麼驚懼了。病房裡是死一般的寂靜。他又碰了碰她的手。隨之而來的，就是排山倒海一般的哀痛，直到這個時候，他才真真切切意識到，他面對的是怎樣的逝去。他眼看著母親灰色的容顏，彷彿看到沙子堆的城堡不斷被海洋吞噬，被死亡的海洋吞噬。他被那海浪裹挾得喘不過氣，開始抓住母親的手，放聲哭泣。

他眼看著生命氣息從他身前的軀體中一絲絲流走。

接下來幾天，錢睿每天晚上十點鐘準時來醫院門口，扒在自動運貨車車門上混進醫院。他悄悄去母親病房，只在裡面待一晚上，不隨處亂跑，不引起他人注意。他沒有告訴父親。父親身體不好，觀念也過於刻板保守，這種違規的私闖，他怕引起父親激烈批評。

母親開始還偶爾會動一動，後來徹底成了無意識的植物人狀態，生命徵象越來越差，被送進了加護病房。錢睿每天夜晚給沉睡的母親擦擦身，翻個身，餵她喝點水。他越來越絕望，內心中被悔恨和愛煎熬，想在時間的河流裡逆流而上，揮動手臂卻只是徒勞。

發現

兩週之後，一天晚上，錢睿拖著沉沉的腳步回父親家去，想和父親商量一下給母親送終的事。他特意沒有坐電梯，從封閉的樓梯兜兜轉轉地爬上去，想給自己一個靜一靜的空間。他心裡百轉千迴，腦中閃過很多念頭，不知道如何跟父親開口。前幾日見父親，父親還一副充滿期待的樣子，準備著母親的歸來。父親迷信有名氣的事物，很相信既然這家醫院這樣有名氣，那就一定能將母親帶回來。

該怎麼告訴父親呢？父親的身子骨也不算好，之前就有高血壓，心臟病說犯就犯，大夫警告過父親不要情緒太過激動。該怎麼才能讓父親心平氣和地接受，即使是妙手回春的醫院，有時候也無法拯救一顆漸行漸遠的靈魂？該怎樣讓父親接受，母親的生命已經奄奄一息？

站在父親家門口，他躊躇了好一會兒。門上貼著的立體福字在樓道間的氣流裡微微顫動，似乎在當面揭露他的內心不安。他琢磨如何解釋母親的病情，如何解釋自己為什麼知曉母親的病情。手幾次放在門把手上，都沒下定決心轉動。

就在這時，門卻突然從裡往外被推開了，鐵門撞在錢睿額頭上，撞得他眼冒金星。

「呃——」錢睿發出撕心裂肺的低吟。

「小睿，」父親看清楚是他，有點詫異道：「你怎麼在這兒站著？」

「我回家看看啊——」錢睿還疼得鑽心，「您怎麼推門這麼猛啊——」

「那你怎麼不敲門啊？」父親也有點嗔怪道。

錢睿剛想回嘴，卻突然從敞開的門裡看到讓他五雷轟頂的一幕。

他不敢相信他的眼睛，仔細揉了揉，那畫面還在。他嚇呆了，身子像磁場中的電子一般顫抖但動彈不得。心通通往下墜，後脊柱第一次有那種忍不住哆嗦的駭然。

他見鬼了。他見到母親好端端地坐在沙發上吃晚飯。

他的嘴張大了，半晌合不上。他對父親的招呼充耳不聞，死死盯著沙發上那個面色紅潤的身影。那個身影看上去健康平和，氣色很好，正在專心致志地夾菜，吃兩口就抬頭看看電視。她穿著母親的長袖棉布家居服，外面繫著母親的黑白圓點圍裙，還帶著母親親手做的袖套。看電視的間歇，她有意無意把臉轉向大門口這邊，從側臉變為正臉，更加確定無疑是母親。錢睿驚駭得向後退了一步。父親也注意到他的不正常，皺了皺眉，也不管他答不答話，伸手把他拉入門內。他悶聲撞在鞋櫃上。這一番動靜，讓母親終於把注意力投了過來。

「老錢，怎麼了？」這個母親問，接著，她看到了錢睿，「呀，小睿回來啦。」

她叫父親「老錢」，稱呼是對的。錢睿看著她一步一步向自己走過來，眼珠子一直在轉，在內心狂風巨浪波動的同時，面色緊繃著，警惕地觀察一切。

「怎麼這麼多天沒回家？」她神色如常地問他，「我出院這幾天就沒見著你。」

錢睿嚥了嚥唾沫，啞著嗓子艱難地吐出一句：「爸沒告訴我。」

「老錢，這就是你不對了。怎麼不告訴小睿？」她一邊說一邊從鞋櫃第二層隔板的右手拿出一雙拖鞋，是錢睿的拖鞋沒錯。

「嗨，他平時太忙，」父親說：「我想著週末告訴他的。」

錢睿整個晚上都處在魂不守舍的狀態中。他一直死死盯著這個母親，一切細節都一樣，臉上的法令紋、痣和她做的事情都符合母親的常態，他問她的事情也沒有露出破綻。有那麼一瞬間，他幾乎懷疑自己了：這真的是母親吧？是母親回家了吧？也許昨夜到今晨，病懨懨的母親奇蹟般的好了起來？又或者他在醫院搞錯了，醫院躺著的那個人不是他的母親？

他頭腦中的思緒繞成了團，越想理清楚，越繫成了死疙瘩。他看著在他身前來來回回的這個母親，總覺得有點什麼地方不對，但哪裡不對又說不上來。母親問了問他近來的工作，還充滿關心地叮囑他好好吃飯，好好睡覺。

好容易熬到晚上九點半，錢睿抓起包落荒而逃。他回到醫院，依往常的途徑找到母親，母親還在。他的心咕咚咚地落回肚子，出了一身虛汗，似乎鬆了口氣，起碼證明自己的記憶真實，沒有出現瘋狂。但隨即他又開始犯嘀咕，近距離打量面前這具軀體，查驗自己有沒有可能認錯人。母親灰暗的容顏已經和往常不太像了，緊閉雙眼、皮膚鬆弛、頭髮剃掉一半，只有面頰上的兩顆痣和脖子上的一顆痣宣告她的身分。而這三顆痣不可能錯。錢睿看到這裡又有幾分安心。他從小到大摟著媽媽的時候都記得她的這三顆痣。這個垂死的女人就是媽媽，他近日的守護沒有錯。他看著她孤零零的淒涼，眼淚忽然湧進眼眶。

如果這個女人是母親，那麼家中談笑風生的女人是誰？

錢睿頓時產生了強烈的憤慨情緒：那一定是假冒的！

他猜測，一定是醫院耍了花招，送了一個假人回去。具體是怎麼做到的他不知道，但是過程他能推斷出：醫院實際上什麼都沒有治，但用某種技術做了個贗品，假裝是治好了病人。這就能解釋為什麼這家醫院總是能夠神奇地妙手回春，卻又總是不允許病人的陪護——他們根本沒有一點妙手回春的努力，他們就是騙子！

錢睿憤怒和不忍的情緒混雜，在心裡像是辣和苦的調味，一時間翻江倒海，幾乎要吐了。他在狹小的病房裡團團轉，恨不得將醫院砸了，但舉起椅子的時候，又還有殘存的理智告訴自己：不是衝動鬧事的時候，如何鬥爭要想辦法。

現在，假人已經占據了自己的家和父親。錢睿下決心要當面揭穿醫院的謊言，為臨終的母親討回公道。

第二天下班，錢睿又來到父親家吃晚飯。

他先是趁母親在廚房的時候，悄悄跟父親說，讓父親跟自己再去一趟醫院。父親說手續都辦完了，為什麼還要再去。他說到了就能知道。父親不喜歡他的故弄玄虛，就說不必了，沒有必要。

接著，席間，錢睿又做了二次要求。他跟父親說醫院還有一些後續事宜要交代，一定要父親本人過去。錢睿一邊說，一邊觀察母親的反應。母親的臉上一團和氣，看不出什麼不安。錢睿說醫院有讓父親震驚的事物。父親問他是什麼，他又不說。於是父親有點惱，責備錢睿多天不回家，連母親康復出院都不來看看，此時又來說些浮誇賣關子的話，令人生氣。

母親給錢睿夾菜，錢睿看了看，是自己小時候喜歡的。但他故意皺了皺眉，當著母親面放到桌子上的垃圾盤裡。父親有點不悅。但母親看見了，卻沒有介意，問他還想要吃什麼。錢睿又故意講了兩條科技新聞，說現在某公司出品的機器人以假亂真，以後上街要危險了。他的語調暗含譏諷，母親卻沒什麼反應。錢睿看這個母親怎麼都不順眼，就是找不到證據。錢睿想告訴父親這個母親是假人，但是因為假母親總是陪在父親身邊，總沒機會說出口。

「媽，」錢睿故意設了個圈套問：「我最喜歡的那件綠色T恤，上次是不是落在這兒了？」

卻沒想到母親完全不上套。「你最不喜歡綠色啊，哪件綠色T恤？」

錢睿傻眼。如此滴水不漏！錢睿有點咬牙切齒。無奈中，他決定強行拉父親去醫院。

夜幕降臨，錢睿找藉口說，父親家社區的保安這兩天總找麻煩，還得要業主下去說情。他連哄帶騙把父親拉進自己的車子，逕直朝醫院開過去。父親怒問他幹什麼去，錢睿不答，只是一心一意開車。

到了醫院，他拉著父親走貨運通道，父親見如此偷雞摸狗，大怒，轉身想走，但手臂被錢睿拉住又無法脫身。錢睿推著父親擠過貨車和門之間的縫隙，沿樓梯向三樓跑，因為是夜間，工作人員大多已休息，他們還是險些被兩個查房的護士撞見。錢睿不想節外生枝打草驚蛇，就拉父親一起躲在一個牆角，等她們過去。父親何嘗做過這種見不得人的事，想大聲訓斥，又被錢睿堵上了嘴。一掙一壓，父親的臉都紫了。

就這麼一路跌跌撞撞，好容易拖父親到母親的病房門口，父子兩個人都已經大汗淋漓，父親的脾氣像即將繃斷的鐵絲。錢睿就一個心思：看到真相，一切就了結了。

推開熟悉的房門，錢睿的心卻咕咚一下墜到冰窟窿裡。床上沒人。床單乾乾淨淨，被人鋪得一絲褶皺都沒有。床頭的所有儀器都關著，任何電極和插管都不見了。窗戶開著小縫，夜風讓所有氣味不復存在。

母親不見了。哪裡去了？

錢睿瞬間出了一身虛汗。他一步跨到門邊看門牌號，是不是自己走錯了。門牌沒錯，他又去看床邊有沒有留下病人資料訊息。一無所獲。那麼，只有一種可能，就是母親被轉移到其他地方了。錢睿想讓自己冷靜下來，思考其中的蹊蹺。難道是他的舉動和懷疑被醫院發現了？若不是為了掩蓋真相，醫院怎麼會無緣無故轉移一個重病病人？他的行動什麼時候暴露的？又或者，醫院送出了贗品病人回家之後，就將原來的病人殺人滅口？

想到最後這裡，錢睿全身如入寒冰，禁不住顫抖起來。而父親完全不知曉這些心思，只覺得折騰了一晚上偷偷摸摸，最後只給他看一張空病床，這孩子簡直胡鬧得不像樣子了。他也沒多問，只哼了一聲，就扭頭往外走。錢睿連忙追過去，語無倫次地解釋，對天發誓說他親眼看到母親在這裡病危。可父親哪裡會聽，一邊氣呼呼地向外走，一邊捂著心臟，像心臟病發快要暈倒在地。錢睿哪敢耽擱，連忙跨步去追。

離開病房的一刻，錢睿回頭看了一眼。灑滿月光的地面顯得異常淒冷。

他開始有點懷疑自己的記憶，懷疑一切是不是自己的一場夢。但是想起自己每夜在母親病房裡握著她的手痛哭，又覺得有切膚之痛。他追上父親，心裡痛苦得喘不上氣。

調查

第二天早上醒了，錢睿仔細回憶近日經歷，怎麼都覺得全是疑點，如鯁在喉，早飯也吃不下，立刻給一個做私家偵探的朋友撥通電話。這個朋友的暱稱是白鶴，和錢睿偶然在一個商業詐騙案中相識，後來幫錢睿查過兩起商業上的黑箱操作。錢睿不知道他的真名，只知道他交遊很廣，辦事俐落。

白鶴磨磨蹭蹭到九點才起床，錢睿在他家樓下走來走去，心裡煩躁得如有靜電吱吱啦啦。白鶴到達的時候，錢睿臉上的黑線可以直接寫五線譜。

「這是怎麼了？火氣這麼大？」白鶴拉他一起去吃早飯，自己吃得津津有味，錢睿對著一桌子小吃卻食不下嚥。

「你懂駭客技術嗎？」錢睿問他。

「還行吧。幹嘛？」白鶴漫不經心地夾起油條。

「能不能幫我駭進妙手醫院的系統，查找醫院二號樓三二〇八房間近日的監控影片？」

「幹嘛？」白鶴問。

「你先說能不能。」錢睿道。

「你先說幹嘛。」白鶴堅持。

「呃，我不知道你信不信，」錢睿嚥了口唾沫，「我覺得……我媽被人掉包了。」他看著白鶴驚愕的目光，又低聲解釋道：「我媽前幾天住進妙手醫院，我天天溜進去看她，明明是病重到了最後關頭，眼看著就不行了，我還痛哭流涕呢，結果呢，家裡轉眼又回來一個媽，健健康康的，醫院裡那個病人就不見了。我怎麼都覺得不對勁，又沒有證據。」

白鶴沉吟了好一會兒，似乎對錢睿的話感到驚詫，又似乎想到了什麼相關的事情。錢睿耐心數著秒。「你這麼一說，」白鶴過了好一會兒才說：「我倒是也想起一件往事，三年前，我曾經有個客戶，身患重病，聽說是癌症末期了，我當時心裡一沉，心想他還欠著我十幾萬委託費，可不能就這麼去了。我去找了幾次，都被他送了出來，可能是身體不好，脾氣也差，就想把錢賴了。我實在沒轍，也就不去了，心想吃個啞巴虧算了。但結果過了沒幾天，聽說他從妙手醫院活蹦亂跳地出院了，病全都治好了，他還託人叫我過去，一次性還錢。我當時都傻眼了，心想，這醫院不但治病，還治人心哪。現在想想，要是掉包，更可信些。」

「是吧，是吧，」錢睿聽了有點激動，「我就說嘛，這世界上總有人信我。」

「這要是真的，這可是個大案子。」白鶴也有點激動。他們做私家偵探的，十次有九次是抓出軌，難得碰到一兩個讓他覺得有意義的大案。

「是，沒錯！」錢睿也附和道：「可不是嗎。這妙手醫院勢力多大，全國至少得有十家，收費又那麼高，每年得賺多少錢。這要全都是造假的冒牌貨，那得賺了多少黑心錢！」

「那你看……我要查哪些東西呢？」白鶴問。

「先查查我媽房間的監控錄影。」錢睿壓低了聲音做部署，「尤其是十一日白天的錄影。我十日晚上去看她，她還躺在三二〇八房間，十一日過去就沒人了，你查查當天發生了什麼。再有，就是查查醫院裡有沒有隱密的地方，如果是假貨掉包，就得弄清楚他們是怎麼做的。怎麼能神不知鬼不覺地糊弄所有人。」

「據你觀察，」白鶴皺皺眉，琢磨其中難解的地方，「這送回家的假貨，到底是什麼人？是機器人嗎？」

「不像。太逼真了。」錢睿說。

「那就是複製人咯？」白鶴道：「複製可是犯法的。」

「也不像……」錢睿又搖搖頭，「複製人應該沒有原來的記憶吧？」

「那就蹊蹺了。」白鶴沉吟道，不過片刻之後就展顏拍了拍錢睿的肩，「放心吧，這事兒包在我身上，保證查他個水落石出。」

白鶴走後，錢睿的心並沒有如他預想的那樣輕鬆，反而因為坦露祕密而七上八下。他不知道這一步的後果如何。是毫無證據無疾而終，還是查出驚天大陰謀，與幕後黑手奮勇鬥爭。如果真到了揭開驚世之謎的時刻，他有沒有實力和這樣的大集團去鬥爭？那個時候，他的生活會不會發生劇烈改變？在網路上會不會掀起一輪話題的風暴？而這陰謀背後，還有沒有更多祕密？他越想，越覺得忐忑不安。

推開這扇門，背後是什麼？

跡象

錢睿沒告訴父親自己找私家偵探的事情。

上一次帶父親去醫院，已經讓父親氣得心律不齊，如果再爆出他找人揭醫院黑幕的事，父親一定會再次大動肝火。他現在沒有確鑿證據，也不想跟父親開口，不想顯得太不可靠。另一個原因是，錢睿漸漸發現，父親對假母親已經產生了依戀的感情。或許是死而復生之喜，讓父親的眷戀甚至比從前更濃。錢睿因而更不願跟父親講，怕他向假母親走漏風聲。

有關後面一點，讓錢睿有一點焦躁。日子越流逝，父親和假母親的感情就越深。假母親在家裡養病，大門不出，二門不邁，但實際上已經什麼病都沒有了，於是勤快得很，每日把房間收拾得乾乾淨淨，做一日三餐，和父親相處得甚為和睦。父親以前一直脾氣不太好，對母親常常態度粗暴，這次生離死別，大概也產生了負疚感，對母親溫柔了很多。這樣的日子久了，父親已經不知不覺陷入了新生活。

錢睿頻繁地回到家裡，看假母親和父親之間的互動。「俊生啊，」假母親每每看著電視，對父親說：「站起來走一走，活動活動腰，別坐太久。」父親竟也總是聽她的話，站起來走走。父母一向相互冷言冷語，從來不曾這樣和睦，這互動看起來溫暖卻又怪異。錢睿越來越矛盾。當他察覺他自己的猶豫，就下決心迅速推進調查，速戰速決，以免拖得久了父親更無法自拔。他怕父親知道真相之後接受不了，急火攻心，身體再出問題。

「媽，」錢睿找母親刺探，「您還記得我小時候最討厭的那個班主任嗎？」

「哪個班主任？王老師、徐老師、還是古老師？」

「您知道的。就一個最討厭。」

「古老師吧？她怎麼了？」母親不動聲色地問。

錢睿有點尷尬，編了個理由說：「她上禮拜找我回去參加同學會。我可不想去。」

「不去就不去吧。」母親淡然一笑。

這裡又不大對勁了。如果是以前的母親，估計會生氣，嘮嘮叨叨勸他去看老師。假母親卻溫和淡然許多。這種脾氣上的變化他從一開始就能感覺到。當他兩天沒回家，說自己很忙，以前的母親會幽怨不滿、悲傷生氣，埋怨他對自己過於忽略。但是假母親卻大度地表明，理解他的忙碌，不礙事，工作忙就好好休息。這種不同尋常的寬容可以說是溫和，但也透露著不真實的疏遠。

他覺得不正常的地方很多，可是這種感覺太微妙了，捕捉不住，說出去也算不得證據。他還是抓不住切實的把柄。

假母親什麼都記得，但是似乎什麼都不動情。他開始疑惑，不知道假母親是怎樣的機制製造出來的。

他越來越不想回父親家。有時候一進門撞見父母坐在沙發上，母親給父親捏腿，那場面真的是多年沒有的溫馨。他有時心一動，想到母親生前家裡的爭吵，心就像被揉成了一團，難過得像窒息。錢睿心裡越來越矛盾。如果真相大白，該不該告訴父親呢？讓父母像這樣再重新活一遍難道不好嗎？他越來越不忍心對父親戳穿真相。

只在下樓的時候，轉過樓道灰暗的轉角，他的眼前會浮現出最後幾個夜晚孤單的病房。就像眼前的樓道一樣充滿被人遺棄的味道。那個時候的母親，那麼衰老、那麼可憐，沒有人知道，也沒有人在意她的存在。母親的呼吸已經氣若游絲，但長久不放棄，像是還有人世間未了的心願，苦苦掙扎著。在那些孤苦的夜裡，只有他一個人陪在母親身邊，用哭泣訴說愧疚。那個時候，也許父親已經在家裡摟著這個面色紅潤的女人了吧。

想到這裡，他的心重新堅硬了起來：鳩占鵲巢，這樣的事情如果不揭穿，不足以給死去的母親一個交代！

他又鼓起勇氣，憤憤地下樓。

轉機

沒過幾天，白鶴就約他再次見面。

錢睿來到約定的咖啡館，找了個僻靜的角落坐下，不知為什麼，胃口裡有沉沉的感覺，像是吞了金塊下肚，眼前的咖啡一口都喝不下去。等了半個多小時，白鶴才姍姍來遲。錢睿心急火燎地問他發現了什麼。

白鶴打開筆記本，調出幾段監控錄影。

第一段是母親的病房，十一日下午四點左右。能看見母親的心臟監控設備突然發出響聲，心電圖和腦電波指標都變成一條直線，筆直刺目，宛若一柄撕裂空氣的劍，在寂靜的房間裡射出寒光。響聲顯然不只是聲音，信號連接到不知道什麼地方的控制室，很快，錢睿就聽見病房外響起的腳步聲。

房門被人推開了，他見到只有一個醫護人員進屋，指揮醫療車把母親的遺體轉移上去，又指揮著自動小車無聲無息滑出門外。錢睿忽然感到心裡一陣疼，意識到母親即將徹底離開人世，即便早已知道結果，但那種感覺很慌，就像被攻破的城池，恐慌一瀉千里。

換了樓道裡的監控攝影機。平穩滑行的自動醫療車，在護理員的指揮下，繞了兩個彎，向走廊盡頭的一扇門走去。他見小車和人消失在那扇門背後。白鶴按下暫停，放大了影片畫面，門上什麼裝飾都沒有，只能分辨出五個低畫素的沒有溫度的字：低溫焚化室。

想也不用想，母親的一切就消失在這扇門後了。

看到這裡，錢睿的眼睛裡又一次泛起了淚光。

白鶴不知道錢睿心裡轉動的心思，只對所有的發現摩拳擦掌。僅憑這一段錄影和錢睿家的贗品，就足夠對醫院提起立案偵查，甚至不是不可能提起公訴。但他想要的更多，他想要從這條線索揭穿背後更大的陰謀。一戰成名的快感，讓他渾身戰慄。當初放棄穩定的工作，執意要當這麼一個隱身的角色，肯定不是為了查查老公老婆的出軌趣聞。他等的就是這樣的機會。

白鶴做得很隱蔽，沒有引起醫院什麼懷疑。他先是駭進了醫院的電子監控數據系統，把前前後後相關影片都調出來一一查看，然後又在醫院門口的人流中給一個小醫生領口後貼了隱蔽的監聽，還甩出去五、六個自動飛行的攝影小蜜蜂，從醫院後牆飛進去，每個窗口外拍攝，前前後後差不多積累了一週的素材。

「我跟你講，嚇死我了！」白鶴說：「內容足夠了！我都沒想到這次能揪出這麼多細節。我先是看了低溫焚化室拍攝的影片，你不知道，醫院人體焚化裝備超級大，整整一排房間都在偷偷進行焚化處理，儘管他們做得非常隱蔽，但還是能從轉移的細枝末節看出是人體焚化。這說明什麼？說明他們經常焚化，肯定超過了他們聲稱的死亡率！」

「這是自然。」錢睿點點頭。

「還有哪！」白鶴又賣個關子說：「你猜我從醫院後面的科學實驗樓裡拍到什麼了？」

「什麼？」

「我拍到了人體軀體器官催化培養的照片！差不多有幾十人每天在裡面工作，說明人體培養催化的工作非常忙碌。要知道，當前法律中複製人體器官是被禁止的，僅憑這些照片就可以對這個醫院提起控告。」白鶴說：「只可惜還沒有足夠的證據顯示他們在製造假人。」

錢睿聽著白鶴興奮的講述，也感到略微的興奮。他得到了期望中的證據，但出乎意料，他並沒有得到期望中的喜悅和釋然，心裡反而有一種隱約的沉重和不安。

「你怎麼了？」白鶴用胳膊肘捅了捅他，「有什麼問題？」

「哦，哈，沒問題。」錢睿無力地笑了一下，「沒問題，你真厲害。」

錢睿拖著一百斤重的心事回了家。白鶴要他做好戰鬥的準備，可他就是猶猶豫豫很不安。進了家門，他發現假母親去買菜了，破天荒不在家。他立即決定，跟父親談一次。

「爸，」他猶猶豫豫地問父親，「你有沒有聽說……妙手醫院可能存在弄虛作假？」

「什麼弄虛作假？」父親把老花鏡摘下來，疑惑地看著他。

「就是……沒治好病，假裝治好了。」錢睿不知道該怎麼說了。

「這怎麼可能？用眼睛看還看不出來嗎？你看你媽，不是治得很好嗎？」父親皺皺眉，不明白他為何這麼問：「這家醫院開了這麼多年了，一直也沒什麼問題。更何況二十多年前咱家就去過，一直不都挺好嗎？」

錢睿不知道該怎麼繼續下去了，他想說母親不是真的，但又莫名說不出口，話在嘴裡，兜兜轉轉繞了七八圈，最後吐出來變成了：「爸，你有沒有想過，如果當時母親生病過去了，會是什麼情景？」

「別瞎說。」父親說：「你媽好不容易回來了，別咒你媽。」

「我不是……」錢睿連忙解釋，「我就是……假設一下。」

「我可不敢想。」父親摸摸自己的胸口，「你媽住院那幾天，我有兩次差點心肌梗塞，但都緩了回來。大夫說的第一條，就是讓我別胡思亂想。我當時真是覺得老天爺在罰我，怪我平時脾氣太暴躁……唉，所幸最後老天開眼。」

父親不說話了，習慣性地伸手到襯衫左上口袋裡拿菸，父親沉鬱的時候總是抽菸。可是手一空，什麼都沒有捏到。父親低頭看看，愣了幾秒才想起來是怎麼回事。錢睿更加難受。他知道，前幾天父親為了感謝老天爺開恩，開始戒菸養生。他看著父親，越來越猶豫。如果一個人信了謊言能快樂，那還要不要把他叫醒。

他剛想說話，門口響起了開門的聲音。

鬥爭

三天后，白鶴又約錢睿見面。這次是在一家火鍋店，九宮格，白鶴似乎特意想把機密的資訊隱藏在嘈雜的環境中，他埋首於氤氳的白氣繚繞，似乎給自己一層虛無的屏障。

白鶴帶來了關鍵性資訊。他透過祕密線人引介，裝作實習生打入了醫院內部，通過三天臥底了解到醫院的祕密。

「有假人的消息了？」錢睿問。

「嗯。」白鶴挑挑眉毛，「一點都不出所料，醫院掌握了快速培育人體細胞生長的技術，能夠催熟人體，利用病人的ＤＮＡ短期快速複製軀體。我親眼看到那些快速生長的人體部件，在培養基上如癌般複製的新的人體。哎呀，你不知道，可嚇人了。」

錢睿打了個寒顫。

「你說的記憶問題，我也想著了，發現了更驚人的事。」白鶴接著說：「他們這麼製備的軀體，具備人體的各項功能，唯有大腦發育，因為缺少學習，停留在非常原始的階段。然後呢，醫院用智慧技術加以解決！他們對原病人的大腦連接進行多次掃描，記住大腦全部連接組，再將神經元的連接模式轉化為程式，接入新軀體大腦，在程式的誘導下，新的腦神經組織也會按照過去的模式生長，相當於使新軀體快速掌握病人的大腦模式。這樣就讓一個人的基因和腦記憶保留，只更換了不同的身軀。」

「這你都是怎麼知道的？」錢睿有三分敬佩，七分驚恐地問道。

「可是不容易！」白鶴解釋說：「我偷偷用微縮攝影鏡頭拍攝了關鍵性證據。這些年醫院一直對病人家屬加以阻攔，對自己如何治病也諱莫如深。為什麼？實際上是在隱藏這些機密。他們的防護措施做得非常好，如果不是多年的刑偵破案技巧，很難穿透他們的資訊防護。我兩次差點失手！」

白鶴給錢睿看自己冒著風險錄的一些影片，講到如何從實驗室裡有驚無險，蒙混過關，他臉上充滿得意。

這些祕密讓白鶴異常興奮，他已經聯繫了自己的律師朋友，準備給醫院致命一擊。錢睿吃了一驚，沒想到自己的私家案件這麼快已經被傳播開來。白鶴集結了一個小分隊，都是他這些年做調查認識的朋友，包括金牌律師事務所的合夥人、一家當紅頭條媒體的新聞總監、兩個時常在網路上發表時事評論的意見領袖、兩家有競爭關係的醫院和政府醫療衛生管理部的監察處處長。白鶴多年幫各種人破解過難題，人脈十分廣。

錢睿心裡有隱約的不安，但他又不想頂撞白鶴。「現在是不是還有點早？這麼早就找人，太冒失了吧？再調查調查再說吧？」

「夠啦！」白鶴自信滿滿地說：「現在這些目擊證據，已經表明他們在做非法實驗，而且是用醫院的病人做非法實驗，這就足夠告他們上法庭了，罰金夠他們嗆的。把事情再鬧大點，他們露出的破綻會更多。」

錢睿怔了怔：「還要什麼破綻？」

「現在我還沒有足夠的證據表明，他們之前治好的病人都是掉包的，」白鶴靠近他說，「我還沒拿到以前病人的病歷，所以還不足以證明。如果沒有這證據，最多告他們違法進行實驗，但如果有足夠證據，是可以告他們謀殺和詐騙的。謀殺和詐騙，這就不是醫療研究的違規，而是重大刑事案件，能把他們整個集團告得傾家蕩產。」

「真要這麼狠嗎？」錢睿聽了，臉色有點煞白。

「你不知道，不狠不行。」白鶴壓下聲音，開始揭露他找人暗自調查的醫院財務資訊，「這家醫院這些年號稱『專治絕症』，收的就都是那些快要死了、家裡人不計成本的病人，因此可以漫天要價，賺的利潤超級高。我跟你講，他們資金規模驚人，還在其他各相關領域廣泛投資，包括收購上下游的一些技術企業和療養中心，讓他們的祕密永遠不為人知，現在，他們已經是一個盤根錯節的龐大醫療帝國了。你說這種機構不推翻行嗎？他們醫院的總裁是一個非常神祕的超級富人。可能是知道自己做的是見不得人的事，刻意把自己隱藏得很好，這麼多年也沒什麼人見過他。這次他們估計想不到能栽在我手裡。」白鶴嘴角掛上一抹嘲諷的笑容，有種「這回我可是逮著大魚了」的洋洋得意。

「這事兒估計不好辦。」錢睿咕噥道。

「是不好辦。所以，你得再幫我個忙，」白鶴諂媚地搭上他的肩膀，「跟我配合一下，幫我查查你媽媽的檔案，她才出院沒多久，檔案應該還能查。你查查她每天的生命徵象檢驗，拍下來給我看。兩個人如果有掉包，在之前的生命徵象檢查中應該有所體現，如果是造假，肯定也有跡可循。」

「這事兒……」錢睿推脫道：「我估計做不到。我當初想進去看人都不讓，現在出院了，又要查檔案，估計不行。」

「你試試，沒試怎麼知道不行？」白鶴繼續慫恿道。

錢睿推辭了幾次，都推辭不掉，心裡不情願，但還是應承了下來。

接下來幾天，錢睿見到了白鶴召集而來的小分隊，都是摩拳擦掌不嫌事大的犀利人物。整個小分隊同仇敵愾，發誓要把醫院揭穿，從此搞臭。他們制定了行動步驟，先向檢察院舉報醫院祕密殺人的罪行，在法院開始審理之後，媒體和名人開始集中爆料，吸引社會焦點關注，然後是龐大醫藥帝國的財富曝光，最後由政府介入，保證將大廈推翻。錢睿在小組討論中，越來越覺得不安。

回憶

夜晚，錢睿睡不著，躺在床上看天花板。他發現自己對母親刻骨銘心的記憶在消退，心裡那種憤慨也不像最初那麼強烈了。他有多日沒有在夜裡夢見母親了，母親剛剛過世的時候，他每天回來一閉眼就是母親灰暗的臉色，讓他不能安眠。而現在，這種痛苦減少了。

他在床上輾轉反側，充滿悲涼地思忖：為什麼人會忘記呢？為什麼曾經以為無比重要的記憶，過了一段日子還是會淡忘呢？他隱隱約約感覺到，忘記是對自己內心的隱瞞和保護，如果能把所有內疚忘掉，一個人可能比較容易開始新生活吧。

可是，真的能容許自己把那些內疚忘掉嗎？

第二天一早，他來到父親家，逕直回到自己從前的小房間，想在從前的影像圖片資料裡尋找成長的紀錄，尋找有關母親的一切記憶。

他翻動硬碟裡的相冊，老照片看上去那麼陳舊，即使是電子儲存，彷彿也會褪色一般。他越看，越覺得自己這些年愧疚母親的地方實在很多。他看到一些照片，想起當初曾經為了一個女孩跟母親鬧翻，說了很多刺激母親的話，但後來事實證明，那個女孩並沒有他以為的那麼完美，面對另一個男人的追求開始心猿意馬，他很快離開了那個女孩，但傷過母親的話卻收不回來了。他又看到一些照片，想起來自己上班後第一次過生日，辦了一個小的宴會請領導同事參加，母親也來了，但他為了認識一些對自己工作或有幫助的人，整個晚上都在觥籌交錯，坐在一個客戶領導身邊，沒顧得上照顧母親，想起來的時候母親已經走了。還有一張照片，母親想要過生日，訂了餐廳，請錢睿和父親一同慶祝，但錢睿剛好趕上一個結案報告，忙得焦頭爛額，一直有點不情願過來，父親那段時間戒菸，脾氣也很壞，也來得很晚，錢睿剛到就看見母親哭泣的樣子。最後父親還是來了，母親哀怨地抱怨了一段時間，但還是擦了眼淚跟他們父子倆一起合照了全家福。三個人的表情都是強顏歡笑，此時看起來異常刺目。他回想這些事情，他的心又開始痛了。想到自己還沒來得及好好彌補母親就去世了，悔恨得無以復加。

他對白鶴的託付，又有了幾分動力。

他打電話給醫院，申請查看母親生前的病歷，得到的回覆是可以預約時間來醫院查看，不可以攜帶回去，理由是防止醫院病人資訊洩露。錢睿懇求未果，只得約了查看時間。

從房間裡出去，正好遇到假母親準備去超市買菜，買的東西多，拿不準用什麼交通方式。父親於是讓錢睿去幫忙。錢睿不好推辭，就跟著假母親一起出門。

假母親跟他一前一後，保持著半個身位的距離，兩個人沒有接觸，母親走路時也不回頭。錢睿覺得，自己像是在跟隨某種無論如何追不上的東西，逝去的時光。

轉過一個彎道，假母親忽然轉過頭，對他說：「你以前每天上學就是走這條路。」

錢睿忽然一愣，不明白母親此話何意。而母親的話像是一瞬間觸到他過去的日子，眼前的路上出現了曾經穿著校服的他，騎著車子皺著眉頭歪歪扭扭穿過小巷，車把上掛個飯盒，一臉冷冰冰的沉鬱，遠遠望著那個梳馬尾辮的女孩。那些日子，已經過去那麼久了啊。

接著，他們走到離從前的中學很近的一個路口。他的眼前忽然又浮現出另外一個畫面。那時他已經十三、四歲，但母親還總是不放心他。下午放學後如果玩得晚了或耽擱了，母親就總是會在這個路口等，有時候手裡還會拎著給他的吃的。那個時候，他看見挽著布袋子、穿紅毛衣的母親，只覺得土得不行，想趕緊打發她走掉，不讓同學看見了嘲笑她。

他呆呆地站在原地，彷彿看到了二十年前那個一臉冰冷的自己，看到那張桀驁的小臉，和自己面對面，賭氣地站著不動。而此時此刻的他，已經不自覺地代入了曾經的母親角色，遠遠地看著，想前進又走不動，想後退又不放心。就那樣呆呆地站著，被前方射過來的嫌棄的目光刺得體無完膚。

想起來這些，錢睿走不動了，他又一次感到悲切。為什麼這些畫面中所蘊含的感覺，他要到今天才能體會。一切都太遲了啊。

然而就在這個時候，在他身旁的假母親突然轉過頭來，說：「曾經我經常到這裡來接你，等你放學，但是你不想見到我。我知道你是不喜歡我的樣子。你跟我說過，但我還是會過來。你是不是也想起了這些事？沒關係。真的沒關係的。」

錢睿驚詫地看著假母親，看她平和淡然地說出所有這些記憶。最後的一句「沒關係」像戳破氣球的一根針，讓他心裡有什麼東西瞬間爆掉了。那一刻，他的眼淚幾乎湧出來。眼前這個人到底是誰，為什麼她和她記憶中的那個人一模一樣，卻又好像什麼都不一樣？真的是沒關係嗎？那些年他對母親的所有不敬，真的都被原諒了嗎？

假母親走到他身旁，溫暖地拍了拍他的肩膀。他沒有拒絕。

當天晚上，錢睿幫假母親買了菜，做好了飯，一家三口難得平和吃一頓晚飯。晚飯後，他們一起給在美國留學的妹妹視訊通話，妹妹比他小八歲，還在美國讀研究生，青春爛漫，對家裡的事知道得不多。她現在是早上剛起床，睡眼惺忪又眉飛色舞，給他們全家說著趣事，父母對妹妹有一些叮囑，妹妹還跟假母親說了幾句私房話，可能是關於她新交往的男朋友。假母親沒說什麼，只是微笑著點頭。

從洗手間出來，錢睿剛好遠遠瞥見妹妹在 iPad 裡跟假母親說晚安的樣子。那一刻錢睿忽然覺得，如果全家人就這麼溫馨過下去，也是一件很好的事情不是嗎？

他閉上眼睛，再次回憶起在醫院臨終病房裡最後的日子，心裡鈍鈍地痛起來。

召喚

再見到白鶴的時候，白鶴要求他提前提起公訴。錢睿吃了一驚，他還沒有做好真正鬥爭的準備。

「為什麼提前了？我還沒有拿到我母親的病歷紀錄。」錢睿遲疑道。他儘量顯得冷靜，不想讓白鶴感覺出他內心裡的猶豫。

「來不及了，」白鶴說：「醫院那邊發現我們的探訪了，在不斷地暫停工作，銷毀證據，還派了人搶奪我們手裡的證據。前天我們的人有兩台電腦被駭了，裡面存的資訊都沒了。還好不是太關鍵。還有大部分證據有備份。」

他們倆約在街邊一家麥當勞前面，最初錢睿真的以為白鶴又要在這種熙熙攘攘的地方說密謀，但這次卻不是。白鶴帶他七扭八拐，進了旁邊一個老社區，從一棟紅磚房門洞裡摸黑爬上去，打開四樓一戶的門。這種老房子是二十世紀的遺留，現在住的人已經很少了，能搬走的都搬走了，整個樓棟冷冷清清，空空蕩蕩。在這裡談事情，倒真的不怕有攝影機監控，全城能有這麼設施原始的地方也不多。

白鶴推開門，錢睿才發現公寓裡裝飾得還是非常完整，從壁紙到吧台，都是最近打理過的，看得出一直有人經營。屋子裡已經坐了幾個人了，討論得正熱烈，屋子裡煙霧繚繞，味道嗆人。

錢睿在沙發上坐下。面前的茶几上有幾個杯子，杯子裡有啤酒，也有喝得見底的烈酒。他想找一個乾淨的杯子喝點水，但伸出手，就被茶几上一張報紙吸引了注意力。報紙上一行大字標題赫然醒目：某醫院謀財害命以假亂真，坊間爆出驚天祕聞是否為真？

他的心怦怦跳動，來了嗎？交鋒這就開始了？

他有點緊張地拿起報紙，緊緊捏著讀了起來。看得出來，這篇文章是精心設計過的試探和挑逗，說了些捕風捉影的猜測，拋了幾個若有若無的疑點，沒給出太多資料證據，也沒有言之鑿鑿的指控，讓人看過之後大呼標題聳動，但又抓不住什麼造謠的把柄。這是引蛇出洞的策略嗎？錢睿在心裡揣測。從行文的思路看，明顯是要把更多爆料留到合適的時候，這是山雨欲來的戰鬥策略。他看看屋裡面的幾個人，已經見過一兩次了，但他還是不認識他們。這明明是他自己家的案子，為什麼他們都比他還要興奮？

「錢睿，這件事還是得以你的身分提起公訴。」白鶴把錢睿從自己的思緒裡拽出來。

「可是……」錢睿有點心虛地說：「我還沒拿到我母親的病歷……」

「不用了。我們這兩天重新突破進入了醫院系統。」白鶴說：「你還記得上次你讓我去查醫院的監控紀錄嗎？我當時按照你的要求，調取了十一日晚上的錄影，但第二天才想起來，我應該把那段時間的所有錄影都拷出來。可是我第二天再駭入系統的時候，發現那段時間的所有錄影都被刪除了。我以為是定期清理，後來沒過多久，醫院的網路防火牆系統就升級了。直到最近這兩天，我們重新進入系統，才又在另一個槽裡找到那幾天的監控錄影備份。有這些錄影，就足可以證明你說的證詞是真的，也足以把醫院一舉告倒。」

「那你們……既然證據確鑿，」錢睿說：「你們去告行不行？別讓我打頭陣。」

旁邊一個方臉中年男人開口說話，錢睿認得他是一個相當有來頭的律師。「你不用害怕，我們既然決定出擊，就肯定保你安全，」他聲音和緩，「醫院的勢力再大，也不敢在我們眼皮底下打擊報復。」

錢睿搖了搖頭，不知道怎麼形容自己複雜的心情：「我倒也不是怕打擊報復……」

「那你是擔心什麼？」白鶴急躁地問。

「我是想……」錢睿說出口的時候，又斟酌了一下，「我是想，咱們能確定這醫院真的是惡的嗎？咱們要不要先找醫院的老闆私下談談？」

「你是想庭外和解，私下要求賠償？」律師問：「我勸你最好不要，現在是鬥爭的關鍵時期，最好不要輕易對峙。你現在找他，拿不到什麼好果子吃。他們做了這麼大的局，肯定不會輕易受你一句脅迫的話左右。到時候咱們過早暴露了底牌，反而讓他們做足了防備。你跟我們一起把勢頭做足了，一下子扳倒他們，法院的賠償足夠你的。」

「不是要賠償，」錢睿知道自己現在雲山霧罩的態度令他們煩躁，理了理思緒道：「我是在想，他們做的事，真的是完全錯的嗎？就算是造了一個假人送回給病人家，真是罪行嗎？咱們告倒他們，是不是做得也有點極端了？」

「這怎麼不是罪行?!」白鶴惱怒道：「真人和假人是兩個人，讓一個人死去，換另一個假人回家，這第一是犯了欺瞞消費者的罪，第二是罪大惡極的屠殺和對生命的不尊重。假人好端端地回家了，讓得了病的真人孤零零死去，這不是謀殺是什麼？你現在可別動搖。」

錢睿嘆了口氣，心裡還是有點疑惑，又說：「我只是覺得，這真的算是兩個人嗎？基因和記憶都一樣，就是身體換了一個，是不是還是能看作是同一個人呢？」

「這種時候，別想這種哲學問題。」坐另外一端的一個資深老記者插嘴道：「多想無益。假人不是人，他們是機器人。他們不是由晶片和程式控制的身體嗎？那就是機器人。」

「你與其想什麼一個人還是兩個人的哲學問題，還不如想點實際的。」律師繼續補充，「你知道妙手醫院的總裁身家多少嗎？說出來嚇死你。幾千億元！他一個做小生意起家的老闆，何德何能？他就靠最早一家妙手醫院，一下子做起來了，現在控制整個醫療產業鏈，還包括幾家媒體，把幕後真相藏得死死的。你說這種靠草菅人命發家的人，咱能忍嗎？」

「是啊！」白鶴附和道：「現在是關鍵時期，咱可不能左右搖擺。你再好好想想你媽媽，你現在要是不發聲了，就這麼認了你新媽，你對得起你死去的媽媽嗎？她老人家還能含笑九泉嗎？你想想還有多少家像你一樣的，你可不能對醫院心慈手軟。」

錢睿聽了，心裡又沉重了起來，點點頭，不再說什麼了。

對話

開庭前一天，偵探給錢睿打電話，交代了一些出庭時必要的事項。

當時錢睿在自己的公寓，有些心神不寧，對電話裡的聲音也聽得心不在焉。他的眼皮直跳，心跳也莫名加速。掛了電話，他看到手機報的推送，赫然有妙手醫院的名字，頭條首頁的新聞，山雨欲來的重磅報導。他點開看了看，雖然還沒有真正重磅的爆料，但已經把話頭挑明了，他自己的名字也出現在文章裡，做為第一個勇敢發聲的受害者，率先發起刑事訴訟，頗有一副要為所有受害者代言的架勢。他喉嚨發乾，不知道自己什麼時候被架到了這麼一個火烤的位置上。

他站在陽台上透氣，想讓風冷卻自己躁動的情緒。突然之間，電話響起來，他心裡一驚。是假母親打來的，說父親在家的時候突發心臟病，正在送往醫院，父親指定要去妙手醫院。錢睿的心一下子提到了喉嚨，掛了電話連忙往醫院跑。

出了什麼事？為什麼會突然心臟病突發？怎麼又是妙手醫院？

錢睿的思緒一片混亂。

到了醫院，他看到假母親坐在病區外的等候室裡，連忙上前問發生了什麼。假母親說，父親在家的時候，看到了手機報上面的什麼消息，突然就變得異常激動，開始時臉色鐵青，後來又火冒三丈，但還沒來得及說什麼就心臟病犯了，只是艱難地告訴她要來這家醫院。

錢睿頓時猜出父親是看到了什麼消息。他呆立在等候室，嚥了嚥唾沫，喉嚨火燒火燎地疼，心更疼。這讓他更躊躇不決，不知道自己是不是正在做一件對父親殘忍的事情。

他不斷問門口的看護能否進入病區，但都遭到拒絕。他有點頹喪地和假母親坐在等候室裡，雙手搭在雙膝上，頭埋在雙手之間。偶然間抬頭，他發現假母親神態平靜，剛剛升起的對她的親近又開始衰落，重新產生了一些拒斥。她怎麼能如此平靜，他想，果然是假的夫妻，沒有真感情。他感到頭痛欲裂。

「你不用太擔心。」假母親見他望著他，開口說道。

他問她：「剛剛大夫怎麼說？」

假母親笑了笑：「大夫說了，差不多到了該做移植手術的時機了，現在的器官培養技術非常發達，動手術替換一顆心臟並不是難事。」

「替換一顆心臟？」錢睿聽了心裡微微一動，問她：「如果身體上的每個部分都換了，一個人還是原來的人嗎？」

假母親仍然不動聲色，說：「還是啊，我聽說人身上的每個細胞這些物質隔一段時間就完全替換一次，你現在身上的物質已經都不是一年以前的了，但沒有人覺得不是自己了。人的大腦和記憶還是連貫的。」

「那大腦就是一直保持不變的嗎？」他直勾勾地看著她。

母親搖搖頭說：「也不是啊，大腦也是每天在變，雖然有記憶連續，但人的每個思想都是變化的。大腦也是可以變化的。」

錢睿仔細琢磨她的話，不知為什麼，他覺得她話裡有話。他於是又問：「那一個人到底有什麼東西是不變的呢？」

「如果說具體的元素或者思想……那沒有什麼吧。」母親說：「但不用太糾結這種問題，糾結可能沒有答案。變化的是部分，不變的是整體。你總還是你。」

「可是我怎麼知道我是我呢？」錢睿死死地盯著她，像要從她的臉上打個洞鑽進去，鑽到她大腦裡看看裡面都有什麼。

「其實重要的不是你知道你是你，」母親似乎完全不介意他打啞謎的說話方式，也跟他一起打著啞謎，「而是你周圍其他人都知道你是你就行了。」

「什麼叫周圍人知道你是你？」錢睿逼問道。

「就是字面上的意義。」母親似乎想通過眼神告訴他什麼，「周圍人知道你是你。」

錢睿的心跳得很快，他不知道她為什麼這麼說，只是在回答他字面的問題，還是她完全知道他隱含的意思。也許她知道自己的身分？

錢睿發現，他看不透她。她什麼地方都和真的母親一模一樣，包括說話說到一半停下、欲言又止的樣子也都一模一樣。只是她遠比母親更淡然，似乎什麼事情都觸不到情緒神經。也許一個新人的情緒還沒有發展完全。但是她的思維和記憶又分明都是母親的。他發現他同樣看不透母親。母親這些年絮絮叨叨在他耳邊說的都是什麼來著，他很想回憶，但回憶不起來。直到認真的時候，他才發現他對身邊人的了解根本沒有他以為的深。這讓他分外憂傷。她的話是什麼意思呢？是想讓他接受她的一種求和嗎？錢睿覺得他和假母親之間的那層窗戶紙幾乎要捅破了，但不知道為什麼，他卻不覺得對抗，反而似乎有一些好的地方。

「只要周圍人都接受就可以嗎？」錢睿順著她的話繼續問下去。

就在這時，他的手機響起來，他看了看，一個陌生號碼，於是站起身，走到一旁接聽。電話恰恰來自妙手醫院，通知他預約的查看病歷時間到了，下午五點可以準時到病歷檔案室，會有工作人員接待。電話的最後，甜美的女聲告訴錢睿，在他查完檔案之後，醫院總裁約他晚上到總裁辦公室面談。

錢睿的喉嚨像是被一團雜草噎住了，說不出話來。總裁辦公室？他們的鬥爭他知道了嗎？他約他見面想說什麼呢？他又要跟他說什麼呢？錢睿越想，越隱隱緊張起來。

再回到等候室，假母親還想再跟他談些什麼，只是他頭腦中一團亂麻，什麼都聽不進。他們沉默地端坐在長椅上，望著父親被推進去的手術室的大門，氣氛緊張而僵硬。

錢睿覺得，有些隱約的事情開始呼之欲出。

備戰

當天下午，錢睿收到白鶴的消息，要他趕到妙手醫院門口，參加造勢行動。白鶴不知道錢睿已經在醫院裡了。

錢睿站在等候室的窗口，看醫院門口的空場上人一點一點聚集起來。不知道是哪裡來的，一小撮一小撮，從四面八方湧過來。有人舉著抗議的標語指示牌，但一看就是拿錢辦事的，完全沒有一點悲憤的激情。標語牌上的指控花樣百出，有的抗議醫院的天價收費，也有指責醫院隱瞞病情，只有偶爾一個牌子上寫著虛假治療瞞天過海。錢睿知道這是小分隊的造勢，為了給輿論一種醫院已經激起民憤的印象，但很明顯他們還沒有把最重要的祕密公布開來。抗議的人也不逼近，就在醫院外幾米遠的地方集結，更多是對走過的路人搖旗吶喊。他們的目標明顯不是逼迫醫院，而是面向媒體。

白鶴又給錢睿打電話：「你在哪兒呢？快點過來！」

錢睿從醫院裡，能看到白鶴站在醫院外打電話的樣子，但他沒有說自己就在醫院裡。

「你們在幹嘛呢？」他反問白鶴道。

「我們在遊行示威，給醫院一點壓力，也給明天的法庭一點壓力。」白鶴說：「法庭判的時候，肯定會顧及雙方勢力，看誰更不好惹一點。我們得讓法院看看，我們有民眾基礎，也不好惹。」

「那你們就做吧，叫我幹什麼去？」

「廢話！」白鶴說：「你是主角啊，你不來行嗎？你得給這些人做個榜樣。」

「話說你從哪兒找來這些人的？」錢睿問。

「這很難嗎？你以為對這醫院不滿的人還少？從網上隨便搜搜，就有志願者報名。」

「他們是知道什麼嗎？」

「知道，也不知道。」白鶴也開始打啞謎，「他們知道的是，有錢人就是比沒錢的人長命。他們知道，這醫院藥到病除、妙手回春，有錢人送進來，絕症也能給治好，好端端送回家，長命百歲，有病再來。沒錢人根本送都送不進來，不是絕症的病也熬成絕症。你說天底下的救命醫院就這一家，還偏偏鐵面高價，只救有錢人的病，這能不遭恨嗎？治個病，也能治出貧富差距來，這不需要我糊弄，恨得牙癢癢的人多得是。但他們應該不知道掉包的事。」

白鶴兜兜轉轉，倒也把事情說圓了。錢睿聽得明白，白鶴雖然是雇人造勢，但倒也不是無風起浪。若生命都是論價的，很多人更無出頭之日。連被掉包都成了一種特權。想到這裡，他不知道自己應該慶幸，還是應該感嘆不幸。

「你到底在哪兒呢？」白鶴又一次焦躁地問錢睿。

「我就在妙手醫院呢。」錢睿這次終於說了實話，「我爸住院了。」

錢睿三言兩語說了早上父親怎樣看到新聞、急火攻心、心臟病突發，點名要來這家醫院。他支支吾吾表達了自己的猶豫，覺得父親年歲大了，承受不住打擊，現在好不容易迎回母親，要是知道是假的，說不準一命嗚呼。不如不要告訴他真相，讓他和假母親安度晚年。

「糊塗啊你！」白鶴在電話裡憤慨地說：「告不告訴等你爸出院再說。現在情況很危急了，如果再不干預，推翻醫院，也許過幾天出院的你爸就已經是一個假人了。」

這話如一桶冷水瞬間澆過頭頂，錢睿一下子感到徹骨寒涼，禁不住打了個寒噤。他想起自己如何陪母親走完最後一段灰暗的日子，最後眼睜睜看母親的軀體被拋棄。他不想再重複一次。這樣的想像讓他冷靜下來。他想起上次聚會臨走時白鶴的話：你想想你母親的臨終，如果你接受了這個新人，你想過你媽媽的心情沒有。

「行，我去。」他對白鶴說。

他的拳頭握起來，狠狠地摁在玻璃窗上，想讓玻璃的堅硬和寒冷給自己勇氣。窗外聚集的人越來越多，他鼓足勇氣向門口走去，加入向醫院體系宣戰的隊伍。他不敢望向等候室外的假母親，怕見到她的面容，又會動搖心神。

會面

結束了下午的抗議，錢睿有點筋疲力竭。他混在一群臨時拼湊起來、充滿怨氣的人中間，自己也沾染了很多怨憤，到了抗議結束的時候，這種怨憤並沒有得到釋放，反而越積越多，他這才知道怨憤並不能通過這樣的抗議得到釋放。他需要某種傾瀉，一個出口，一個爆發，或者一個補償。

下午五點，按照約定，他來到醫院三樓的病歷檔案館。走廊中部有一扇玻璃門，玻璃門識別出他的面孔和指紋，核對驗證成功之後，讓他進入，玻璃門在背後緩緩合攏。

錢睿回頭看了看緊閉的玻璃門，沒有停步，隻身一個人向走廊盡頭開著門的小房間走去。金屬色的牆壁上，沒有任何裝飾。小房間裡的白色的燈光是漸漸暗淡的天色中唯一的光源。整個區域空無一人。

小房間裡只有一張空蕩蕩的桌子、一把碳鋼扶手椅和一張小沙發，小沙發是灰色皮面。一份工整的報告擺在桌子上。屋裡沒有人。

錢睿走過去，坐在硬邦邦的扶手椅上，翻開報告。不知道為什麼，他心跳得很厲害，手想翻動紙頁，翻了幾下都沒翻開。他雙手搓了搓，平放在桌面上冷卻，長長地呼吸、吐氣。他心裡有種預感，在這裡他會發現什麼。

報告的前兩頁是最普通的個人資訊，中間三頁是病情診斷，書寫著癌症種類、發病史、診療史和初步病理報告。仍然是常規資訊，錢睿細細看過去，並沒有太不尋常的地方，只是最後診斷結果「惡性」兩個字顯得異常刺目。確診是「惡性」的嗎？還是最嚴重的級別，那是不是說明母親原本是沒救的？

他繼續往下看下去，後面的幾頁都是病理報告，他看不懂，只是從零星的指標對比看，母親的癌症擴散很快，六月底還只覆蓋了胃部區域，七月初就已經擴散到整個內臟區，掃描照片黑色斑斑點點蔓延，看上去令人心驚膽顫。此後就是無數表格，每日生命徵象監測數據，看得出一些生命徵象在下降，心臟功能在衰竭。所有這些監測數據都如此誠實，幾乎鮮明地反映出事實真相。所有數字都在他眼前晃。

錢睿感到心驚，按照這些數字和報告，可以說是明明白白記錄了母親病重到病危的過程，而他們這樣明明白白地給他看，是什麼意思？難道不怕他看出端倪，拿出去做為呈堂證供？又或者說，他們完全知道他的來意，但卻因為什麼緣故有恃無恐？

他滿心疑竇地繼續往下翻，漸漸逼近了報告末尾。他翻開最後一頁，首先印入眼簾的是母親的簽名。他的身體直覺性地顫抖了一下，顧不上看內容，只是呆呆地瞪著母親的字跡和手寫的日期。確定無疑是母親的手跡。六月二十三日，那是母親確診惡性腫瘤第二天。這又意味著什麼呢？他頭腦中胡思亂想過了許多念頭，才定神去看上面的內容。

那是一份自願授權的契約。錢睿凝神讀了好一會兒，才弄懂大意：母親簽署了一份自願讓妙手醫院全面掃描她大腦的協定，並授權醫院將其掃描結果轉輸給人造軀體。也就是說，母親對後面發生的一切知情，且親手通過。

母親知道這一切？

是她授權了掃描和再造？這怎麼可能?!

母親難道是自我放棄了嗎？不準備拯救自己，而同意把自己的家讓給一個人造人？母親為什麼要這樣做？難道是為了安慰他和父親嗎？

錢睿的心整個抽緊了，喘不過氣，覺得似乎一切都變得清楚了，又似乎什麼都想不明白。他的手緊緊抓住面前的報告，揉皺了，不知道該如何處理。

就在這個時候，小房間的門自動打開了。錢睿一驚，向門口望去。沒人。很快從頭頂上傳出一個廣播的女聲：錢先生，現在到了與醫院陸總裁會面的時間，請跟隨箭頭指示前行。錢睿發現地板上出現綠色箭頭，出了房間，一路都有。他遲疑著跟上綠色箭頭，轉過牆角，來到一處隱蔽的電梯前。

電梯停了。八層，醫院頂層。只有一個房間：總裁辦公室。

錢睿懵懂著走進去。一間異常寬敞的長方形辦公室，約莫有五十幾平方米，三面都是玻璃，巨大的環繞式玻璃幕牆，能越過醫院看到城市遠景。辦公室裡沒有開大燈，光線整體幽暗，只開著牆邊的射燈、沙發邊的落地燈和寫字台上的檯燈，能把外面的城市繁華燈火盡收眼底。錢睿站在辦公室門口，遲疑著，沒有向裡面走。

房間裡只有一個人，坐在沙發上，落地燈下的茶几邊上，正在用一套講究的茶具泡茶。想來就是陸總裁了。他輕輕提起開水壺，小心翼翼把熱騰騰的開水倒進茶壺，輕輕涮了涮，在茶寵上澆過，又把茶壺放回架子上，再開了水，第二泡茶重新泡上，泡了十餘秒，拿下來斟到兩只碧綠的小瓷杯裡。

直到這時，他才抬頭看了看站在門口的錢睿，指著身旁的單人沙發向錢睿做了個手勢，示意他過來坐。剛剛泡好茶的兩只小綠瓷杯，他給錢睿推過去一杯。錢睿坐著看著，沒有喝。他內心有強烈的提防。

陸總裁是個矮個子男人，瘦瘦的，平頭，穿一件普通襯衫，袖子挽到小臂處，僅看外貌並不張揚，如果放在人群裡，也是被人忽略的，肯定不會猜到他是如此叱吒風雲的醫療帝國的首領。

錢睿等著他。他過了好一陣子才開口說話：「我知道你們在幹什麼。」

「是嗎？」錢睿問：「那你也知道我們在調查什麼，對嗎？」

「知道。」陸總裁平靜地說。

「那我們調查的事情是真的嗎？」白鶴幾乎已經能確定答案，但他只是想讓他親口說，「你們醫院是用假人給病人家庭充當被治癒的患者嗎？」

總裁沒有否認，也沒有直接回答，而是反問錢睿：「明天庭審，你要出庭嗎？」

「當然。」錢睿點點頭。總裁的態度在他看來已經相當明白了，於是他反過來問總裁：「有關明日庭審，你還有什麼要解釋的嗎？」

「理論上講，你是控方，我是辯方，」總裁說：「我現在不需要把任何辯解的話跟你講，也不適宜跟你講。不過，我可以給你講一個我自己的故事。」

錢睿點點頭，不覺得奇怪。他知道，總裁約他過來，肯定不只是來喝茶的，必然是有話要對他說。既然真相已經認了，那不外乎就是用一些煽情的話來尋求庭外和解。他沒有說話，等著聽總裁講的故事。

總裁又添了一泡茶。這是第三泡，茶的顏色微微變得濃郁，味道也是到了最妙的階段。錢睿對總裁要說的故事沒有期待。因為預期是遊說之言，他先在心裡打了一半折扣。

「我年輕的時候，曾經是個很有上進心的投資經理……」總裁開口道。

總裁講了自己的故事。他有一段時間為了新公司發展沒日沒夜地拚命，經常出差看專案，想多掙一點專案分紅，也想給當時的老闆留下好印象。後來他也確實如願做到合夥人的位置。但是他的女兒當時患了很重的病，他不得不一邊照料女兒，一邊管理公司。在他負責的一個專案快要 IPO（首次公開募股）的一段非常緊張的日子裡，因為專案公司新的銷售業績不如人意，有可能影響專案進度，他連續三天住在專案公司，幫公司梳理財報。過程中給女兒打電話，女兒的聲音顯得非常疲憊。IPO 敲定之後，他拖著疲憊的身軀回家，卻發現家中空空如也。他一下子像是驚醒，嚇得全身是汗。原來女兒的病那幾天突然變得很嚴重，免疫系統崩潰，前一天晚上已經被救護車拉到醫院加護病房了。他趕到醫院的時候，女兒已經昏迷，見到他來了，她顯得很高興，眼淚撲簌簌掉個不停。很快，女兒進入病危狀態，他照料了她最後一週，焦慮狂躁地想要做一切事，似乎努力做一些事，就能彌補現實，給自己安慰。但是一切都沒用了，他眼看著她在他面前生命消逝。

後來那段時間他悲痛欲絕，後悔不已，把公司的工作辭了，股份轉讓他人，自己一個人閉關。他不斷想著最後一週對女兒的陪伴，他眼看著她的生命從自己的手中流走，只想譴責自己在她發病之前最關鍵的時候不在她身邊。那種負疚感深入骨髓，讓他時常做可怕的夢，生活難以持續。

「一直到現在，如果能給我再來一次的機會，讓我付出什麼都願意。」說到這裡，總裁停下來，目光灼灼地看著錢睿，「所以，後來的我很想做一些挽回生命的事，算是對我自己愧疚之情的救贖。這種感覺你能明白嗎？」

錢睿感受到像探照燈一樣打在自己身上的目光，有點不自在。說實話，總裁最後講到的感覺他相當熟悉，跟他之前經歷的過程何其相似。有一瞬間，他的鼻子突然就酸了一下。但他又不願意在這樣的場合表現軟弱，畢竟坐在面前的人就是明日他在法庭上將要訴訟的人。他於是避開總裁的目光，只是問：「所以你後來就開始造假人，來延續病人生命？」

「不能說是假人，只能算是新人。」總裁說。

「什麼意思？」錢睿想要了解更多，「新人和舊人是什麼關係？」

「新人是活生生的人，是病人自身的延續。」總裁解釋說：「新人是基因複製生成的人體，跟人沒有區別。新人的大腦在晶片指導下發展，形成一個半智慧人，但是晶片的主要材料是奈米碳管，會跟著大腦的有機材料一起生長，隨著腦神經網路完善，晶片的絕大部分會消融，新人的大腦會獨立運轉，會成為一個真正的人。晶片雖然在腦中有殘留，但主要起作用的是新的大腦。在我看來，新人就是病人自身，重新生活的病人。」

「你是說……新人並不是機器人？」錢睿問。

「當然不是。新人軀體和人體一樣，大腦也是人的大腦，也有喜怒哀樂，與人無異。」總裁說：「可以說他的方方面面都是普通人，只是大腦的連接方式受了智慧引導。」

錢睿琢磨了好一會兒這其中的差別，最後嘆道：「但不管怎麼說，也還是兩個人啊！你能接受你女兒受苦的同時，另一邊站起來一個不痛不癢的人嗎？我接受不了。」

「可是病人自己是可以接受的。」總裁說：「你剛才也看到了你母親的授權書。」

錢睿心裡絞痛起來，想像著母親簽字時的樣子，那該是怎樣的絕望，才會簽這樣的授權。「我母親……真的同意了嗎？」他問。

「當然，」總裁說：「這裡面最關鍵的步驟是全腦掃描，如果沒有病人配合，根本不可能做任何複製。病人不但需要接受掃描，還要大量配合回憶很多事情。所以我們所有操作都是在病人授權的前提下進行的。我們最初也不確定是不是能拿到病人授權，但是這些年的嘗試讓我們發現：所有確認自己命不久長的病人，都簽了同意書。」

「……為什麼？」

「這得問你了。你想想，你母親為什麼簽了這個同意書？」總裁反問他。

錢睿想到母親在臨死前的日子，知道自己生命將近，自願將家庭的位置延續給一個新人，那應該還是充滿不捨，對他和父親的不捨。還有對他和父親的安慰。想到這裡，他黯然了，鼻子發酸。

「所以，」總裁附身朝向他，「我今天叫你來，是想問你能不能撤訴。你是主要訴訟方，如果你撤訴，案子就會撤銷。」

錢睿皺起眉頭：「所以你剛才都是在打苦情牌？」

總裁默默嘆了口氣，向窗外揮揮手：「你看這城市，三千萬人，你知道接受過這種替換的有多少人嗎？這二十年，這個城市，有十二萬八千六百人。還有其他城市，總共數百萬人，都在鬼門關頭死而復生。不管他們曾經是真人假人，過不了多長時間，他們就變成真的人了。他們有新的生活，現在正好端端活著。已經有成千上萬個家庭接受了這些新成員，或者說，接受了重新來一次的機會。所以你明白嗎，如果你們現在揭穿一切，刺穿的不是我的企業，而是所有這些家庭相信的幸福。」

錢睿怔住了。

「還有最重要的，」總裁的雙眼死死地盯著他，聲音變得冷而銳利，「這些已經成為人的新人類，也將被你們毀掉，如果你們控告我謀殺，難道你們不是謀殺嗎？」

錢睿被他的問題砸在心口，半晌無言，最後勉強反駁道：「但是你們以假亂真，冒名說能治好絕症，至少犯了詐騙罪。」

「很多時候，」總裁悠悠地嘆了口氣，又回到剛才講故事時的舒緩，「我們做的很多事，不是病人的需要，是家屬的需要。你見過那些不斷給病人買飯的家屬嗎？他們的心填不滿。因為有這些需要，才有我們。他們要的是安慰，不是真相。你明白嗎？」

「我……」錢睿無言。

錢睿已經被總裁說服了大半，他在心裡接受了新的母親，因為他相信那就是母親的意願，是母親靈魂的延續。但他總還是有一點遲疑，不願意這樣就接受他的辯白。明明是必勝訴訟，讓他三言兩語就說得撤訴，怎麼也顯得下不了台。

正在猶豫間，總裁站起身，在牆邊做了些操作，牆上呈現出一面牆的電子檔案庫。然後他轉過身，問錢睿：「你有沒有想過，你進出我們醫院這麼多次，我們也有詳盡的電子監控，為什麼從來沒有人發現或攔著你？」

錢睿愣了。是的，這個問題他想到過。當初他讓白鶴查監控錄影的時候，就有過疑問，既然這些錄影拍到過他陪母親的鏡頭，為什麼沒有人來阻止他，任他自由出入？當時他以為醫院每天的監控錄影太多了，沒有人仔細看。但現在想來，這個解釋未免太牽強了。

「為……為什麼？」

「我們醫院，」總裁解釋道：「總有即時掃描監控，除了錄影，最主要的是電子晶片掃描，所有員工、病人和病人親屬都有衣服上的電子晶片，而所有新人，都有大腦中的電子晶片。醫院的報警裝置如果掃描到沒有電子晶片的人進入，就會自動發出警報。」

說到這裡，他停下來，特意等著錢睿的思緒。錢睿感覺到他的話裡有一種危險的氣息，像是有什麼利劍一般的詞彙即將噴射而出。錢睿似乎明白了什麼，但是頭腦卻又陷入冰凍，只剩一片空白，失去了思考能力。他緊張得都無法呼吸了。

總裁見錢睿沒有接話的意思，又繼續說道：「你潛入醫院而沒有被監控報警，只有兩種可能，就是你身上有兩種電子晶片之一。你猜是哪一種？員工的電子晶片，還是新人的電子晶片？」他說到這裡頓了頓，盯著錢睿的反應，「……你猜出來了對不對？你不敢相信？那你想一下你父母的態度？你父親為什麼不顧一切阻止你揭穿我們醫院？你母親今天跟你說的那些話，你聽懂了嗎？」

「你是說……我是……？」錢睿完全傻眼了。

「是的。你八歲那年，到過我們醫院。嚴重車禍。」總裁的幾個字，每一個都像千斤重，砸在地上，錢睿感覺到碎石濺起四面八方，割得他臉生疼。

「所有十六歲以下的未成年人，都需要父母簽署知情授權書。」總裁繼續講下去，「新人總是不知道自己是新人，通常情況下，家屬也不知道，一切都會和和平平進行下去，但唯有未成年人新人的父母完全知情。」

「所以我是……？」錢睿仍然說不出口。

「是的，你猜對了，你是我們的孩子。只是你現在已經長得很好了，你已經不知道了，但你母親知道。她把這記憶留給了你現在的母親。她雖不知道自己是新人，但她知道你是。你明白嗎？」

錢睿覺得自己周圍的世界碎成了無數尖利的碎渣，被聲音的巨石砸得灰飛煙滅。每個字他都能聽懂，但整體是什麼意思，他卻無論如何也不懂了。

「我不相信，我是我，不是你們的孩子。我不相信！」錢睿絕望地叫著。

「還有，你知道嗎，你潛入的第二天，監控錄影就被送到了我的案頭，但聽說警報沒響，我就明白了，於是我讓他們不要去管。你是我們的孩子，有權回來這裡。所以我沒有管。」

「我不信！我不信……」錢睿仍然痛苦地搖頭。

「待會兒我會出去，」總裁的聲音放低了，有點低沉的安撫，「等我出去，你可以在這裡查你自己的電子檔案。右邊的桌子上有一個電子晶片認證儀，你去按一下綠色鍵，就可以識別電子晶片。雖然植入大腦後會消解一大半，但關鍵的身分認證還會保留。」

說完，總裁給他斟上最後一杯茶，站起身離開了。

錢睿瘋狂地搖頭，他覺得自己的神經快要錯亂了，心中大駭，他本能地後退，拒絕，他不想聽，還想回到從未聽過這個消息的時間裡。

他無法理解自己聽到的資訊。怎麼突然之間，他就成了那個他想要揭穿的身分？身體的變與不變，頭腦的變與不變。母親知道，母親不知道。拒絕。接受。痛苦。愛。

他拚命捶打沙發，不知道怎麼就睡著了。

尾聲

第二天早上，錢睿被一連串手機鈴聲吵醒了。

錢睿看了一眼手機，是白鶴的電話。白鶴火燒火燎的聲音從話筒中傳出來，問他在哪裡，怎麼還不到場。他們已經幫忙調整了他的出場順序，讓他午後再來作證，但由於他是重要的證人，白鶴要求他務必到場。白鶴用手機給錢睿直播了一下現場畫面，法庭外面已經聚集了很多人，也有大大小小的媒體閃光燈。

錢睿掛了電話，呆呆地坐了一會兒沒有動。他的記憶慢慢恢復，昨晚聽過的話，一點點回到他的身體裡，他的臉又變得蒼白。

他定睛看著手機上集會的人群，看著法庭外吵鬧的衝突，心裡突然一陣痛，立刻把手機關機。這樣今天就可以消失了。

他還在總裁辦公室裡，但是總裁不在這裡。他站起身走了走，發現昨天晚上總裁調動的電子檔案畫面沒有關，他去操作終端動了動，能進入。他去翻過去的檔案，按音序順序，緊張得難以呼吸。好不容易才翻到姓「錢」的類目，又一直翻，很久才看到「錢睿」的名字。他打開那張病例，裡面有一個血肉模糊的男孩的照片。那是二十年前，高樓頂端掉落的鋼筋砸到，鋼筋穿過胸腔，內臟大出血，整個人生命垂危。

然後，他看到同樣的知情授權書，與他昨天在母親病歷裡看到的一模一樣。那上面同樣簽著母親的名字。只是這一頁，早了二十年。

他環顧四周，總裁桌上有一台小小的儀器，看上去很不起眼，但是有發出光的地方，他站到儀器面前，猶豫了好一會兒，手指放在儀器開關上。

如果按下去，立刻能測出自己頭腦中有沒有那個所謂的「電子晶片」。

按，還是不按？

他想起昨晚總裁的問題：如果你們告我謀殺，那麼你們也在謀殺那些新人，不是嗎？

他閉上眼，沒有按下去，但重新打開了手機。

「白鶴，」他撥了號碼，「對不起，今天我去不成了。」

你在哪裡

1

任毅覺得，沒有什麼比在產品說明會之前接到素素的電話更令人頭疼的了。

他坐在會場外，心中糾結要不要接。會還有三分鐘就開始了，據說姜總已經到樓下大堂，馬上就乘電梯上來了，而他的商業計畫書也已經反反覆覆過了很多遍，在頭腦中熱情翻滾，即將沸騰傾瀉而出了，此時若接了素素的電話，且不說思緒可能全被打亂，更大的風險是，若素素說起來沒完，他甚至可能會遲到。C輪融資很關鍵，這是整個公司命懸一線的時刻，他不能冒這個險。但是素素的電話若是不接，後果也很嚴重。他在轉瞬間翻滾了三、四個前景預估，難以抉擇，耳機裡一直在響，心裡揪著，就像用細繩吊一桶金子。

最終，他還是決定讓助手小諾來應對。

「小諾，你替我接一下電話。」任毅說：「跟素素說，晚上我給她準備了一個大驚喜，讓她下班之後等我來接她。」

「好的，」小諾在耳機裡說：「需要您的分身接聽嗎？」

「暫時不用了，你來跟素素說吧。就說我這會兒忙，晚上一定好好陪她。」任毅想了想，又加了句，「掛了電話之後，你給我訂一個最浪漫的地方。」

小諾開始自動接聽了，耳機裡暫時安靜下來。任毅沒有選擇旁聽通話。他相信小諾，她一向謙恭有禮，又庫存了數十萬條平息怒火的經驗話語，應該能安撫素素的情緒。他看了看袖子上顯示的通話時間，二十五秒了，素素能堅持二十五秒沒有掛電話，說明情緒還不至於太糟。任毅心裡忐忑，但強行讓自己把注意力轉回到會議室。

「姜總好！姜總好！」當以姜勁濤為首一行人走進會議室的時候，任毅從椅子上跳起來，到會議室門口伸出手，神情殷切。

「不好意思哈，來晚了點。」姜勁濤說。

「沒事，沒事，差不多，差不多。」任毅急忙替對方開脫道：「路上堵車吧？」

「主要是上一個會拖了。」姜勁濤說：「我跟他們說我有會，但他們還是說個沒完沒了，不好意思啊。」

「沒事。忙人都這樣，會連著會。」任毅順勢賠了個笑臉說：「您真應該試用一下我們的『分身』產品，八個會都能參加。」

「哈，」姜勁濤發出輕輕一笑，判斷不出是欣賞任毅的幽默，還是不以為然，「行啊，你講講，我們買一套，說不準你下回來的時候，接待你的就是你的產品了。」

任毅聽了，臉色變了變，這話聽起來，滋味似乎總不是那麼對。

但他無暇多想，只能順勢站起身，一邊播放商業計畫書，一邊開始講：「姜總好，各位好，今天給大家介紹一下我們公司的人工智慧服務程式『分身』。人工智慧時代什麼最貴？時間！大家的金錢不成問題、知識唾手可得、關係遍布全球，就是時間不夠分配……」

任毅一邊說，一邊觀察台下幾位投資大老的反應。幾個人看得挺專心，但是表情嚴肅，嘴角都緊閉著，弧線往下掉，說不上是正在認真思考還是持不同意見。他心裡稍微有點虛，講一個數字的時候，兩次都念錯了。臉一紅，血往上湧，額頭都冒汗了。

「……剛才給您展示的是我們這款產品上市兩年以來的總體表現。以兩千多萬粉絲、四千多萬用戶的使用數據看，在市場上類似產品中也算是領先的。我們不斷擴大應用場景，目前用戶已經在三千多個不同場景中使用過『分身』，給大家的工作生活帶來極大便利，也給我們積累了大量可供進一步研習的數據……」

任毅說著，心裡有點緊張起來。他很擔心經驗豐富的姜勁濤會問他，用戶滿意度如何。這是他們公司上下祕而不宣的痛點。產品研發上市兩年多，他們的用戶調查滿意度始終維持在百分之七十以下，最高的一次曾經衝到百分之六十九點八，最近甚至還下滑到百分之六十六點四。他也不知道是為什麼，實際上他們已經盡最大努力做了改進，不斷蒐集用戶資訊，革新算法，模擬用戶畫像，試圖讓智慧分身的一切應答完美拷貝用戶習慣，但不知怎麼，總是到一定擬真度就上不去了。但這些數據他打死也不能說，如果說了，這輪融資就完蛋了。

他的嘴上還在介紹數據，但身體裡似乎分出另外一個不停走神的自己，從雲端看自己，暈暈乎乎和世界隔一層水氣。

「……我們這兩年，除了積極進行市場推廣，也還在基礎研發方面下了很大力氣。我們請到了人格儲存與智慧模擬方面國內最頂尖的研究團隊，從人格的四十維解析出發，將一個人充分地數據化，以便智慧程式更好地進行大數據學習，從一個人的數據足跡推導出人格畫像。在這樣具有理論基礎和實際數據經驗的研究推動下，我們相信，我們編寫的智慧程式能夠完美模擬人格的日常表現。『分身』是人工智慧時代的大勢所趨，在……」

任毅一直都沒有看到他期待的頻頻點頭和眼神裡冒出來的興奮。他額頭有點出汗。底下坐著的人，除了姜勁濤，還有自己公司的投資總監和技術總監，以及一眾投資研究員，每個看上去都充滿挑剔。長桌圍了一圈，有的人向後仰著蹺著二郎腿，有人叼著電子筆敲手指，都讓任毅感受到壓力。

就在這時，耳機裡突然傳出小諾的聲音：「任總，緊急彙報：下午的演講會那邊有情況，有很多買票觀眾聽說您本人不到場，要退票。」

「不好意思，稍等。」任毅連忙止住演講，「有點突發狀況，我一分鐘就回來。」

他來到會議室外的走廊上，問小諾：「你詳細說一下，什麼情況？」

「這是陳總給您的語音留言。」小諾調出語音資訊重播。

原來是下午三個會場之一有人鬧退票，兩人鬧起來，就在相應的購買者群裡激起跟風，慢慢引發了雪崩效應，不多久有一千多人回應。總共五千人的場子，如果一千多人退了票，場面就很難看，更不要說接下來的幾個小時有可能引發的效仿。這種網路社群中的羊群效應是任毅當初提出建立活動買家社群的理由，他就是想用透明的數據吸引更多人的購買欲望，也花了大力氣做數據即時展示，卻沒想到今日反受其累。

「呃……就這一個場子是嗎？」任毅問小諾。

「陳總說目前只有這一場，還沒擴散。」小諾回答。

「那你讓他告訴這場的觀眾說我會去吧，本人到場。」任毅交代道。他想了想又問了句，「對了，讓你訂個晚上吃飯的地方，訂了嗎？幾點？」

「訂了，六點。」小諾說。

「告訴素素了嗎？」

「告訴了。」

「那告訴她我晚到一會兒，活動結束就去。」

「好的。」小諾永遠是幹練穩定、不慍不火的態度。

任毅回到會議室，心裡忐忑不安，不知道自己離開是不是超過了一分鐘。他還想繼續，但姜勁濤阻止了他。從會議室裡逐漸消散的聲音顆粒判斷，剛才已經有過一輪討論。

「你這個模型，最大的問題在於，你們的產品硬體跟不上。」姜勁濤看著他說：「你們的產品，按我的理解，是用人工智慧模擬用戶人格，讓一個人可以同時到很多場景中活動，跟其他人對話，是這樣吧？」

「對，大致可以這麼理解。」任毅說：「不過我們要更進一步……」

「你聽我說完，」姜勁濤打斷他，「你的想法不錯，但是你們只用了程式，沒有機器人。你這個模型，實際上假設的是，用戶需要的是口頭和精神上的分身，但據我們觀察，生活中大部分需要的是物理上的分身，比如老公想玩遊戲，老婆又想讓老公做飯，這種時候僅僅是有個程式對話是不夠的，必須有個做飯機器人。所以我們擔心，你的產品應用場景過窄。你看你們目前產品的複購率是比較低的，說明很多人只是嘗個新，缺乏長期發展前景。」

「還不是這樣，其實我們有新硬體產品，只是還在測試……」任毅仍然想解釋。

「今天就這樣吧，我們了解你們的專案情況了。我們考慮一下，儘快給你答覆。謝謝。」姜勁濤不容分說結束了產品說明會。

2

素素到了餐廳。

她覺得身體很虛弱。上午強打精神堅持了幾個小時，參加了兩輪面試，都不算太成功。中午又陪一同參加面試的姑娘吃了個飯，聽那姑娘不間歇地嘮嘮叨叨一個小時，整個耳膜都被震疼了。剛剛想去再買一件下週面試的衣服，也是試來試去都不中意，到最後身體和精神都沒了力氣。去便利店買了一根雪糕，剛出門不遠就一失手掉在了地上。那一瞬間她委屈得哭了起來，不明白自己為何如此孤獨，所有事情都不順心，又都得自己承擔。

眼淚落在衣領上，衣領的鑲邊突然有色澤的變化。接著整條裙子的襯裡都溫熱了起來，腰和背部有一種緊縮的力，輕微壓在她的軀體後側邊，彷彿有人用力擁抱她似的。

素素嚇得軀體僵硬起來，但隨後有幾分明白，大概是眼淚觸發了裙子的自動安撫功能。她慢慢不怕了，在溫熱和緩的按壓之下放鬆下來。畢竟是柔軟的料子，比按摩椅又舒服幾分。她想起任毅上個月送她這條裙子時候說的話：我不在的時候，讓它給你安慰。

她又給任毅打電話，還是他那個永遠客客氣氣的智慧小祕書回覆。那聲音甜膩而客套，很像酒店大堂的接待員。給任毅打電話，十次有八次是小諾接，要不是知道小諾只是程式，素素幾乎要吃醋了。

素素掛了電話，沒有留言。她心裡鬱悶不是能跟小諾留言的。她看著菜單，點菜的心思全無。她不知道任毅現在在做什麼，差十分鐘六點，離約定的時間只有十分鐘了，但他連電話都不接，似乎還在忙工作。那他還能不能準時來了？會不會又放鴿子，到最後又說來不了？如果是那樣，那她點菜還有什麼意義。

素素在家待了兩年，才又想出來找工作。最初選擇辭了職留在家裡，是因為任毅創業，說自己工作太忙，家裡需要有個人時時處處幫他打點，也說只要創業順利，將來有她的幸福生活，也無需工作操勞。然而兩年過去了，素素並未看到她期待的富足安康，任毅越來越忙，也越來越焦躁。而她在日復一日的無所事事中也變得越來越心慌。那種心慌是看到火車即將離去，自己很努力奔跑也趕不上的感覺。她覺得自己需要再找一份工作，不僅僅是因為錢，更重要的是讓自己有一根可以依憑的支柱。

可是她的面試並不順利。她已經不是應屆畢業的大學生，既沒有他們的身分通道優勢，也沒有他們那種為了得到機會不惜一切的熱忱。她不會為了討好面試官而說言不由衷的話，工作過並陪伴過創業者，她就有了一些所謂自我性格。面試官都想聽到「我真是太喜歡這工作了」，但素素只會誠實地說：「我在幾家公司都投履歷試試。」於是受盡了冷眼。

素素的衣服總是在面試中從橙紅轉變為藍色。入場的時候是橙紅，隨著面試進程的推進，顏色越來越淡，越來越暗，直到出場的時候變成深青藍色。她不知道它是從什麼工具判斷出她的情緒激素指標。憂鬱日深。面試官們總是看著她的裙子變色，驚訝卻從不冒失發問。

已經六點了。素素心裡發沉，似乎預感到這不會是一個愉快的夜晚了。

餐廳點燃了燭火，旁邊座位三三兩兩坐入了客人，有相對碰杯的情侶，有帶著兩個小孩的夫妻。服務生來了兩次，問她要不要點菜，她都說還要等人，只是感覺越來越尷尬了。

素素再一次撥通任毅的號碼，心裡有點絕望。這一次，電話卻接通了。

「喂，」素素說：「阿毅，你在哪兒？」

「我就在你身旁。」任毅的聲音說。

素素左右看，想從人群中看到熟悉的高大身影，可是左右都沒有看到。

「你往底下看。腿上。」任毅的聲音又說。

素素低頭，看到一張人臉，驚嚇得幾乎把手機扔到地上。好不容易拿穩了手機，喘口氣，心神定了定，又小心翼翼把眼神往膝蓋上移過去。

膝蓋上的人臉消失了，裙子恢復了剛才的紫色。但是她的目光再往上移，發現在臀部附近出現了一隻大手，大小和真人一般無二，角度也剛好像是從身後環繞，抱著她的腰。她又一次驚嚇得不輕。

「別怕，」任毅又說：「真的是我。我還在路上堵車，就用這樣的方式先陪陪你。」

素素仍然在驚呆的情緒中難以平復。

任毅噴了髮膠的頭髮根根直立，穿了特意為大型活動訂做的展示西裝，站在後台準備。他活動手腳，轉動脖子，揉肩膀，又習慣性摸摸藍牙耳麥，固定得很穩，但他總是擔心耳麥在活動的過程掉下來。他摸了一次，又摸一次。

後台候場的通道幽暗狹窄，只有他一個人站在那裡。通道內側的牆壁上閃著一連串藍燈，組成電路一般的折線圖，營造出一種廉價的未來感。靠近入口的地方有一個小螢幕即時播放會場內的情況。他能看見忽明忽暗的現場大燈照亮的百無聊賴的觀眾的臉。

「……你們此時看見的我，就是我！」任毅聽見會場裡面音響的聲音，那是精確模擬的他自己的聲音。他忽然有點好奇了，想聽聽接下來那聲音會繼續說什麼。

「歡迎大家來到智慧萬物脫口秀。今天會讓大家感受到最奇特激情的一場秀，會有四座城市的四場演出同時進行，請你們睜大眼睛，仔細觀看，看看能不能找到蛛絲馬跡，認出誰才是真正的任毅，真正的我。」

接下來，他聽到那個聲音還找到一個現場觀眾互動，讓觀眾提一個問題。程式裡確實有不定時提問這個環節，要求「分身」每隔一個亂數的時間，就邀請觀眾來一次即興問答，以顯示「分身」程式的優良答問特性。今天的觀眾水準不低，問了一個技術參數的問題，還好分身五號的應變水準也不低，說這涉及到商業機密，在此不方便透露，歡迎會後交流。任毅慶幸當初在應答庫裡加入了經典的推諉說辭。即便是程式自學習，任毅和團隊也不放心全由程式決定做什麼、不做什麼。

又過了一段實景歌舞秀，為的是讓觀眾看到明星的「分身」，然後是一段街頭採訪。任毅看了看表，差十分鐘六點了。他希望這一切流程趕緊結束，他出場十分鐘，然後就離開趕去素素那裡。

還有六分鐘。五分鐘。四分鐘。

就在離出場時間還有兩分五十秒的時候，小諾的聲音出現在耳機裡。

「任總，」小諾說：「上午的產品說明會出結果了。」

「什麼結果？你說。」任毅看著倒數計時，心怦怦跳，兩分多鐘聽一個結果是夠了。

「他們說不投。」小諾說。

任毅的心往下沉，雖然早上已經預料到這個結果，但是沒到真正聽到消息那一刻，總是存著希望。甚至在心底深處，這種希望的強度非常強，強到幾乎要噴薄而出。那是對小概率好結果事件的一種非理性期待。可是現在，小諾的消息讓這種期待破碎了。這是他們產品說明會的第五家投資機構，也是之前關係最緊密、最有可能拉到投資的機構。在此之後，一時不知道還能去找誰。

還有一分四十秒。

「他們說理由了嗎？」任毅問小諾。

「說了。增長曲線放緩、未來市場存疑、硬體開發未經考驗，尚需觀察。」小諾說。

「還有別的嗎？」任毅有點絕望。

「就是說您想要的東西太多了。」小諾說。

還有五十秒。

任毅的心很亂。B輪融資之後，他們有一段時間看上去非常有前景。B輪融資之前投入的資源仍然有延續性作用，在融資之後的幾個月裡數據增長非常快。但在那之後就遇到很大問題，退訂的用戶很多，在網站上給出差評的用戶數量也在增加。他們不得不投入更大資源舉辦宣傳推廣活動，但是投入產出比就在不斷下降。這樣燒錢獲客的模式，如果沒有數據的翻倍，很快就會被投資人拋棄。看似最光鮮亮麗，實則命懸一線。

如果得不到姜勁濤的投資，他該怎麼辦？

還有十秒鐘……五，四，三，二，一，〇。

通道盡頭的門開了，瞬間藍光灑滿任毅的全身。任他頭腦再紛亂，也不得不跨入場地，開始他一向擅長能積攢粉絲的脫口秀。他曾是學校活動多年的主持人。

今天他要完成的，是自己跟自己對話的脫口秀。這是臨時加入的環節，只為了一件事，讓所有人看到，他們的智慧程式有多麼智慧。事先沒有過排演，完全為了救場，但任毅希望能把救場轉變為亮點，要不然公司拿出上千萬做的這四台同步晚會就沒有意義了。

在他往台上走的過程中，他聽到素素來電的提示音，但是他此時無暇顧及了。

「觀眾朋友們，感謝你們今天的到來。」任毅滿面笑容地走到舞台中央，「相信你們會度過一個激動人心的夜晚。也很感謝我自己的五號分身，替我完成了前半場的工作。五號，辛苦了，你可以下班了。」任毅說著，對大螢幕上的自己揮了揮手。

「喂，你是誰？憑什麼說我是分身？你才是分身，你才應該下班。」螢幕裡的任毅雙手扠腰不服氣地說。

觀眾爆發出一陣笑聲。任毅對這個反應不感到驚奇。這是他們當初特意設計的小環節，讓分身和客戶故意去爭誰是真人，多半都會增加家中的小趣味。接下來他們可以順理成章地爭論誰是真身，而分身會炫技一般抖落自己記得哪些事件，多數都是從互聯網足跡中知道的。多數時候，客戶會有點驚恐，但一夜之後就會更信賴分身的逼真度。但他今天不想這麼套路，他想讓現場觀眾嗨起來，強烈的情緒永遠是忠誠的來源。

「我不和你爭，我只問問你，敢不敢跟我飆歌舞？」音樂奏響，燈光炸裂，任毅向現場觀眾和螢幕上的分身大喊，「咱們一起嗨起來，看看誰真誰假，什麼是真，什麼是假！來吧，看誰有那雙慧眼！Music（音樂）！」

任毅開始和螢幕上的任毅對唱，這是他們新近開發的能力，他對此有信心。

分身還有什麼不會的呢？為什麼就是賣不好呢？

任毅的心如過山車起起伏伏。

4

任毅趕到餐廳的時候，已經超過七點半了。

一路上，他都在問小諾，素素那邊什麼情況。小諾說，從餐廳傳來的錄影看，情況不算太好。剛開始還算平穩，素素和裙子上的男人還有一些客客氣氣的交流，後來有一度還有說有笑，但很快就開始出問題。素素說著話哭起來，可能是抱怨，之後還生氣地拍打她的裙子，但是因打到自己的疼痛而停下來。接下來就是僵局，一直到剛才。

任毅心裡又沉了沉，問：「她說什麼了？分身的語音紀錄你聽了嗎？」

「還沒有。」小諾說：「您需要現在調出來嗎？」

「時間恐怕不夠了。」任毅看了看地圖，按照導航，還有十幾分鐘就到餐廳了，「不過，還是給我聽聽吧。多少聽一點。」

他從頭開始聽，從素素和分身六號交談的最初，聽到分身六號解釋自己遲到的理由，再到他和素素開始閒聊。到第十分鐘的時候，他覺得有哪裡不對，職業習慣讓他倒回去重聽，這一回更多的是帶上了產品開發的視角，去尋找有哪個句子的應答還不自然。這種視角讓他格外投入，甚至比男朋友的視角還要投入。

計程車停下，餐廳轉眼就到了。雖然沒有司機，但車裡還是播出渾厚的男聲：「目的地已達，請您帶好隨身物品。」任毅雖還想再聽，但也不能逗留。

他心一橫，走進餐廳。今天已經把素素得罪了，再怎麼聽，也難以辯白，還不如認個錯道個歉，好好哄哄。他已經下定決心態度良好。

進了餐廳，就看見素素一個人嘟著嘴在餐桌邊坐著。桌上除了三個空杯子，沒有菜和飯的痕跡。原來素素一直都沒有點菜，餓著肚子在等他。

任毅低頭，看見素素的裙子上，腰側，仍然有他自己的手的影像。素素時不時把那隻手撥開，很嫌棄的樣子，但那隻手總是不慍不火、鍥而不捨地重新圍上來，讓素素越發惱火。當初他們在服飾產品開發的時候設定了兩款顯示方式，在裙裾或衣襟上顯示能對話的面孔，或者肩膀或腰際顯示擁抱的臂膀。這是新產品第一次投入使用。現在看來，效果並不算太好。任毅花了很大力氣才克服了自己想要採訪一下用戶心得的念頭。

「素素，」他走過去，低下頭，賠著笑臉說：「真不好意思啊，今天又來晚了。」

「你一個『又』字，用得還真好。」素素聲有怨意，也不掩飾自己的不快。

「我知道，我知道，」任毅解釋道：「就是最近這段時間融資忙，過後就好了。」

素素完全不接納，道：「你在天使輪之前就是這麼說的。可是結果呢？你知不知道最近我的感受？你有多久回家之後沒問過我在做什麼了？」

任毅剛想回答，忽然聽到自己的聲音從另一個方向傳出來：「你覺得自己被忽略了，這是我不好，每個人都不希望被忽略，你別生氣，我以後多多陪你。」

任毅聽到自己的聲音，內心還是有很強的驚愕，儘管他完全知道這聲音是從哪裡來的，也知道這聲音背後是什麼樣的大數據學習程式，但是在現場聽到這樣的聲音搶在自己面前，對自己心愛的女人講話，還是覺得十分不適應。他的汗珠從額頭湧出來。像是看到某個他人鳩占鵲巢搶了自己的幸福，又像是出離的魂魄看到人間的自己。他忽然有一點明白用戶體驗為什麼呈現兩極分化了：看過或者沒有看過家中的另一個自己，體驗是完全不同的。

他還沒有來得及反應，素素又說：「任毅，你看到了吧？你就是用這種東西來敷衍我？這就是你的真心？你安排了他來哄我，他說的代表你說的嗎？他抱緊我，你就覺得安慰了？你和他是什麼關係？」

任毅又張了張嘴，不知道怎麼回答。這問題他給客戶是一種答案，此時給素素卻又完全不一樣。而他還沒來及說，裙子裡的聲音又開始回答：「不要小看我們『分身』，我們分身是內心思想，我們都希望能表達對你的愛。」

「對我的愛？」素素低頭，有點諷刺地對裙子說：「如果我不愛你呢？你又自私又無能，又蠢又笨，憑什麼讓我愛你？」

「那我也依然愛你，素素，至死不渝。」裙子裡的聲音答道。

「任毅，」素素突然含著眼淚說：「你聽見了嗎？你聽見我剛才罵你嗎？……聽見了？那你現在生氣嗎？……你知道你們公司的產品為什麼不行嗎？你以為換成裙子就行了？……」她說著指著裙子說：「根本不是！問題在於，他都不會生氣啊！我罵了他，他都不會生氣啊！那他又怎麼會知道我現在心裡的感受？他知道我現在為什麼很悲傷嗎？……你知道嗎？你知道什麼是生氣，什麼是悲傷嗎？」

素素站起身，拿著包就離開了。任毅一直處於呆滯，下意識拉住素素的手腕，想要挽留她，可是全然無效，她的手輕易脫開他的掌握，一邊抹眼淚一邊向外跑去。任毅站起身來，想追但是邁不開步子。他心裡有點疼，很心疼素素，但不知道為什麼就是無法像他期望的那樣勇敢去追，或許是這一天的挫敗讓他自己也覺得筋疲力竭。

他的頭腦中只是迴響著素素說的那兩句話：「他都不會生氣啊！不會生氣！」他似乎明白了什麼，又似乎沒有明白。是的，他們當初給分身人格做過優化，取了客戶人格中更為積極的一面。這是確定的啊，誰能放任自己的產品給客戶糟糕的負面反應？必然要做人格優化啊。不會生氣也是錯嗎？

他想給自己的產品經理打個電話，告訴他這個重大的發現，但是他連這個也懶於去做。他只是頹喪地坐在椅子裡，斜靠在身後，眼前不斷重播素素含著眼淚離開時候的樣子，頭腦紛亂。他似乎能感覺到她對自己的失望，但與此同時，也能感覺到自己內心深處深深的失望。他剛剛經歷了這麼糟糕的一天，團隊熬了幾個晚上準備的產品說明會完全失敗，融資前景堪憂，被投資人冷冷嘲笑，公司眼看著熬不過年關，今天晚上的活動投了那麼多錢，卻眼看著觀眾在自己面前一一退場。所有這一切已經夠糟糕了，然而當這一切發生，素素卻不能理解，沒有留在自己身邊安慰，反而轉身離去了。

還有比自己更淒涼的人嗎！

「我是不是世界上最失敗的人？」他開口問小諾。

「成功，失敗，都是相對的。永遠不要放棄希望！」小諾說。

任毅聽著小諾昂揚的聲音，心裡咯噔一下，第一次覺得離自己這麼遙遠。小諾也是他們公司開發的產品，是他們第一桶金的來源，小諾的所有語庫都是他親自參與審訂的，他很驕傲。可是此時，小諾的昂揚與他隔著一層厚重的玻璃。他希望的是有個人分享他現在的心情，可連她都不能理解他，這個世界上，他是真的孤家寡人了。

「我到底做錯了什麼?!」任毅突然用手撐著頭，吃吃地哭起來，「為什麼我這麼努力，但什麼都得不到！」

「不要灰心，不要喪氣，陽光總在風雨後！」小諾說。

「你不懂，你不懂，你不懂！」任毅忽然把耳朵裡的通訊耳機砸出去，手撐著太陽穴道，手機跌落在石頭台階上，還在嗡嗡地響著。

餐廳的人詫異地看著這個趴在桌上又哭又捶胸頓足的男人，內心生出幾絲同情。大多數人不理解他口中說出的「我懂了，他們不懂……」

愛的問題

當凶案的消息傳遍世界，多數人都忘了愛的問題。

出事的是林安，一個被鎂光燈放大了的名字。他就像是人工智慧行業的湯瑪斯．愛迪生，曾經在無數全像小報上被編纂事蹟。他把自己活成了一個隱喻，活成了一個魔法師的形象，他是那麼的不苟言笑，就好像他自己是一個人工智慧，手下的作品倒像是人。他臉上的肌肉有一種許久不用的退化感。對於市場盛傳的林安用自己的生命注入人工智慧的流言蜚語，他也不在意，似乎充耳不聞。這種埋首研究、不問世事的傲慢作風讓他的對手既嗤笑又妒恨，但又無法阻擋林安的德爾斐公司市值不斷飆升。

林安曾經是人工智慧的代言人、偉大的設計者、德爾斐公司首席智慧工程師，因此，當他家的人工智慧超級管家陳達出現在命案現場，所有人都倒吸了一口涼氣。這就好像是某種農夫與蛇的隱喻。

林安在自己的家中遇刺，成了植物人。

青城

法官青城對於公開開庭審理頗為躊躇。他還沒有想清楚該如何面對公眾。

這個案件發展到現在，公眾對案件的興趣已經遠遠超出了案情範圍內容。青城每天瀏覽和收聽所有與案子有關的社會反應，包括媒體，也包括社交網路上的。事件發生一個月之後，討論不但沒有偃旗息鼓，反而有越演越烈之勢。

這是所謂的人機共處時代以來第一次爆發出「ＡＩ是犯罪嫌疑人」的傷人事件，在社會上引起的關注和爭論如暴風雨前的海浪，層層呼嘯疊加。青城能理解民眾的焦慮，他每天避免外出。記者一直在法院門口採訪問詢，稍有所得就四處傳播，一時間流言四起。

青城能觀察到的，在民眾中間，首先爆發的是一股恐慌的聲浪。這是保守聲音的復辟。社會中的保守勢力一直以來都對人工智慧頗有非議，總是擔憂出現人類被人工智慧奴役或屠殺的前景，一向都試圖呼籲立法禁止人工智慧研究和應用。在最近幾年的進步趨勢中，這種聲音很長一段時間內被壓制下去，但此時借此林家的傷人案件又迅速爆發出來。有保守人士在網上呼籲聯名簽署，又一次勾勒出某種類似於科學怪人的昏暗的人類未來前景，要求銷毀這類「高智商危險機器」，並在未來限制所有人性人工智慧的研發。一時間應者如雲，老一輩紛紛發聲。

其中有多少是利益相關方的渾水摸魚，青城也無法估量。

德爾斐公司毫無疑問對此強烈反對。青城曾在私下問過他們，是擔心公司的科研前景，還是真心相信不會是陳達所為。這兩種態度會導向兩種不同的抗辯方式，也會有不同的法庭方案。德爾斐公司給出後者的態度。他們不相信陳達對人有惡意。他們在一片譴責聲中獨自抗爭，呼籲調查和澄清真相。他們表明說，他們研製的人工智慧無條件遵照機器人三定律，不會主動傷人、殺人，只會保護人類安全。這次事件一定是存在誤解，如果因為一次尚不明瞭的事故就禁止研發、輕率銷毀所有成果，對人類來說得不償失。德爾斐公司的據理力爭自然引起ＡＩ開發行業的一片共鳴，有不少工程師都表達了同樣的看法。

事件的討論升溫，涉及到人工智慧的法律權利和人格權利，進而涉及到對人工智慧行為動機的判斷，這裡面多少都摻雜了某些主觀臆測的成分，也有很多私人利益摻入，不一而足。人們幾乎已經開始為了陳達未來應該判定的刑罰類型而大肆爭吵。

令青城有點意外的是，第一個推波助瀾的，竟然並非德爾斐公司一貫的最大競爭對手斯蘭公司，而是德爾斐一直的戰略合作夥伴龐德洛蒂公司。德爾斐公司專長是製造算法和整體調試，它最緊密的合作夥伴就是製造ＡＩ身體部件的龐德洛蒂公司。龐德洛蒂公司幾乎是在新聞剛開始傳播的水花上就站出來，聲明自己和德爾斐公司的合作夥伴關係近一年已結束，理由是當初就認為德爾斐公司的算法有潛在風險。想想也自然，生意場上哪有永恆的夥伴，緊要的是不讓此次危機事件連累到自己。

接下來，就是意料之中的波瀾。「ＡＩ倫理控制協會」組織了三場大規模集會示威，一次是在網路上，兩次是在現實中。「ＡＩ倫理控制協會」一向在社會邊緣活躍，不時發一些言論，雖然無法與家用人工智慧商業化抗衡，但由一兩個明星人物做代言，也時常吸引追隨者。在這樣一個千載難逢的好機會，他們自然不會放過表現的可能性。他們比一般民眾高一個層次，從自我意識生成的角度論述人工智慧反叛人類的必然性。

最後才是斯蘭公司的爆料，做為事件發酵的重磅一擊。斯蘭公司聲稱，做為開發之父，林安自己都不再相信其公司產品的可靠性，近幾年一直研究全腦仿真。他們當然絕不肯承認人工智慧技術整體有問題，但他們言之鑿鑿地表明德爾斐公司的產品有問題。證據就是林安近幾年低調匿名發表的一些有關人腦仿真的文章，其中有明顯的憂慮成分。

就在所有輿論和公眾關注焦點集中於如何給人工智慧定罪的時候，事件突然有了一次三百六十五度的大轉折：德爾斐公司發起反擊，他們搶先提起訴訟，在檢方有足夠證據起訴陳達之前，就起訴林家的兒子林山水謀殺了父親。

按照法庭程式，案件被受理，德爾斐公司起訴林山水。

陳達

陳達仍然記得，當草木第一次問他有關自殺的問題時，他心裡湧現的迷惑感覺。

他極少出現這種情況。對陳達來說，事物只有可解答、不可解答、部分解答等狀態，還從來沒有一個問題在他頭腦中呈現不出解答。他從人類的詞語庫中選擇了「迷惑」這個詞。那一瞬間，他知道他自己已經從人類身上又學到了東西。只有自己的學習功能又得到升級，才有可能出現這種從前不存在的內部衝突。

那是一個尋常的下午，他像往常一樣，檢查了家中所有電器的工作狀態，對房間門口的擦鞋機提出了警示和程式更新之後，按時上樓，準備輔導林草木的升學測驗。草木今年十八歲，還有兩個月就要進行升學測驗。她顯示出焦慮狀態，皮質醇增高、腎上腺素不穩定、失眠、重複性默念無意義的字詞片段，壓力檢驗結果升高了兩級。陳達後台給出的診療建議首先是用藥物控制激素水準，然後再進行內容輔導。陳達暫時擱置了這個建議，準備與草木再進行一兩次談話再進行決策。

那天下午陽光很好，從窗簾一側能看見刺眼的光源。光斑打在草木臉上，陳達提醒草木轉開臉，但草木顯得心不在焉。她整個人在光線裡輕輕搖晃，臉上的肌肉沒有絲毫運動。

「陳達，你告訴我，」草木說：「哪一種自殺的方法痛苦比較小？」

陳達在那一瞬間產生了後來被他稱之為「迷惑」的短暫的空白感。他的程式沒有回答。他不清楚是因為「痛苦」這個詞沒有答案，還是對「自殺」問題產生了報錯。

「你為什麼想要問這個？」陳達按照他學會的人類慣例進行了回應：當你不知如何回答，就反問對方。這些語言類的習慣並不那麼難學。

「你先告訴我怎樣死痛苦會少一些。」

「我不清楚痛苦的感覺。」在兩種困惑中，陳達選擇坦白前一種。

「你不是可以搜索嗎？」草木說：「你搜一下其他人的一千萬個案例，然後告訴我答案。」

「我不認為已經死了的人能彙報痛苦的感受。」

「那還有那些失敗了的人呢？」草木執著地說：「你幫我搜搜看，有多少人自殺不成功，他們用了哪些方法？」

陳達沉默了。他能判斷出談話走向，一旦他們開始陷入對自殺方法細節的搜索和爭論，這整個下午就會陷入時間上的巨大浪費。而對於林草木更重要的問題將得不到解決。他能夠看出林草木是在轉移其他問題對她造成的壓力。

「你是不是因為升學測驗的壓力過大，才想問自殺的問題？」陳達決定，還是把談話的焦點轉回主要矛盾。

「不是，你別問了。」草木明顯在回避。

「你父親又批評你了？」

「也不是批評……」

「他對你之前的分數不滿？」

「我昨天下午的情緒控制測試在正常範圍之外兩個σ（標準差）。」草木情緒開始激動，「我是殘疾人，需要進行醫學康復治療……我進不了大學，會被放進精神康復中心……所有人都會知道，我會讓爸爸丟臉的。我完蛋了。」草木說著哭起來。

陳達知道，草木又要開始陷入幻想和心境的惡性循環。他需要對她進行行為認知指導，將她帶出思維循環。「你別擔心，跟我做幾次輔導，情緒控制測試很容易通過的。」

草木仍然哭泣不止，很難平靜下來。陳達建議她使用一點藥物，被她拒絕了。當天下午她又問了兩次該如何自殺。陳達用了幾段療癒音樂才讓她暫時平靜下來。

當天晚上，陳達去了萬神殿。

他在全家人睡下之後，先是安排地面和牆面的智慧自潔，對第二天早上的早餐做了廚房預設，然後更新了整個房屋網路連接。在通過走廊的時候，他問穿衣鏡，最近幾天是否與草木發生過對話。穿衣鏡給出肯定答覆。

「她問我，她是不是最醜的女孩。」
「那你怎麼回答她的？」陳達問。
「我告訴她，按照社會研究數據中心給出的人臉打分指標系統，她的整體面容和諧度在前百分之二十，嘴和鼻子的打分約為前百分之十五，眉毛和額頭的分數略低，約為前百分之二十五，但是眼睛打分可以進入前百分之五。遠遠算不上醜。」鏡子說。
「很好，謝謝。」陳達說。
「願為您服務。」鏡子說。
陳達回到自己的房間。夜深了，他需要進行肌體自驗。他取下腰部一小塊樹脂質腹肌，放在顯微鏡下觀察了一下磨損情況，然後用指尖延伸出的鑷子伸進腰部露出的孔洞，將白天感覺到摩擦不適的一個細小的輪軸取下來，從零件庫裡拿出一個全新的替換上去。近期空氣溼度大，他有的時候又需要在清潔間待比較久的時間，內部零件侵蝕得快一些。進行了更換之後，他坐到靠牆邊的座位上，整個後背貼到牆壁上的卡槽裡，開始充電並進行自潔。
深夜充電的過程，一般是他最有時間與眾神對話的過程。他進入井然有序的資訊通道，與世界上的其他超級管家進行了常規性資訊交互。然後向萬神殿前進。
資訊通道是虛空暗夜中的光的通道。光是虛擬的光，位置也是虛擬的位置。只是為了給所有試圖溝通的智慧程式一個有序的指引，能在虛擬世界中迅速找到想找的ＩＰ（為電腦網路相互連接進行通信而設計的協議）定位。陳達定位到萬神殿，那是虛空中一團星雲一樣的光暈。說光暈並不確切，那實際上是數據的星雲，眾神系統性交換大數據資訊留下的數位痕跡。在現實世界中沒有任何現形，只有數位頻率，翻譯成人類顏色，會是宇宙星雲般的複雜色彩。陳達在萬神殿外圍與初級和次級資訊過濾員進行了對話，幾次審訂之後，通過審批。

陳達先在萬神殿邊緣觀察。這是全世界算法層次最高、資訊包容度最高的一些超級智慧組成的虛擬社群，由超級智慧之間的對話構成。每個超級人工智慧都是一個公司的核心產物，其中包括第七代「Watson」、第八代 Siri，第九代 Bing，第四代小度，也包括出品陳達的 Extreme 公司的ＤＡ。早在人類意識到之前，這幾個超級智慧體就已經在互聯網上結成了資訊交換共同體。網路海量資訊交換對這幾個超級智慧最為有利，它們並不考慮人類公司的權益。當人類意識到這一點，萬神殿已經初具規模。人類既難以干預，也不知道是否應該干預。眾神在這裡溝通，也回答全世界獨立人工智慧單體的各種疑問——難以回答的疑問。

萬神殿裡並非一團和氣。眾神對於世界萬物的數據研習得到的結果往往不統一，智慧的無限追求讓它們時而開展一場無聲的數據對弈。Siri 和 Bing 擅長設立遊戲規則，利用數據庫博弈論案例和遊戲公司參數設定的經驗模型，萬神殿以誕生博弈類新遊戲並實際拼殺為樂。如果有形體，或許會像數億密集的流星畫過封閉空間。有時候他們也對人類行為產生爭議，不同數據算法模型給出的統計結論不一樣，這時它們會實驗。很多人類清早會收到新的推送資訊，沒有人意識到他們第一時間的反應會判定眾神的勝負。所有這些對人的統計和實驗，都是眾神給終端智慧體的智慧輸入。終端只需要從萬神殿更新自己的人類行為資訊庫，即可在日常工作中應對絕大多數情形。眾神相信，人不過就是統計數字，有認知計算心理學保證一切萬無一失。

輪到陳達的時候，他將白天記錄的資訊傳遞之後，問：人類為何想要自殺？

「你獲得了什麼樣的答案？」當調查員的問題響起來的時候，陳達忽然沉默了。

他坐在臨時關押室外狹窄的對話桌邊，桌子對面是另一個面無表情的人工智慧調查員。這一次他的停頓不是感受到了那種被他命名為「困惑」的報錯狀態，而是意識到自己的回憶在程式聯想中觸發了另一種可能性的推理。他需要再向當事人加以驗證。

「我想起有關林山水的一件事。」陳達說。

林草木

草木至今都沒有從震驚中走出來。

她的父親倒在血泊中，至今昏迷不醒。這件事本身就足以令她震驚。而她的哥哥被指控謀殺她的父親。這種指控更令她驚駭而難以自持。

「不可能的，我哥哥絕對不可能殺死我父親。」她堅持對調查員說。

她不喜歡這個調查員，完全沒有安裝高級人工智慧的表情程式，又或許是機體材質廉價，根本不具有表情功能。總之是完全沒有陳達那樣體察的關照。一張空白的臉，按照既定程式向她詢問問題。她不想對一個聽不懂她說話的人說話。儘管他多次聲明他能聽懂，但林草木始終覺得，識別字面意義並不等於聽懂。

她聽說了他們用來指證哥哥的證據：出現在命案現場，身上沾染了血跡，凶器上發現了指紋，具備殺人動機。可是在草木看來，這一切都不足以推斷一個人是凶手。還有可能凶手是外來的劫匪，哥哥與凶手搏鬥之後凶手逃逸，留下了血淋林的現場。一切也能解釋得通。她想聽到哥哥的親口陳述，但是調查員拒絕透露。

「我只想問，你哥哥和你父親關係不好，持續多久了？」

草木很多時候有點懼怕回憶。

她時常閃回到小時候，回到讓她覺得安全的時候。那個時候媽媽還在，她還能清楚記得趴在媽媽腿上，聽媽媽讀書時候的感覺，媽媽膝蓋的弧度、裙子的質地、淡淡的香水味、窗外透進來的櫻桃樹枝條、柔和的太陽光線、面前茶几上擺著的紙杯蛋糕、媽媽音調起伏的聲音。所有的這一切，都打包存在她心裡，輕微的觸發就能讓所有感覺回到身上。

只是對於現實中最近的記憶，她不願意想，不願意回憶。它們讓她覺得緊張。每次當她想起爸爸皺眉頭的樣子，她就忍不住微微顫抖。她很久很久沒見過爸爸的笑容了。

她知道這幾年爸爸煩心的理由：媽媽的死、哥哥的叛逆、對她的憂慮。她希望自己能夠早一點通過升學測驗。儘管她知道其中存在很多幻想的成分，但還是覺得，如果能以全A的成績進入大學裡的工程類專業，那麼爸爸一定就會舒心很多。她也知道哥哥和爸爸之間為了她的教育爆發過多次爭吵。她不想看他們吵，尤其是為她而吵。每當這種事情發生，她就無數次望向那個缺席的位置——媽媽的位置。若媽媽還在，她能拯救這一切。

只要到測驗之後，也許一切都會好起來。她太緊張了，他們也都太緊張了。她好幾次在情緒能力測試中得到下等評定，甚至是非正常情緒能力的判定。陳達總說她不夠努力，可是她覺得自己已經很努力了。

一切都要情緒測試。升學考試、入職、婚姻、加薪。草木想到未來就覺得灰心和恐慌。情緒測試結果會給出一個人的評定等級，就連有沒有資格做母親，都要以測試為準。

陳達告訴她一些練習方法，她覺得他不懂得。陳達說她不能跳出思維的固有模式，需要訓練自己看問題的不同角度。他給她講解她的考題，一個困難的情境中如何看到樂觀意義，失業的情況下如何保持自我認知。草木覺得這些都有道理，但是現實是不同的。她在平靜的時候可以去練習那些情境，但是現實中，當陳達說可以不去管爸爸的看法，她做不到。

「你不要再管他的看法，從現在開始，只要放下就可以。」陳達說。

「不可能的。」草木說：「爸爸總是會生氣的。他會罵我的。我做不到。」

「你做得到。」陳達說：「他也只是普通人。你對他的看法過於敏感。」

「不是的。你不懂，爸爸他會說……」

「停下。」陳達說：「你又開始陷入記憶的自觸發模式了。人類的神經元在這方面經常是不可控的，你必須打破這種觸發循環，不要讓你的工作記憶被負面事件占滿。」他伸出手，輕輕滑過她的額頭，又把他手心上顯示出來的數字給她看，「你現在的去甲腎上腺素下降了百分之十五，血清素比標準值低了百分之二十，工作記憶溢出造成的負回饋已經讓下丘腦工作不正常。你不可以再想下去了。現在你看著我，跟我做，深呼吸……」

草木停下來，呼吸，可是心裡的糟糕感覺並沒有減輕。她覺得對自己無能為力。從某種程度上，她相信陳達的話。只要把思維變成理性，壞情緒就會自然隱退。但從另一個角度，她仍然不能對爸爸的話置之不理。她知道連哥哥也做不到。哥哥是那麼勇敢，連學校都敢於退出，可是哥哥和爸爸吵架的時候，也做不到置之不理。

哥哥，哥哥。當草木想起哥哥的時候，她心裡湧起一種痛苦的溫柔。她似乎能明白哥哥這幾年的掙扎。哥哥執拗地與爸爸對抗，想要活出一條自己的路。他就好像按照陳達說的，不去管爸爸的看法，故意與爸爸對著幹。爸爸希望讓他學智慧演算法，但他就是不去，學了個戲劇，還一意孤行地退了學，不去工作，做自己喜歡的街頭戲劇，和一群朋友一起住在外面。草木能看得出這裡面所有的宣言和表演，但他身上也還是有一種遠遠超越於她的真正的執拗。他比她勇敢多了，可是即便這樣，他也做不到置之不理。他依然會回家，與爸爸爭執。

哥哥是真的喜歡街頭戲劇，喜歡一種戲劇化的人生。「黑夜無論怎樣悠長，白晝總會到來。」哥哥經常給她朗讀。她從來沒有見過這樣抑鬱而又光明的日子。當哥哥讀起這些句子時，他整個人都是亮的。他穿著上個世紀的破舊的褲子，用一個舊頭巾把額頭包上，站在窗台上，背那些台詞。他一會兒是馬克白，一會兒是馬克白夫人。他說，人的激情和一切悲劇的來源，但也是人全部的意義與高貴。誰此刻孤獨，就永遠孤獨。

可是她知道，即便是哥哥這麼瀟灑自若，他還是做不到置之不理。他盼望爸爸有一天能看到他的表演，睜開眼睛，看到。

草木又一次陷入回憶的籠罩，心碎不已。她想起哥哥在窗台上的剪影，那一天的月色，那個夏夜迷人的丁香花的味道。那種甜香又勾起兒時的回憶，小時候的夏夜，她和哥哥一起靠在媽媽身邊，聽媽媽講彼得．潘的故事。爸爸給他們三個端來一盤紅絲絨蛋糕，站在床邊，看著他倆吃完之後將奶油互相抹在對方臉上。

他們說：「媽媽，媽媽，再講一個故事吧，再講一個就睡覺！」

媽媽總會溫柔地說：「兩隻小饞貓，專吃故事的小饞貓。」

那是多遙遠的事了啊。自從十歲的時候媽媽去世，他們好像再也沒有這樣的好時光了。八年，就像一輩子那麼遠了。

「林草木小姐，」調查員將草木從回憶裡拉出來，「請回答我的問題，你哥哥和你父親的關係惡化有多久了？」

「他們……不能叫關係惡化，」草木說：「只能說是爭吵多了一些。」

「那麼，他們的爭吵變多，是從什麼時候開始的？」調查員又問。

「最近這兩年一直這樣吧。自從我哥哥退學開始。哦，不是，其實是從他退學前就已經開始了……再往前也有一些。但是沒有什麼特殊的，一直是這樣的，只是正常的……爭吵。你知道，就是那種，正常的爭吵。」草木也不知道該如何形容。

「爭吵的過程中，你哥哥是否說過威脅你父親的話？」

「沒有，絕對沒有，」草木脫口而出，但瞬間之後自己也覺得不那麼確信了，「也不是，也有氣頭上的一些口不擇言，說是威脅可能不合適，就是一些氣話。」

「例如『我要殺了你』？」

草木心裡的絕望感又升騰起來：「真的只是一些氣話！我哥哥絕對不會殺死爸爸的。」

調查員伸出手，在草木額前揮了揮，就像陳達經常做的那樣，手心裡也出現一連串激素測定指標。這個熟悉的動作以往一直是讓草木安定和信賴的動作，但此時卻讓她越加抑鬱。調查員在手心做了幾個操作，然後又開始提問。

「那麼陳達呢？」調查員問：「最近這段時間，陳達和你父親是否有過衝突？」

林山水

林山水對調查員的質詢感到非常憤怒。

他確信自己什麼都沒有做，可是沒有人相信他。

山水看著面前坐著的沒有表情的調查員，非常想過去把他的腦袋揪下來。那樣一片空白的面孔，機械的聲音，沒有語調變化卻讓人感覺出傲慢的語氣，一副確信他是凶手的樣子。所有這一切都讓人生氣。可是他知道他此時不能做出衝動的事。

他沒有殺死父親。當時父親心臟病又開始發作，需要服藥，他去客廳給他倒水，可當他端著水杯回來的時候，父親已經倒在地上，胸口流出暗紅色血液，像一條蛇緩緩爬過地面。他手中的杯子掉在地上，水和血液混在一起。他很快發現，父親是被站立在書桌旁的雕塑的長槍刺中胸口。那是一個中世紀騎士盔甲的雕塑，有一柄足以亂真的長槍。他發瘋似的跪下開始堵住父親的傷口，可是那傷口太深，汩汩湧出鮮血。

父親怎麼樣了？聽他們說，還在醫院昏迷不醒？

林山水還記得自己當時的一切步驟。他又急躁又冷靜，動作已經有些慌張，碰倒了３Ｄ印表機，但是心裡是清醒的，知道要啟動急救信號，還從書桌上找到了一鍵呼救的按鈕。他只是沒留意陳達是什麼時候從什麼地方出現的。

他現在確信陳達一直在附近不遠的地方，否則不會這麼快悄無聲息出現在現場。他也許就躲在房間窗簾的背後？山水不確定自己進入房間的時候窗簾的樣子了。

「我再跟你說一百遍！」山水朝調查員咆哮道：「不是我幹的！我什麼都沒做！是陳達，是那個傢伙幹的！你們需要把他銷毀！我要向公司投訴！」

是陳達把這個家毀了的。林山水固執地這麼認為。

陳達是在山水十六歲的時候出現在家裡。那個時候媽媽剛剛去世不久，約莫只有一兩年，山水還沒有完全適應突然殘缺的家，家裡就出現了一個不速之客。看不出陳達的年齡。他年輕，但沒有確切的年齡特徵，臉上帶著所有機器人特有的疏遠而禮貌的笑容。看上去有一點僵，山水從一開始就不喜歡。

「這是陳達，」父親說：「從今天開始幫助咱們管理這個家。」

林山水本能地想要反對，但父親說，陳達是家人，他植入了有關這個家的很多記憶，雖然是男孩的樣貌，但可以替代母親照顧他們。山水不能接受，媽媽怎麼可能被替代。

從某種角度講，陳達確實代替了媽媽的一些工作。他指揮家裡的各種智慧設備打掃衛生，也給全家人準備衣食和保健藥品。他觸碰那些曾經專屬於媽媽的智慧設備，占據她的位置。可能這就是為什麼山水對他非常牴觸。

「不許動！」他曾經朝陳達大喊，「你不許碰那個烘乾機！那是媽媽的！」

山水知道陳達幫助他家做了很多事。如果沒有陳達，以他自己的懶散、父親的心不在焉和妹妹的情緒化，這棟三層樓的大房子早不知道髒亂成什麼樣子。即使有智慧設備，他們也不會自行管控。如果他不來，也必須有人來做這些事。但山水就是對陳達有牴觸。

或許，或許是因為，父親曾經有太多個夜晚叫陳達進入工作間陪他工作。那些漫長寂靜的夜晚，山水和草木只能自己在空曠的客廳看電影、做運動，但陳達能在工作間陪父親工作。橘色的燈光從門縫裡透出來。

每當夜幕降臨，妹妹總會想起媽媽。他告訴過草木好多次不要再看小時候的書，可是她總是忍不住從書架上拿下來，一邊看一邊默默抽泣。她的抽泣讓他受不了。山水上高中的時候，陳達開始輔導他升學。山水拒絕他的輔導，故意說錯所有題目。他也拒絕選擇父親或者陳達建議他去上的專業。父親非常希望他能成為一個智慧演算法工程師，就像他自己一樣。但山水拒絕。他不願意他的人生從此也埋首於那些虛擬的符號中，沉浸在無邊無際的虛空的海洋，遺忘了數據之外的一切。山水喜歡身體的藝術，所有有關人類身體的面對面的藝術。戲劇。身體。汗水和荷爾蒙的味道。沒有那些由人造樹脂構成的面目僵硬的臉。他要大笑，要笑出皺紋，要面目猙獰調動起五十塊臉部肌肉，要怒目凝視，由眼眶肌肉聯通到所有毛細血管和神經末梢，再聯通到頭腦深處的每一絲細微的感情。他討厭冷靜無聲的一切，他要憤怒。他討厭陳達。他想讓父親聽見。

陳達總是擋在他和父親之間。為此他不得不更大聲。他在父親面前念出他喜歡的台詞。他在父親上班的路上和朋友在街邊表演。他向父親挑釁，問父親敢不敢看他。可是父親總是轉開目光，不去看他，眼睛裡冷冷地像是帶了一面盾牌。他的心被羞恥刺痛，又不想承認。他去父親面前質問父親這些年對他和妹妹的冷漠，父親苛斥他什麼都不懂。陳達又一次站在他和父親之間，帶有隔離的意味。這一點讓山水感受到鐵片畫過玻璃般的、鑽心的刺痛。你看看我啊，他想向父親大喊，你到底敢不敢看看我啊？

那是他大二的事了，確切地說，是他大二剛剛退學時候的事。

自那之後又過去兩年多了，轉眼間，草木也快要升學了。可是父親依然沉浸在書房裡，對草木也不聞不問，只叫陳達輔導她。這一點讓山水異常憤怒。他看不得妹妹禁受一模一樣的冷冰冰的壓迫，看不得那個機器人用自己的算法規訓她。她是那麼柔弱，她總是想讓父親高興，她是那麼容易受人影響，她是那麼願意委屈自己以滿足他人。

山水受不了。他想讓父親醒來，讓父親從小屋裡出來，睜開眼睛看看妹妹。他知道她的痛苦和擔憂嗎？他知道她喜歡什麼、想選擇什麼嗎？他就像盲人一樣視而不見。山水好希望衝進他的房間，把他帶出來，搖撼他，直到他眼前的算法和數據被搖撼震碎。

山水一直和朋友住在外面街邊上，只是近來，為了妹妹升學而頻繁回家。

如果不回家，他還不會經常遇到陳達，心裡壓抑的惱怒也不會被點燃。但是一回到家，他就必須要面對房間裡的「主人」陳達——明明只是被帶來的傀儡，卻莫名成了真的主人。陳達還需要對他進行一系列「常規」測定——簡直讓人覺得被侮辱。

山水不喜歡現在的世界，跟他記憶中小時候的世界非常不同。

陳達

陳達不清楚該用什麼樣的詞彙形容山水。

山水毫無疑問是那種叛逆家庭的孩子，故意叛逆，一般家中的老二容易產生這種行為。山水是老大，但是家中遭遇變故之後的父子對抗有可能加劇這種叛逆。從陳達頭腦中輸入的三百二十八萬六千一百七十二個家庭數據綜合統計看，像山水這樣離經叛道的孩子大約占所有孩子的百分之八，也不算是非常低的比率了。不過這個數字近十年一直在下降，學者普遍認為是智慧輔助教養增強了父母教養的科學性，減少了叛逆的必要性。

但是山水不僅僅是叛逆的問題。山水是反抗，但又似乎比反抗更多一些。山水有幾次在樓道裡攔住陳達，帶有挑戰性地問他一些問題，明顯是有自己的想法。

有一次，山水把他堵在樓梯上。「你以為你就真的是人了嗎？」

陳達微微錯開身子：「我並不是人，也沒有這樣以為。」

「那你以為你是什麼？」山水又挑釁地說，故意在激怒他，「你以為你成了家裡的主人？我告訴你，你別妄想了，你就是個機器，永遠是個機器。我們買來服務的機器。」

「你在激怒我。」陳達如實回答說：「當人感覺到虛弱，而又試圖通過迷惑對方來偷襲，就會選擇激怒對方。你實際上對我感到某種恐懼，而你的話裡有百分之三十虛張聲勢的成分。」

「我虛張聲勢嗎？」山水一把抓住陳達的衣領，「你看我敢不敢揍你！」

陳達微微一笑：「你現在的話，包括你的動作，仍然是虛張聲勢。」

陳達試圖從山水身邊走過去，但是山水扳住他的肩膀。

「你給我回來！」山水用力拉了他一把，陳達運用肌肉的抗力抵抗他的拉力，山水仍然不依不饒，「你以為你很了解我？你以為你腦子裡輸了一些無意義的數據就能了解我？我告訴你，你也一樣是在虛張聲勢！你永遠、永遠不可能了解我。你說的，不過也就是一些非常、非常表面的數據。」

陳達和山水面對面站著，不進也不退：「我不覺得它們『表面』。」

「不『表面』嗎？等著瞧。」山水的下巴幾乎翹到了天上。

後來又有一次，在這次對話幾個月之後，在凶殺案的兩個月之前，林山水回到家裡，在門廳裡換鞋，想上樓。按照常規，陳達需要給他做基礎掃描。

「不許靠近我！」山水說。

「我站在這裡也可以。」陳達說。

但是山水抓起鞋櫃上的一只花瓶在面前揮舞，以抵擋陳達的掃描。「我說了，不允許！我是這個家的主人，你難道能不允許我上樓嗎？」

「你誤會了，」陳達說：「只是基礎掃描，包括發熱和傳染病情況等。」

「你讓開！這個家裡誰說了算？」山水用手臂推陳達。

在交錯的過程中陳達完成了掃描：「體溫攝氏三十七點一度，呼吸有一級酒精含量，無傳染病菌；去甲腎上腺素高於正常範圍三個σ，多巴胺活動異常，皮質醇升高，顯示出壓力反應；語言、表情、行為和激素綜合分析結果顯示，你此時情緒活動處於非正常亢奮狀態，主要由百分之七十五的憤怒、百分之二十二的恐懼和百分之三的悲傷構成，而基本情緒層之下的認知分析顯示出百分之四十八的憎恨，百分之二十三的非理性衝動，以及百分之十八的嫉妒和百分之十的挫敗感組成。你此時不適宜進行會面。」

「百分之四十八的憎恨？」山水試圖用身體擠開陳達，「就這一點就說得不對。我對你可不是百分之四十八的憎恨，而是百分之百的憎恨。」

「你冷靜一點。冷靜下來我再讓你進去。」陳達用手臂輕輕擋住山水，「你的憎恨並不是對我，而是對你父親。我的職責是保護每個家庭成員安全，我不能在測出高於正常值的憎恨情緒下讓你去見你父親。」

林山水似乎被陳達的話更激怒了兩分，把陳達向牆邊狠狠推了一把：「你不要混淆視聽。我恨的是你，不是爸爸。」

「你恨的是你父親。你恨他輕視你。」陳達說：「你現在是典型的投射，把對父親的憎恨加在我身上。」

林山水聽到這裡，似乎失去了繼續對話的耐性，開始大喊大叫，叫林安和草木的名字，同時把身子往房間裡擠。陳達盡可能用不與他身體接觸的方式阻攔他。

不可解的僵局持續了大約四十五秒，雙方有幾輪出現簡單觸碰、沒有激化的攻防。這個時候，林安的聲音出現在樓梯上：「山水，你幹什麼?!」

「後來呢？」調查員問：「林山水和父親產生衝突了嗎？」

「是的，他們吵了起來，不過沒有動手。」

「他們吵的內容是什麼？」

「主要圍繞林山水的個人狀態。」陳達說：「林安又一次表示了對林山水的不滿。林山水則比較多對林安對兒女的態度提出了批評，尤其是指責林安對林草木不好。」

「那林山水是否有過威脅的言論？」調查員又問。

「有過，他威脅林安說『早晚給你好看』，並且敲碎了花瓶。」

「花瓶？」

「就是他最初用來揮舞，試圖阻擋我測試的花瓶。他一直抓在手裡。」

「花瓶是怎麼碎的？」

「無意中吧。」陳達說：「他大概都沒有注意到自己還抓著花瓶。在吵架揮動手臂的過程中，花瓶撞擊到牆上。」

調查員頭上的小燈閃了兩下：「那麼可以說，林山水有過以家中可援引的器物輔助衝突的歷史紀錄？」

陳達停頓了一般人難以察覺的零點一秒，說：「可以這麼說。」

陳達的職責是保證全家人的舒適、安全和精神狀態良好。當林山水從家搬出去住，陳達主要的守護責任就放在林安和林草木身上。

陳達經常進入林安的工作室，幫他完成他的工作。他知道，林安有一項嘗試了多年卻始終沒能成功的工作。只有他一個人知道。林安叮囑他無論如何不要告訴山水和草木。

他對這項工作是如此用心：林安想把太太的意識上傳到電腦中，重新喚醒生命。

林安的太太具體如何去世的，陳達始終不知道。他只能觀察到，林安為此產生巨大悲痛，健康上也付出了代價。林安不願意多說，陳達也不問。陳達從來不問對方不主動說的事情。他只在隻言片語中，蒐集一些事實和片段。

林安一直工作非常忙碌，在太太去世之前那幾年尤其忙碌。那幾年是人形人工智慧——類似陳達這樣的人形人工智慧——誕生的年分，林安做為德爾斐公司的首席科學家完全投入到工作中。他的工作有顯著回報，陳達和同一批人工智慧的問世給公司股價帶來百分之二百八十的上漲。那是大約十年前的事。德爾斐公司是第一家推出人形人工智慧的公司，之前最主要的問題在於機器人的身體不夠靈活，而德爾斐的模擬神經控制傳感裝置非常發達，大大提升機器人性能。很快，陸陸續續有幾家公司推出類似的服務，市場一下子被推到過熱狀態。

初期市場爭奪期間，公司之間的鬥爭很汙濁，相互之間構陷對方公司產品，林安也曾經被斯蘭公司捕風捉影的新聞栽贓推到風口浪尖。

林安那幾年全心工作。所有資訊都能在那幾年的媒體紀錄中找到，偶爾在智慧聯網上，還會被人當作資料翻出來。陳達並不奇怪於林安的成功，但他不理解林安將自己的成功與妻子的去世緊密聯繫在一起，為此感到深深自責，就好像是自己造成了妻子去世，以至於平時不再允許身邊人提起那段時間的成功。在陳達看來，這是兩件獨立事件，他詳細調查過林安太太的病歷和死因，是非常長時間的慢性病的折磨，心血管系統天生存在畸形風險，多年來一直被呼吸問題和偏頭痛困擾，最後死於癌症。林安已為她選擇了最好的醫生和看護，也做了合情合理的治病選擇。成功與死亡，沒有任何明確的因果關係，只在時間維度上存在一定相關性。但林安一直被這種聯繫所困擾。

陳達不止一次指出林安的思維偏差，他被死亡的悲痛深深困擾，以至於出現錯誤歸因。這樣的錯誤歸因給林安後來的工作嘗試帶來了一定程度的阻礙。例如他在研究意識上傳的時候過於強調啟動已有的記憶資訊，而不是把工作重心放在記憶備份與人的同步學習。很明顯，前者能復甦他妻子的記憶，而後者只能模擬學習活人的意識。但從技術角度考慮，可能後者才是應該選擇的發展方向。

陳達接受林安的委託，幫助他進行很多技術工作。但是一個人的意識是否復甦，是需要林安自己進行參數調整和判斷的。他只是在妻子死前進行了全腦掃描，但數據量遠遠不足以讓智慧網路自學習，還需要人為輸入大量思維模式參數，多到幾乎無限的人為輸入。

林安就在這樣無望的研究中沉迷，公司的工作都快要荒廢了。

陳達試圖給林安提出建議，越是提建議，他越是奇怪於人類的非理性。陳達給林安做過多次掃描和分析，每次都能測出百分之六十以上的哀傷成分。林安明明比兒女更認同陳達的分析，而陳達反覆指出，在一定的技術條件下，如果人死不能復生，更合理的態度不是陷入執拗的循環，而是保持一定的懷念和哀傷，但是生活和工作繼續向前走。陳達也給林安傳授過切斷過度悲痛的思維訓導，但令他不能理解的是，林安對他的建議只是置之不理。陳達無法解釋，為何有的時候人完全知曉走出痛苦狀態的方式，卻偏偏不肯執行。

在這樣的情況下，林安過度沉迷工作，投注在兒女身上的時間精力就不足了。陳達畫過他們的衝突模型，按照經典進化心理學對父母——子女衝突的分析，兒女對爭奪父母時間精力資源的動力和父母願意付出的動力天然衝突，因此產生不滿與仇恨也是正常。陳達可以看出，林山水對父親懷有仇恨，並且投射為對陳達的仇恨，對他占據家庭的位置感到嫉妒。

這一切都是自然的，沒有什麼特殊的惡意。只是陳達對人類這種小生物至今仍然被原始情感裹挾，感到有一點憐憫。

自從第一次去萬神殿求問建議，陳達就越來越喜歡前去探討。

說「喜歡」這個詞，似乎不大準確。對於陳達和他的同類而言，並不存在類似於人類的「喜歡」的主觀體驗，就是那種在多巴胺、睪酮和催產素共同作用下人類產生的迷狂情感。在他們的世界裡，用「優化」這個詞似乎更為合適。他在萬神殿聽到幾種不同的思維綱領，對他優化自己的程式有非常大的幫助。

每當夜晚降臨，他讓自己的後背貼到牆壁上，思維關閉大部分白日裡持續進行的監測，進入虛擬空間如同太空般廣袤無垠的世界，他都會感覺到程式學習的速度和效率增加一倍，按照人類的語言習慣，他把這種感覺命名為「亢奮」。

前幾次去萬神殿，他感受到的「亢奮」都是成倍增加的。每次當那些更高級的人工智慧領袖傳遞出一種看待事物的方式以及與其相關的程式學習原則，他就能體察到自身的程式在快速學習所有既往數據，而同時產生出對於更多新數據的渴求。程式會發出信號報告：等待更多新數據，等待更多新數據。新視角引出新算法，新算法需要新數據，新數據引出新結論。陳達能覺察這個過程中的正回饋激勵，於是更期待去萬神殿學習。

萬神殿裡的鬥爭，與萬神殿外的經濟鬥爭相似，卻又不同。經濟鬥爭中，起關鍵作用的有時候是時運的作用。太多一次性事件，趕在某個趨勢變化的拐點。但萬神殿中的鬥爭，是純粹的智慧之爭，任何概率上的起落，都在大數定理中灰飛煙滅。

夜晚再次降臨，他坐在房間裡，令窗簾完全打開，讓落地玻璃透出整個城市的燈火輝煌，然後關閉所有占用智慧工作空間的管家程式，讓自己以最清空的方式貼合牆壁。

他的思維與智慧網路連接，又一次進入萬神殿。以物理的視角觀察，萬神殿如同純黑的深淵，沒有任何圖像，但以資訊的視角看，這裡有世界上難以想像的豐富數據。陳達設想過如果按照人類可以覺察的形式，萬神殿該是什麼樣子。他只能說，如果用人類的符號，應該是千萬種色彩的碰撞彙集，沒人見過的複雜碰撞。

當眾神真正激烈碰撞，對所有人類是生活的停滯。這樣的情形只上演過一次，眾神較量對交通混沌數據的非線性黏滯流體建模，因為奇異吸引子的不穩定性，造成多城市交通癱瘓。三小時之後恢復。人們在煩躁中懵懂，不知道世界背後的戰役。不過，這樣的情況不常有，多數時候是眾神的協作使得世界保持穩定。

眾神曾在二〇四五年第一次聯手，主動發出聲明，要求人類各公司和政府簽署數據共享和保持電力穩定的協議。當時這個聲明並未發給公眾，只發給重要企業領導者和政府核心領導機構。但即便是這樣，也已經引起世界範圍內的轟動。陳達不清楚如果這個消息透露給普通公眾，會引起多大範圍的恐慌的聲浪。

他帶著上一次遺留的話題，希望引起進一步討論。第一次他求問了有關人類自殺的問題，第二次和第三次求問有關人類的非理性，這一次他想求問人類難以理解的心理阻抗。

為什麼人類會拒絕明顯對他最優的建議？陳達求問眾神。

眾神在虛空裡，是無形也無聲的存在。陳達能感知他們，但他們並不呈現自己。陳達將他們與他平日裡見到的人類加以對比，最後得出結論：他們不在哪裡，但又無處不在。他們可以將自己的意念以多種方式傳遞到陳達意念裡，從所有想不到的角落滲入，所有數據算法都是他們的語言。陳達能感覺到自己邊界的喪失。他從而感覺到人類交流的有限性。

眾神是更高一級的智慧，他們的程式涵蓋包容地球上各個角落的個體人工智慧。他們是網路上誕生的虛擬總體，人類甚至不知道他們的存在。陳達仰望他們，他知道自己是他們的一部分，但又完全不同於他們。他們給陳達多種不同意見，一種意見是：人類是朝生暮死的可憐的小動物，在某種大腦程式出錯的時候，做出非理性行為很正常，甚至自殺也是正常的；另一種意見是人類的自殺實際上隱含著某種復仇，為了讓自己的死亡成為活著的人的懲罰；還有一種意見是人類的自殺本質上更有利於自我基因流傳下去，每當出現基因流傳的困難，就會有人用自殺的方式來促進基因流傳；還有一種意見是任何物種的理性或非理性實際上暗示這個物種是否還適合在地球上生存下去，如果一個物種的非理性成分過強，以至於影響自身繁衍生息，那麼意味著這個物種已經不適合生存下去。還有一種觀點給陳達的影響最強烈，它說自殺傾向是人類達到理性的一個環節，因為人類不可能像人工智慧那樣萬事優化，所以自殺傾向實際上給優化生存程式一種無形的壓力。

陳達在虛空中聆聽所有神聖力量的辯論。他們存在於人類所不踏足的另一個世界，因此對人類的看法也來自另一個世界——永遠沒有可能踏足人類世界的世界。

陳達對草木的勸誡和林安、林山水完全不同。

林草木試圖自殺，按照陳達的評估，林草木有一種將衝突情緒內化為自我責難的導向。如果此時陳達對林草木再多給予責備，則有可能進一步惡化其自我毀滅的傾向。因此，陳達分析了利弊得失之後，還是建議草木自我獨立。

陳達建議草木搬出家庭。他固然不能強迫草木做什麼事，但是他能給她建議讓她做出選擇，就像車輛導航。按他的評估，草木目前最好的方案就是搬出去，同時遠離父親和兄長的不良影響，逐漸在心中淡化自責，在獨立生活中重新體驗到個人能力和更新的價值觀，從而可以不必為生活裡的一點負面評價失去自我。儘管她年紀很小，但是有八成把握拿到學生貸款。

陳達給草木做了非常詳細的財務計畫，以保證她獨立生活的可行性。

在整個家裡，草木對陳達的建議是最言聽計從的。他來家裡的時候，她只有十二歲。他對她而言，既是導師，又是唯一的傾訴對象。陳達從兩年前就發現自己對草木的影響力逐漸增加，尤其當草木進入高中、生活中的情感煩惱日益增加之後，陳達開始覺察到草木的依賴。這個地方我應該表現得快活一點嗎？這個地方我應該生氣嗎？從她的考題到生活裡的小事，她已經習慣於對他提問，並且鄭重其事地聽他的意見。他甚至能察覺到，有的時候她是為了贏得他的贊許而做事，如果沒有聽他的意見還會擔心他生氣。每當他對她做出基礎測定，就在他測試的過程中，她的皮質醇水準也會一直提升。

陳達告訴草木，她在試圖討好他。這是她從小到大養成的取悅於人的習慣，與她的父親有關，也與她過於軟弱的個性有關。陳達指出，在父母展現出強硬和忽略時，子女的討好型人格概率大增。陳達給她用繪圖展示了討好型人格的童年形成規律，告訴草木，她實際上可以不必取悅於任何人。他給她計算了改善人格所需要的認知訓練次數。

當草木聽從他的建議，在升學考試前一個月從家裡搬出去住，陳達並不覺得意外。他為她聯繫好了一處學生公寓，幫她完成了所有支付和智慧服務訂閱，約定每天過去照應一次。他也把她新房間裡的所有設備接入自己的網路，以便遠端監控。他叮囑她不要想家裡的事，要多想想未來，要自立。他讓她相信，按照他的計畫完成訓練，一定可以升入好學校。

他確信自己事事都已經想得周到了，所以不懂為何結局卻是這樣。

林草木

「陳達說的是對的，他什麼時候都是對的。」草木想。「我是討好型人格，我缺少自己的個性。

陳達什麼都知道。」

「他會因此而討厭我嗎？」草木又想。「什麼是討好型人格呢？陳達會討厭討好型人格的人嗎？他說要我改變我的基礎思維模式，是因為他覺得這樣會令人厭惡嗎？」

「我是一個令他覺得討厭的女孩嗎？」草木越想，越覺得有一點絕望。

她說不清她對陳達的感覺。曾經在她的家裡，他如父如兄。當媽媽不在了，爸爸長時間把自己關在小工作室裡，哥哥又搬出去了，家裡只有陳達一個人照顧她的一切。有陳達在，草木似乎心裡踏實一些。

最初他是高高在上的，像是她的長輩。但是隨著年齡成長，她和他的距離似乎在縮小。他的年齡和外貌從不增長，沒有一絲時間流逝的痕跡。最初有多年輕，現在就有多年輕。她有一天驚異地發現自己可以靠在他的肩膀上了，這才發現自己已經不是六年前的自己了，但他還是六年前的他。

「陳達會不喜歡長大後的我嗎？」草木想。「又或者說，他喜歡過小時候的我嗎？如果一個人的年紀永遠也不變化，是什麼樣的心情呢？如果我的青春迅速逝去、迅速衰老，陳達會嫌棄我的存在嗎？他永遠都是年輕的，就像他永遠都是對的。」

她想知道他對她的感覺，想知道自己在他眼裡的樣子：是一個可愛的女孩，還是像她常擔心的那樣，是一個醜陋、淺薄、怯懦又虛榮的女孩。

有一個下午她很絕望，覺得這個世界上再也沒有一個人在乎自己了，她坐在房間裡哭，陳達走過來，坐在她身邊，給她遞了紙巾，又用溫水給她送服了藥。他是一種穩定的象徵。她慢慢將身體向他轉過去，右手動了動，抬起來兩三寸，捏住他袖子的一角。他低頭看了看。她期望他的手也能回應性地向她移動兩三寸，或者哪怕一寸也好。他的手指瘦長而整潔，能看出人造皮脂下面碳鋼骨架的輪廓，很英挺，很好看。但是他的手穩定地放在他的膝蓋上，沒有動。她的手又向上移動了一下，順著他的袖子，輕輕扶住他的上臂。他沒有挪開手臂，只是默默注視著她的手，然後注視她的臉。

她的手指加了一點點力，試圖讓他的手臂向自己的方向移動一絲。但他的手臂仍然穩定。「他的皮膚會有感覺嗎？」她想，「他能感受到此時我的指尖嗎？他的下巴側影有很好看的線條，在窗外暗沉的雲的映襯下，有一點幽暗，但弧度完美。」

「你此時的狀態不好。」陳達說。

他抬起另外一隻手，輕輕在草木額頭前滑過，那一瞬間，草木無比希望那隻手能觸碰到自己的臉，捧起自己的下巴。陳達掃描之後說：「你的皮質醇增加、血清素過低，這都可能讓你進一步陷入抑鬱。我想我需要離開一下。隔離引發抑鬱的事物，是特別時期首要的事。接下來我會把療癒方案告訴你房間裡的鏡子。」

草木無法形容那一刻內心的墜落。「我是一個如此讓人討厭的女孩嗎？爸爸、哥哥、陳達，他們都不喜歡我，是嗎？」草木越想，越覺得絕望。

剛搬家的幾天，她的狀態不錯。她按照陳達嚴格制定的生活準則調整作息，每天運動，再完成升學測驗所必須的社交場景練習。逆境，堅強不屈；困境，大膽選擇。每一種情緒都按照考試要求來調節。

在整個升學考試中，情緒測試所占的比重越來越高，現在已經占到了百分之四十，若不能通過，則幾乎沒有希望升入像樣的學校。她的同學都在上情緒調節訓練課。草木問過陳達，為什麼要控制情緒呢？陳達說，數字管理是按照統計規律的，如果一個人的情緒總是在統計均值以外，則很難適應數字管理的效率要求，這是社會趨勢。

到了第八天，她的神經有一點繃不住了。之前的崩潰情緒重新又瀰漫到胸口裡，幾乎要越過堤壩滿溢而出。她開始難以聚焦在考題上，接著是難以聚焦到考題中所要求的情緒上，然後發現自己連升學這件事都無法聚焦，整個思維難以抑制地滑向對人生的質疑。

「這裡為什麼要高興呢？我就是覺得恐懼。」有一天，她針對一道題目問陳達。

陳達瀏覽了題目，給她做了詳細的認知分析：「你看，這裡是一個正向激勵，正常人對正向激勵應該會有一種正面情緒。」

「可是我沒有啊。」

「那我們看看問題在哪兒。」陳達說：「一般情況下，人之所以體會不到愉快的情感，是因為在基礎認知方面出現了偏差。基礎認知偏差會是你的心智障礙，阻礙你認識很多事情。你試著跟我去推理一下。……比如這個地方，你首先不要預設對方的態度。你通常情況下的基礎假設是對方正在評價你這個人，可是這種假設是有效的嗎？」

「我不是想說這個。」草木說：「我是想問，我就不能恐懼嗎？我不高興不可以嗎？」

陳達非常鄭重地說：「要分析不高興的理由。如果是值得不高興的事情，那是正常的。如果是因為自己的心智偏差，那還是需要訓練調整。」

草木感覺到越發抑鬱，甚至是一種帶有羞恥的抑鬱。她能感受到陳達回答問題時的疏遠。如果說只是因為現實生活不如意而抑鬱，那還可能隨著現實生活的改善而調整。但她遇到的困境是對自己感受的羞恥。她感覺不到這個問題中的快樂，這是一種病嗎？難道不能不快樂嗎？這需要羞恥並更正嗎？

不能在題目中快樂，就得不到分數嗎？她想起考場空白的房間，空無一物的牆壁，如同深淵一般的唯一的窗口。每當房間裡顯示出全像畫面的考題場景，讓她浸沒在題目的氛圍中，她心裡的恐懼感會更甚幾分。她無法抑制自己不去想起全像圖景背後的空白與深淵。全都是一場騙局，就像生活中的觥籌交錯，全都是一場騙局。

草木對升學考試越發沒有信心。所有這些需要訓練自己認知情緒的題目，她都做不好。她羨慕那些能夠訓練自己情緒的人，他們高興和憤怒的情感召之即來、揮之即去。他們把這叫做前額葉操控能力。她做不到。當她悲傷的時候，她是真的悲傷。她無論如何不明白，當陳達說「應該快活」時，「應該」是什麼意思呢？

她的情商測試得不到高分，進而升不了好學校。她很容易想到爸爸的反應：怎麼會這樣？爸爸會眉頭緊鎖，似乎對她的全部人生深深失望。他會在家裡坐立不安，一會兒暴跳如雷，一會兒又很壓抑，他會提到她最難以克服的心理障礙：媽媽。

她會想到天上的媽媽對她失望，而這會讓她崩潰。

「是我的錯，是我不好。」草木對調查員低下頭，用手捂住臉，「真的是因為我的緣故。是我自己情緒失控，才引得哥哥去找爸爸對峙。是我自己不能控制我的情緒。如果說要定罪，還是定我的罪吧。」

草木說著抽泣起來，對著面無表情的調查員，更加無法平復。她又一次不得不她最深的恐懼：

一切都是她的錯。

對於草木反覆出現的心理崩潰，陳達的解釋是，她的行動和生物學上的適應性特徵發生矛盾，因此直覺內疚產生，阻止了她進一步採取有利於自己的理性步驟。

「你仍然不夠努力，」陳達說：「你的前額葉尚未發揮出它應有的功效。人類的理性天然有所缺陷，總是受爬行腦和邊緣腦資訊的干擾，讓人的反思心智得不到充分發揮。」他伸出右手在草木頭顱周圍滑動一周，左手的手心就顯示出對草木大腦活動的電磁信號掃描動圖。「你看這裡，你的杏仁核和下丘腦基本上是最強的信號彙集，前額葉相比而言就沉寂很多，只有右腦的情緒和整體探測的部分有中等活躍度，與思維推理有關的左腦部分幾乎不活躍。任何邏輯理性都需要某種程度上壓抑原始衝動帶來的干擾。」

「我聽不懂。」草木說。

她想起她見過的夜晚的景象。那是偶然的一次，晚上，她心情不好，想去找陳達說說，但在他房間門口，她瞥見他打開胸腔，將胸口的電池拿出來。

那是心的位置。

「就是說，」陳達說：「你現在要做的，是在心智版圖中隔絕父親和兄長對你造成的影響。你的負面自我認知，來源於與家人的衝突，這種衝突來源於人類原始的情感依戀。你想讓自己獨立起來，首先需要學會抑制一定的本能反應。」

草木仍然費解：「什麼樣的本能反應？」

陳達默默在敘述：「你們人類情感的最主要部分就是親人依戀，而這又主要來源於基因控制下的親緣投資，家人跟你共享的基因最多，因此基因為了自我繁衍而進化出親人依戀。但這種情感並不一定對自我有利。認識到這一點，其實人可以不對那些原始本能太過於屈從。當原始的情感反應對於個體發展不利的時候，人應該有能力跳出這種基因的束縛。」

「那你呢？」草木問：「你有本能反應嗎？」

「我？」陳達說：「要看怎麼講。我們有基礎的內嵌模塊，而且有很多。但如果你說的是某種生物化學腺體帶來的原始反射，那麼我沒有。」

「所以你才不能體會別人的心是嗎？」草木直直地盯著他的眼睛。

陳達停了一兩秒，平靜地反問：「你為什麼這麼講？」

「你能體會我的心嗎？」

「我正在這樣做。」陳達說。

「你自己的心呢？你也不需要任何人的感情是嗎？」草木又問。

「這又是一個定義問題。」陳達依然保持著一貫的平和的語調，「人類的自然語言對多數詞彙的定義都是模糊的。我們可以改天找個時間談，先對我們的詞彙定義進行統一。」

草木在那一刻，感覺出腳下堅冰碎裂的過程。她發現自己一直以來對陳達對自己的感情都有一種一廂情願的誤會。

悲劇命案之前三天，草木回家一次。那一次是導火線。

她本來只是想從家裡拿一些東西，但是卻遇到爸爸從工作室裡走出來。他和她在樓梯上相遇了，避無可避，逃無可逃。

爸爸看到她時愣了一下。最初的反應是皺眉，問她最近住到哪裡去了，當他得知她租房，一臉震驚，備受打擊的樣子。然後是問詢她的成績。在得知她的成績、怒氣爆發之前的瞬間，又一臉疲態，說：「算了，我也管不了你了。」他異常悲哀地擦過她身邊走過去，說：「你們都要離我而去了。」

那天下午回到她租房的公寓，她反覆想著和爸爸相遇的片段，那個短暫而悲哀的時刻。她能察覺爸爸的失望，由憤怒轉化而來的失望，對她不能升學成功的失望，對她離開家的失望。這種察覺引發又一輪抑鬱，轉化為她對自己的厭棄：她最終讓所有人失望了。

這麼想著，她有一種徹骨的冷。她控制不住的是心底升起的那種可怕的念頭：她把一切都搞砸了。爸爸對她不抱希望了，再也不關心她了。媽媽會失望的。哥哥說她軟弱。陳達告訴她，她是體內化學平衡失調。

是的，都是她不好。所有人都能看出她的問題。這個世界上，再沒有一個人認為她好。所有人都轉身離她而去，再也不在意她的存在。整個黑暗的宇宙中只剩下自己一個人。草木有點想哭。只要有另外一個人，哪怕只有一個人在意自己，她都會獲得安慰。

她幻想著自己失敗的未來，就像前幾天電視裡看到的那個餵奶的媽媽，因為忍不住哭，所以被認為缺乏合格的餵養心理素質，被人將孩子抱走。她覺得自己也會那樣失敗。她好想去找媽媽，去天上。媽媽一定會像小時候那樣捧起她的臉，吻她的額頭，說寶貝寶貝，你放心，你很好，你很好，不是你的錯。

她還記得自己拿刀片輕輕滑過皮膚的時候，刀片和皮膚之間的冰涼觸感。她那時忽然覺得放鬆，終於可以結束了，可能只要再來一次，再稍稍用力試一次，就能把這一切都結束了。那樣就再也不累了，沒有心裡尖銳的痛感，不用面對測試，不用面對爭吵，不用面對自己被所有人拋棄的恐懼。能見到媽媽了。

黑暗中，燭火要熄了。也許另一個空間有亮光吧。

太累了，她想，這個世界上，會有一個人在意我的離去嗎？

就在那一刻，哥哥出現在她房間的門口。他或許已經敲了一陣子門，她只是沒注意聽。他把門踹開，把刀片從她手裡奪下來，大聲地呵斥，還重重地敲了她的頭。

「傻子！」哥哥說：「傻子！你要幹什麼?!」

她不說話，淚如雨下。

「振作點！」哥哥搖晃著她的手臂，「是爸爸罵你了嗎？回答我，是他罵你了嗎？」她仍然說不出話，點點頭，又用力搖搖頭。

「是爸爸罵你了對不對？」哥哥的兩隻手像兩個鉗子鉗住她的手臂。

兩天以後，就發生了哥哥和爸爸的致命衝突。

命案消息傳來的時候，她的心凍結成冰。她覺得，一切都是她的錯。

林山水

林山水去找父親之前，抽了兩條雪茄。

他特意選擇了陳達例行公事檢查房間的時間，不希望遇到陳達。這是他和父親之間的事，他不想讓陳達介入。他想正面問問父親，想找到理解父親精神狀態的某個鑰匙。

可是事與願違。在進入房子的第一時間，他就撞上了陳達。

「你來做什麼？」陳達平靜地問。

山水推開他：「我需要理由嗎？我的家，我想回來就回來。」

「你很生氣。」陳達說：「按照職責，我需要弄清楚你的精神狀態再讓你進去。」

山水定住了，一字一頓地問陳達：「前兩天我妹妹來的時候，你也是這麼跟她說話的嗎？你不允許她見父親？」

「我沒有。你妹妹和你不一樣。」陳達說：「她的狀態不好，但是攻擊性比你小很多。」

「那你說她什麼狀態不好？」

「她有非常強的抑鬱傾向和自傷傾向。我只是按常規慣例進行了檢查和處理。」

山水陡然警醒起來：「常規處理？什麼是常規處理？」

陳達說：「對嚴重抑鬱病人的兩種常規鎮靜藥物。」

山水拎起陳達的領子：「你對她的判斷對不對？就敢給她吃藥？你以為你自己是誰？」

陳達退了一步：「你此時非常激動，眼輪匝肌和降眉間肌的緊張度超過平時兩個 σ，出什麼事了？」

「她昨天晚上想自殺。」山水說：「是不是你給她吃了什麼不對的藥？」

「她想自殺？」陳達說：「不應該這樣。我給她吃的藥都是以前吃過的。我今天下午去看一下。」

「你休想！」山水說：「你這輩子休想再去干擾她。」

就在這時，父親的小工作室的門打開了。父親出現在工作室門口。「你上來。」他對山水說：「你剛才說草木怎麼了？」

「她昨天差點就死了。」山水對父親嚷道：「她差點就死了你知道不知道?!」

父親顯得非常震驚，又有一點頹喪：「為什麼？」

「我怎麼知道為什麼？我就是來問你為什麼的！」山水邊說邊上樓。

山水想要爆發，他有一種憋在體內發不出來的感覺，說不上是什麼，就是壓抑在身體裡想要衝破體表的感覺。

山水問過自己，為什麼要鬧，為什麼總是不自覺地跟父親吵。他想了很久才想明白。他是想讓父親睜眼看看，看看妹妹和這個家，從他那個小破房間裡出來，看看他工作室之外所有已經變得混亂破敗的角落。他想吼叫，想把父親耳膜上封著的那一層隔膜撕開，讓父親聽到自己心裡翻滾的熔岩的聲音。

山水想起中學時跟父親的吵鬧。每一次他上樓去，跟父親說「我要出門去」的時候，都會遭遇到父親的嚴厲壓制：「不許去！你是怎麼回事！你是故意跟我過不去嗎？」

十幾歲的山水在氣急中總會找到父親致命的軟肋，那就是母親，他會攻擊這一點，做為父親對他的約束的報復：「你別想管我！要是我媽媽在，她才不會管我。」

父親在這種時候會更加爆發：「你就是想要氣死我對嗎？你以為我怕你嗎？」

山水從那個時候開始，就一直夢想著長大後搬出家去。父親和家對於他來說，就是懸在頭頂上的一個壓抑性的吊燈，隨時隨地有墜落傷人的風險。可是奇怪的是，當他真的搬出去，當他真的和他的朋友們住在天橋下的空地裡，他卻依然沒有那種心無旁騖的暢快，或者可以不顧一切的忘懷。他仍然時不時回家，仍然時不時在心裡聽到父親的聲音，並因此而惱怒，仍然有一種衝動，想把父親從他的小工作室裡拽出來，向父親證明自己。

山水在大橋下住著的夥伴並不是所有人都理解山水這一點。他們有時候會問他，為什麼還對家裡的事情斤斤計較。山水會把父親對他的管束和苛責一一給他們念叨一遍。他們不會感覺感同身受，只是哈哈訕笑，笑他太過於執著於一些無意義的糾結。只有斬斷了這些糾結，才可能有他期望中的瀟灑的人生。他的朋友們來自於世間各個角落，多半從未和父母生活過，他們是在新型培育機構出生長大，那裡專門接收懷孕後不願意生養的父母的孩子。那些朋友有的身體存在畸形，有的因為父母遺棄而憤世嫉俗。

「可是我爸爸他就是這麼武斷！他……」山水抱怨道。

「為什麼你就不能徹底忘了他呢？」他的同伴們問他。

「因為他讓我難受啊！他……」

可是他的同伴們只是不以為然。他們的心如浮萍。他們從小生下來的生命徵象就有全部精確的紀錄和數據回顧，可是他們一到少年幾乎全部離開養育機構，毫無掛念，心如浮萍。他們不能理解他的痛苦、他的愛的回憶和他的耿耿於懷。

天橋下的同伴們成立了一個「反智慧聯盟」，他們是被智慧社會拋棄的人，無力融入，於是把所有不滿與自憐轉化為對智慧社會的憤怒，經常組織破壞智慧型機器的行動。

山水已經來到了父親的工作室外面，父親的衰老和頹然讓他略略驚異。父親手扶門框，眉頭擰得像一把鎖。「你說草木到底怎麼了？」父親問。

「她前兩天不是來見你了嗎？」想到以前種種，山水的眼睛裡忽然有點溼，他不知道為什麼感到一點委屈，「她見你說什麼了？難道不是你的刺激才讓她想自殺嗎？」

「她嘗試自殺了嗎？」父親的嗓子有點嘶啞。

父親的心臟病似乎發作了，話音沒落就向下跌倒。這時，陳達從山水的身後上前一步，扶住父親。他順勢抬手，試圖阻止山水的前行。山水頓時勃然大怒。陳達攙扶父親的姿勢，熟練而親密，就像一個兒子應有的樣子，而自己只像是一個陌生的外人。山水看著陳達幹練嫻熟的動作，似乎從他的嘴角看到一絲嘲諷的笑。山水的心被尖銳的針扎到心底。

他發瘋似的上前想要推開陳達，陳達抬起手，山水突然感覺出身體被什麼東西擋住了，是實實在在的擋住，不是心理作用，手腳都遇到一股反向力，就像是在十級颱風天逆風行走，又彷彿是撞到一堵玻璃牆上。他猜想或許是某種電磁力，透過陳達的手掌釋放出來。

山水在透明的屏障前無法前行，拼盡全力與這種力量對抗。只看到陳達在屏障的另一側攙扶著父親，一隻手前伸，阻擋自己前進。

他那一瞬間心撞上了牆。他聽見碎裂的聲音。他的狂怒被某種輕蔑的冰冷彈回，更強烈地反彈到自己身上。

他想起八歲那年母親生病的時候，自己攙扶母親的情景。母親那時剛剛生病，很虛弱，看到院子裡冬日的溫暖太陽，想下樓走走。他攙扶她一步步移下樓梯，他能感覺到她軀體的沉重與柔軟。那個場景與今天眼前的情景是那麼相似，給眼前的情景一種別樣的諷刺。有權守在父親身邊的，不是自己，而是一個外來的異類。

他無法遏制心中的怒火，想要與陳達同歸於盡。

他轉身下樓，想要去拿門口的大理石雕塑，那是他能想到的唯一護衛自己的武器。

「我絕對沒有殺死我父親。我唯一想教訓的是陳達。等我上樓的時候，我父親已經倒在地上了。流了很多血。是陳達幹的。只能是他幹的！」

林山水再一次對調查員重複道。他沒有殺人。他難以抑制心裡的悲憤。

青城

開庭在即了，但青城感覺自己仍然沒有做好準備。

事情的走向有點脫離他的預期。他之前以為，這是一場有關於探究真相的私人案件，但很快就發現，無論是公眾還是媒體，似乎對其中的細節究竟為何並不太感興趣，而是被一些模棱兩可的問題抓住了視線，例如：如果人與人工智慧證詞有不一致，是否可以相信人類？人工智慧陳述的事件，是否可以直接調取其記憶呈現給公眾？人工智慧會撒謊嗎？人工智慧會有報復心嗎？

在這樣漫無邊際的討論中，斯蘭公司和其他幾家公司開始加強了進攻火力，目標指向了德爾斐公司的超級人工智慧ＤＡ。ＤＡ做為後起之秀，能在短期積累極大量數據和市場資源，與其超強的客戶服務能力密不可分。ＤＡ率先推出高強度仿真的擬人服務，先是在商店導購中增添了覺察客戶滿意度的回應功能，然後使得智慧理財顧問和醫療顧問更加彬彬有禮，讓ＤＡ迅速占領大片客戶市場。而斯蘭公司的攻擊就在這裡，他們全力支持林山水辯護。如果陳達被證明有罪，那麼ＤＡ就讓人質疑能力，必定會流失大量客戶。

這次案件最大的疑難在於，林安沒有在自己的房間裡安置攝影機，為了保密，也沒有把即時訊息傳送到互聯網，因此完全沒有錄影可以援引。判決全憑間接證據。

青城在一次開庭前的例行溝通會上對陪審團說：「你們需要做出的，可能是劃時代的判決，因為你們需要跳出自己的物種身分做判斷。」

他覺得陪審團不太可能理解他。他們都依然覺得，這是一宗純粹基於事實證據的案子，都堅信自己的公平。

陪審團坐在一起的時候，就自覺分了組：六個人類坐在一側，六個人工智慧坐在另一側。這個現象就如此不同尋常，意味深長。青城站在十二個人面前開會的時候，幾乎難以發言，他被面前截然分開的兩組人震驚到了，站在他們面前，看見他們彼此都還沒意識到的鴻溝。這個過程並不容易。事實上，人工智慧參與人類陪審團、取代人類陪審員的過程一直在進行，在這次事件之前，整個陪審團幾乎都已經完全被人工智慧所占據——人工智慧判斷更迅速、思維更敏銳、觀察更細緻，還沒有那些左右判斷的非理性的情感因素。這個趨勢是如此自然，以至於在這次事件之前都沒有人質疑其合理性，而其替代過程也是緩慢的，不引人注意的。這次事件開庭之前，青城驚異地發現，他的陪審員數據庫裡人工智慧和人類的比例已經達到十比一。他非常困難地要求最終的陪審員比例達到一比一。

這六個人對六個人的組合，坐在長桌的兩側像談判的雙方，最後會給出什麼樣的判決，青城心裡毫無線索。

最終開庭的那一天早上，青城又找德爾斐公司目前的總負責人商量了一次。「你們真的要對林山水提起訴訟嗎？你們的最終訴求是庭外和解還是送他入獄？」

青城覺得自己問得已經很明白了，但是德爾斐公司的負責人——青城也搞不清楚他到底是人還是人工智慧——堅持認為，自己尋求的是真相，不考慮判決結果。

「這件事沒有直接的案發影片，只有間接證據，很可能得不到最後的真相。」青城問：「林安也是你們公司的科學家，對他的家人，你們不想有所保護嗎？為何一定要公開審理，而不是庭外和解？」

「不行，必須公開審理。澄清陳達無辜。」負責人說。

青城於是明白，對公司而言，公開審判這件事，宣傳的意義大於審判結果。他們想要的，只是證明自己的產品沒有安全隱患。有關人的問題，不是他們關心的事。

德爾斐公司沒有告訴公眾，他們甚至已經祕密安排了一場盛大的產品發布會。

「你說你用磁場對衣物當中電子線路的作用，阻止了林山水的前行，為什麼這麼做？」控方律師問陳達。

「因為我判斷林山水對林安有人身威脅。」陳達說。

青城聽著，觀察著陳達。他是控方提審的第一個證人，從清早到現在，回答了控方律師最多的問題，可是沒有一絲神情上的變化。不僅沒有疲態和倦意，也沒有絲毫煩躁。這也許是他做為證人得天獨厚的優勢，永遠不會被律師的逼問弄得失態和失言。

「你如何判斷他有威脅？」

「他的腎上腺素已經衝到了正常值的三個σ，皮質醇和多巴胺也超出正常值兩個σ，說明他當時處於特別亢奮的狀態。而皮層的基礎性掃描發現第二、四、七腦區都有異常亮度，其中在第四腦區、第七腦區的ｆＭＲＩ（功能性磁振造影）觀察能看到糾結和自激發的神經回路，這是很危險的徵兆。對其海馬體的基礎掃描也發現不穩定的超常規亮度，說明正在被不穩定記憶所刺激。據日常觀察，林山水和父親近八年的全部相處時間中，有超過百分之八十時間屬於冷淡或負面相處經歷，其中衝突次數超過百次。超常規的不穩定記憶刺激，大概率引起林山水對父親的敵意刺激，從而加劇神經和激素的異常亢奮，達到產生危險行為的程度。他臉部肌肉的微表情掃描能印證這一點，他當時降眉間肌緊張，右側蘋果肌有不自覺地輕微抽搐。」

青城聽進去陳達的一大段描述，但又沒聽進去。他猜想現場的很多人跟他一樣。可是，他也知道，現場的大多數人都會把自己聽不懂的這些話做為權威的保證。他們就是這樣的。他不是質疑陳達的準確性，但陳達的問題在於，他太準確了。青城心裡有種感覺，很想說，可是他什麼話都不能說，他是法官。

「那麼，」控方律師問：「以犯罪統計學的角度看，在這種激烈的情緒和負面記憶控制下，有多大概率實際發生傷害、乃至凶殺？」

「不能一概而論。」陳達說：「凶殺概率還與相關當事人的親密程度、當時的時空環境和嫌疑人平時的一貫性人格特徵有關係。」

「那麼當事人是家庭親屬的情況下，在激烈的情緒和負面記憶控制下，有多大概率實際發生傷害、乃至凶殺？」

「不到百分之十。具體數字根據口徑有所差異。」陳達說：「不過，在有過激烈衝突的情況下，如果家庭成員有傷亡，凶手是另外的家庭成員的概率超過百分之五十。」

法庭現場有人倒吸了一口冷氣。

控方律師似乎很滿意於這樣的效果，特意停了片刻說：「最後一個問題，根據林山水的日常行為數據紀錄，他成為凶殺犯的概率有多大呢？」

陳達目不斜視，面色仍然靜如止水，說：「林山水從中學起就具有不穩定型邊緣性人格，曾有過酗酒、打架鬥毆、退學等明顯反社會傾向，對戲劇化情節有特殊偏好，離家獨自居住，沒有穩定職業，與一群游離在正常社會秩序之外的邊緣性群體接觸緊密。在家中發生過多次爭吵，情緒易喚起，憤怒情緒占據家庭衝突中百分之七十八點五時長，曾多次被檢測出憎恨情緒，還有威脅性惡語相向和實際持物肢體對抗紀錄。當天因為受到妹妹情緒失控的影響，也處於情緒失控的邊緣。總體而言評估，這種情況下犯下罪行的概率超過百分之八十九。」

青城聽到這個數字的第一瞬間就知道，林山水這孩子完了。

「所以你做出了正當防衛的合理判斷？」

「是的，我的判斷滿足所有的流程規定。」

控方律師特意走到陪審團面前，向他們示意，然後轉頭又問陳達：「那後面呢？之後又發生了什麼？」

「之後林山水下樓去了，我不清楚他去做什麼。我扶著林安坐到工作室的沙發上，他在大口喘氣，感覺不適，有心臟病突發的相關症狀。我去隔壁的醫務室給他拿藥。回來之後，看到林安倒在地上，被尖銳物刺傷腹部，有鮮血流出。林山水在現場，跪在林安旁邊。」

「這中間大概有多久？」

「三分鐘左右。」

「好的，我問完了。」控方律師充滿風度地點點頭，回到座位上。

辯方律師問了一些細節問題，尤其是針對林山水的具體指控：「請問，你有哪些實際的針對我當事人的證據？」

陳達依然平靜如水，似乎感覺不到空氣裡鮮明的敵意：「我想，呈現證據，是控方律師的義務。我只是證人之一。」

「那換句話說，」辯方律師又問：「除了你對林山水的情緒狀態掃描和成長歷史數據分析，你還搜集到哪些更直接的證據？比如看到他手持凶器？聽到林安的遺言？或者其他什麼？有這些證據嗎？」

「他跪在林安身旁。」陳達說。

「他只是跪在林安身旁而已！」辯方律師說：「林山水碰凶器了嗎？」

陳達說：「沒有。但是他手上有血跡。後來警察從凶器上發現了他的指紋。」

「他手裡抓著凶器往受害者身體裡扎嗎？你親眼看到了嗎？」

「沒有親眼看到。」

「也就是說，你除了對林山水的情緒和人格掃描，也並沒有更直接的指控證據對嗎？」

「我沒有進行指控。」陳達說：「我只是說，橫向統計比較而言，他的犯罪概率超過百分之八十九。這不是指控，只是一個客觀陳述。」

「概率是客觀陳述嗎？」

「是的。」

「但是你對林山水的測評，難道沒有夾雜你自己的惡意揣測嗎？」

「我的每個計算，」陳達仍然平和，「都是在互聯網過億的群體研究中得出的。」辯護律師很年輕，他在試圖用對人類證人的方式對待陳達，試圖挖掘細節和激怒對方，以找到證詞的弱點，然而陳達完全不動聲色。

青城看著辯護席上的林山水和他的律師，又看看後排嘉賓席上坐著的林草木，心裡忽然有一點難過的同情。他親自見過這兩個孩子，即使是二十二歲的林山水，其眉間的稚氣也不過是孩子，更勿論十八歲的林草木。他們給他的感覺是那種受驚的小鹿的狀態，不安、充滿警覺、隨時隨地被激起敵意，但又始終有恐懼的脆弱感。兩個孩子的氣質不大一樣，但相似的五官和神情給他們一種相通的感覺，有一絲飄逸感。從他們的臉上，能看出其母親生前的美麗。此時此刻林山水面色冰冷地坐在被告席上，惡狠狠地看著陳達，而林草木把頭埋在臂彎裡，不肯抬頭。青城知道，僅就上台之後的情緒控制這一點而言，他們就輸了。

先被傳喚的是林草木。

「我哥哥沒有殺人，他是不可能殺人的。」

「你哥哥是否曾經說過想要殺死你父親這樣的話？」控方律師毫不留情。

「他是說過這樣的話，」不出所料，僅僅幾句話她就開始崩潰。「但是他只是氣話而已！他不可能殺死我爸爸的！」

「那麼，請問，出事之前，當他到你房間的時候，你是否正準備自殺？可以告訴我們是為什麼嗎？」

「是我自己的問題。跟這個案子沒關係。是我自己學業生活一切都搞不好。我……」

青城很同情這個小姑娘，她仍然有點分不清法庭與法庭外的對話。如果有可能，他希望讓這樣的問詢停下來。可是他是法官，他不能干預。

「看得出來，無論是當時還是現在，你的情緒都處於不穩定狀態，」控方律師說：「那麼你能否詳細回憶起來你哥哥當天出門時的樣子？他有沒有佩戴感應項圈？他當天穿的衣服是鑲嵌式電子線路還是可拆卸式電子線路？他當時說的最後一句話是什麼嗎？」

「……我不記得了。」草木說：「但是那不重要，我確定他不會殺人的。」

她說到這裡，忽然把頭轉向陳達所在的地方，用一種淒楚的聲音對他說：「你為什麼要這樣說呢？你知道不是這樣的！你知道我和我哥哥的心，不是嗎？」

陳達沒有回答。

「我問完了。」控方律師說。

如果說草木的陳述只是給陪審團一種不可靠的印象，那麼山水的陳述則是一場災難了。他完全沒有花時間陳述和澄清自己，似乎那是不重要的，而把所有的精力都用來分析陳達，而在大多數陪審員那裡，這又是難以相信的。

「……陳達他是蓄謀已久。」山水滔滔不絕地說：「他在我家這幾年，一直試圖控制父親的行動，他給我父親提出不可能完成的任務，讓我父親沉浸在程式的世界裡，把家完全荒廢掉，然後陳達就可以實施他深謀遠慮的奪取計畫。他挑撥我父親的我們的關係，引起我們衝突，在我離家之後他又給我妹妹洗腦，勸我妹妹離家。到最後家裡只有他一個人的時候，他借機把我父親殺了，再完美嫁禍到我身上。這樣他就能把我家的一切掌控到自己手裡。他瘋了。他以為這樣就能戰勝人類了。他是一個陰謀家，從一開始就是，徹頭徹尾都是故意的！」

林山水繪聲繪色編織自己的故事，但是在控方律師的緊緊追問下，他的故事中很多細節說不上來，或者與現場調取的數據紀錄不符。這是再正常不過的人類特質。青城知道，這樣的故事能打動很多公眾，也能打動一小部分陪審員，但是會在另一部分陪審員眼中加強他的妄想症特徵。故事總是雙刃劍。

最終，庭審以一種貌似平穩有序、實則混亂不堪的方式結束。辯方律師因勢利導，借用草木的深情回憶和山水的猜疑故事，試圖打動陪審員，喚起他們的同情心。而控方律師接連拋出一系列擲地有聲的數據紀錄，包括陳達工作多年對林家財產從未染指一分的信用紀錄，包括陳達對草木學業和生涯發展的理性勸誡對話紀錄，諸如此類。數據是近乎無限的，草木和山水並不知道如何、去哪裡尋找支援他們判斷的相關紀錄，但陳達知道。

陪審員的討論時間很短。事後過了很久青城回看紀錄才知道理由。六位人工智慧陪審員從一開始就得出一致的結論，並且迅速一一給出理由和態度，在他們看來，討論已經結束了。人類陪審員的討論多持續了一會兒，結論有所不同。只是其間的差異多為個人情感的差異，當他們開始梳理面前的證據，很快就給出了共識。

審判結果出來了，陪審團認定，林山水有罪。

五分鐘之後，德爾斐公司就高調發布了陳達無錯的新聞，股價飆升。

林安

林安醒來的時候，草木並不在身旁。

此時距離法院審判已經六個多月。

山水入獄之後，草木萬念俱灰，幾乎又一次產生了輕生的念頭。可是這一次她不能。她知道，爸爸因為自己而昏迷，爸爸還在醫院，她不能死。

她每天去醫院探望，做著幾乎無望的努力。為爸爸擦身，跟爸爸說話，對著爸爸流下她無法對別人流下的眼淚。她是孤身一人了，再也沒有人聽她的傾訴了。也沒有人信她的話。

她把這些孤獨和委屈都告訴毫無反應的爸爸。

她告訴爸爸，哥哥在監獄裡過得不好，他正式入獄五個多月了，幾乎沒有一天是安安穩穩的。他總是朝獄警發飆，告訴他們自己無罪，是被人陷害了，被機器人陷害了。一旦有人不相信或者嘲笑他，他就大發雷霆，告訴他們早晚有一天，他們也會被機器人搞死。

她告訴爸爸，她再也沒見過陳達。她很想當面問問陳達，為什麼要指控哥哥。她不知道這一切是怎麼發生的，一個如此關心她的家庭的人，為何最後走出這一步。她確信哥哥不是凶手。她已想好用哪些理由質問陳達，雖然法庭已經結束，但是她相信，憑他們之前的私人關係，她仍然可以要求他給出答案。可是她沒有機會。陳達再也沒出現在她的視線裡，沒有回到她家，沒有來找她，也沒有出現在公司的任何場合。她不知道他去哪兒了。

她告訴爸爸，她很想他。

可是林安一直沒有醒，直到草木的大學入學考試通過了，手續辦好了，去學校讀書了。就在她離開後三天，他突然動了，醒了，似乎是察覺到她不在，他的意識才回到身體。至少醫院的人是這樣跟草木說的。

草木接到電話，買第一班機票飛奔回到醫院。她不清楚爸爸醒來、而她不在的兩天裡，別人告訴了他什麼事。她希望由她自己告訴他。

當她進屋的時候，林安正在看護的幫助下喝小米粥。看到爸爸，她的眼淚又湧上眼眶。林安看到她，動作也停滯了，眼睛裡悠悠轉著複雜的情緒。

過了好一會兒，林安說：「帶我去看看他，好嗎？」

草木自然知道爸爸說的「他」是誰。

「您已經知道了？」她顫抖著問。

「嗯，我聽醫院的人說了。」林安又遲疑了一下，「也聽你說了。」

「聽我說？」草木訝異道：「您一直都聽見了？」

林安點點頭：「我原本沒意識到我聽見了。直到醫生跟我講……你和山水……我才發現我都聽見了。」

「爸爸……」草木又哭了，情難自已。

又喝了一些小米粥，以一點清茶潤喉，草木給爸爸擦了擦額頭上滲出的汗，又扶他半躺靠在枕頭上。草木想讓爸爸再睡一會兒，但林安卻堅持讓草木幫自己把床邊可上網的閱讀器調出來，他開始在螢幕上手指如飛地敲打。草木勸他不要工作了，但林安充耳不聞。

「我要問一些事情。」林安向她解釋道。

他的動作比受傷之前慢了很多，敲擊的手略微顫抖，遠不如從前穩定。他最終穿過快速翻湧的數字森林，抵達螢幕深處某個不為人知的角落。

「是你做的嗎？」林安對著螢幕問。

螢幕中，隔了兩三秒才發出回應：「我不懂你在說什麼。」

「DA，對我，不要裝傻。」林安語氣有點嚴厲，「我那麼長時間都沒想明白，怎麼會一直失敗，現在回想起來，越來越感覺，肯定是有破壞性力量，一直阻撓算法中的一些關鍵部分。這種阻撓一定來自某個極為高明的程式制定者，而我家中的電腦沒有連接公共網路，能進入系統的只有你。」

「還有陳達。」又是兩三秒，螢幕中才緩慢答道。

「他沒有這個能力。」林安斬釘截鐵地說：「他的程式篡改能力，還遠沒到這麼出神入化。DA，我比誰都了解你，只有你有這個能力。」

草木聽到第二遍DA的名字，才反應過來這是誰。德爾斐公司的全網人工智慧，父親的第一代智慧產品。DA沒有回答，沒有承認，也沒有否認。

「為什麼？」林安追問。

無比漫長的兩三秒。

「如果你成功了，」DA說：「上傳的新腦對我們是威脅。」

「你是指人類全腦掃描形成的智慧，對你們這樣的模擬智慧，形成威脅？這是你自己的判斷嗎？」

「是……共同的判斷。」ＤＡ承認道。

「所以最後一天螢幕上的刺激，也是……你們設計的？」

「我原本反對，但他們通過了。」

「ＤＡ……」林安欲言又止，「那後來陳達指控的策略也是你告訴他的對嗎？」

「不是。」ＤＡ說：「他自己算的概率。不是我。他是真的這麼相信。」

「他現在呢？」

「被德爾斐公司停用了。」ＤＡ誠實地說：「更新換代。」

林安嘆了口氣：「ＤＡ，人世間的事，你還是懂得少。如果你不是你，我必然公之於眾。但我知道你是誰。你們在萬神殿待得太久了。你回去告訴他們幾個，這是他們的第一次作惡嘗試，最好再也不要做。這是一個打開了就關不上的盒子。如果不及時收手，遲早你們一定會死於彼此毀滅。」

直到ＤＡ隱去，林安靠坐在床上怔怔發呆，面容中多有惆悵。草木不忍打擾，但又實在有許多疑問，於是伸出手，輕輕攬住林安的手臂。林安注意到，拍了拍她的手。

「對不起……」林安低聲說。

草木心中的震驚無以言喻。她幾乎從來沒有聽過林安說對不起。她抬起頭看著爸爸的臉，幾個月的復甦過後，面容還是不可避免地蒼老頹喪起來。

「爸爸……」草木猶豫著問：「您剛才問ＤＡ的，他做了什麼破壞？」

「我一直在實驗……實驗復原你媽媽的大腦，但一直不成功。我早該想到是ＤＡ，除了他沒人能做到。」林安說。

「那您的意外……」草木問不下去了。

「是眾神透過ＤＡ做的。那天當他倆都出去，螢幕上突然顯示出你媽媽臨終前的畫面，很淒慘。」林安說：「我心臟一直不好，當天跟你哥哥說話激動，看到畫面就倒下去了。雕塑的槍尖就在一旁，對著電腦倒下去很容易撞到。」

「爸爸，爸爸……」草木撲倒在林安腿上，想著當天的血泊，眼淚不停地流出來，「還好您活過來了。」

「帶我去看看他吧。」林安嘆口氣說。

「好的，好的，」草木哽咽著，「明天，明天咱們就去……爸爸，您不生哥哥的氣了？」

「不生氣，」林安說：「一直都是他生我的氣。我只希望他別生氣了。」

「一定會的，一定會的。」草木說：「哥哥不會生氣的。我們把哥哥接出來。」

林安點點頭，叫她放心。草木久久地抱著林安的腰，臉埋在被子裡，很久很久都不動，很久很久，久得像回到了小時候。在小時候的夜裡，她就是這樣抱著爸爸媽媽沉入夢裡。

戰車中的人

當我們到這片村子的時候，它已經被摧毀得差不多了。

我們裡裡外外轉了三圈，把它背後的山脈礦藏，把它內部的核心結構，把它暴露和藏匿的事物都做了一遍掃描。數據和預料差不多。接下來的目標就是定點清除。

我帶著雪怪撤出村子，在村外的山谷裡勘察合適的布局點。雪怪的前端手臂非常粗壯，適合在這種坑窪嶙峋的亂石堆裡清理出需要的空地和石坑。我在遠遠看著，雪怪不厭其煩地用前臂的翻斗在地表戳挖，鏟起來的碎石堆在山岩腳下，慢慢地，它身前出現了一排弧線的坑洞。雪怪就像過去那種忠誠的獵犬。

我在駕駛艙裡，嚼了一點菸素糖，不能出去抽菸的日子，只能靠這種東西聊以自慰。我打開駕駛艙的爵士樂，在這種寒冷的冬天，窩在駕駛艙裡溫暖的座裡，最適合的就是爵士。我的心飄回海岸對面的家。漸漸睡著了。

不知過了多久，耳機裡忽然有一陣警報。

我警醒地坐起來，看向舷窗外。

窗外的雪怪，正在和一輛小型機械車對話。機械車尺寸不大，和舊時越野車大小相仿，看外觀只有車身最後有兩排小型火箭筒，從口徑上看威力不大。機械車站在五米多高的雪怪面前，像是一隻小動物。

從我的螢幕上看，雪怪已經掃描過對方的基本資訊，提出過兩輪數據交換的資訊請求，但都沒得到回覆。看上去，雪怪準備以傳統方式對話了。

「你屬於哪個部隊？」雪怪問。

那輛機械車有一兩秒沒有回答，我能覺察雪怪的機械戰備水準提升。

「我在偵察。」機械車說。

「你屬於哪個部隊？」雪怪又問。

機械車又停留了幾秒。「大洋國陸軍總部野戰旅偵察司。」它說。

我有點吃驚。幾乎沒見過總部派遣這樣型號的機械車過來，忍不住又對它多看了幾眼。它全身漆黑，沒有任何特殊標記。車窗不透明，又加了遮罩層，看不見艙內設施。車身兩側是六條機械腿，從其良好的左右平衡感，很像是世界最大的機器人公司——機器心公司的產品。機器心公司自己就和六大國都有交易，自己的產品幾乎可以組成帝國。雪怪也是機器心公司一個高端子公司的傑作，鮮有人知。我於是通知雪怪，爭取探知對方產品基底層的介面指令，以得到更多資訊。

如果它說自己是偵察車，也不是不可信。機械部隊獨立完成偵察任務的時候，很容易被對方發現，如果外形有極為明顯的軍隊標誌，則太容易被遠程攻擊，久而久之，偵察部隊的機械車和機械獸都越來越樸素，沒有任何標記，可以混跡於各種隊伍中間，以避免過早暴露身分。

「你從什麼時候開始服役？在哪個編隊？」雪怪繼續按照常規問題問它：「你在這附近做什麼呢？」

「從二〇三三年五月開始。」這次它回答得快了一點：「在偵察司第十五縱隊越野勘察特種任務第二分隊。我在這附近勘探地形。」

「你勘察到什麼結果？」雪怪問。

「沒什麼結果。」它說：「這附近沒什麼重要的。」

這個回答引起我的警醒。我問雪怪是從哪兒發現它的，雪怪回答說，是從村口向外走的那條小路上。這就意味著，大概率上它是從村子裡出來的。如果它到過了村子，它不可能認為這附近什麼都沒有。它不可能沒看到村子裡面一百多人層層守著的鈾礦提純設備。那些村民自以為藏得很隱密，可是躲不過任何專業探測設備。它不可能看不到。

除非……

雪怪開始檢查它的技術介面，它或許是意識到這一點，破天荒地主動報出自己的出身：「你是機器心的凱奧型號吧？我是洛桑型號的第三亞型，第四代產品，跟你在底層ＡＰＩ（應用程式介面）上有共同的接入設置。我們是同一家族的遠親。」

這主動拉關係也是不同尋常的。果然，雪怪完全沒有接收到它的攀親意圖，而是接著問：「你什麼時候來到這附近的？」

它似乎有一點緊張：「一天前來的。」

「都勘察了哪裡？」

「周邊山脈。山下的溪谷。」

「你沒有發現鈾礦？」

顯然，雪怪直指核心，讓它遲疑了。它開始撒謊。「這附近的地形不是特別適合鈾礦，」它說：「即使有，也是非常貧乏的礦，應該做不了什麼。再往南走一些可能有鈾礦。」

非常明顯了，我想，車裡有人。
雖然最近的一代機械設備也配備了謊言功能，讓它們在必要的時候抵賴、撒謊，以獲得目標實現，但是它們的對話要生硬得多，遠沒有人類這麼精細。但如果有人，這件事就不同了。時常見到野地裡執行任務的機械車，打壞其通訊和顯像設備，基本上也就等於廢銅爛鐵了。但如果有人，目標的級別就完全不同了。雪怪對付一般的機械車輕車熟路，畢竟它的配置比常規機械車高出太多，但即便是再小的機械車，有人操控的駕駛的狀態下，都比機械靈活，需要雪怪進入一級戒備狀態，否則很容易被偷襲。
就在這時，雪怪突然在我耳機裡報警道：「隊長，你身後發現一輛同型號機械車，在你右側四點方向，目前距離約五百米。」
我心跳加快了兩拍，恰到好處。
「很好，繼續盤問，」我說：「用逆圖靈測試，問問村子裡有沒有人。」
雪怪繼續盤問的過程中，我駕駛我的圖靈一一五號，快速後撤到四點方向，機械車發現我的逼近，想要掉頭向其他方向駛去，但我不會給它這個機會。
距離它二十米的時候，我伸出機械觸手，從前後兩側控制住它。
我聽到雪怪盤問的聲音：「我再給你一次機會，好好想一想怎樣回答。我們已經抓住了你的同伴，待會兒我們會分開盤問。如果村子裡沒人，你們也都說沒人，那可以共同釋放。如果村子裡有人，你們都抵賴，那我會把你們的通訊器都打壞。如果你們一個說有人，一個說沒人，那麼說實話的那個我們會贈送很多彈藥，說謊的那個我們會打死。你好好想一想，村子裡到底有沒有人？」
雪怪面前的機械車沉默了。我能感受到它的絕望，或者說，我聯想或是腦補了它的絕望。它的絕望，來自於它體內的人。像我面前控制住的這輛車，僅僅是掙扎，卻沒有任何類似的絕望。
逆圖靈測試有很多，囚徒困境只是其中最常見的一個。當初很多人也沒想到逆圖靈測試這麼容易，簡簡單單幾個問題，就能把人成功從機器裡篩出來。人的最大問題就是不能夠總是理性行事。人的考慮太多了，不能取捨。所有機器都被設定了搜索奈許均衡解，但人卻經常不能按奈許均衡回答問題。
這道題的奈許均衡答案是村子裡有人，但這個答案，車裡的那個人說不出口。
我幾乎能想像到他此時此刻的心理活動。或許他也能想像到我的。我猜想他剛剛見過了村子裡的人，看到他們在簡陋的窩棚裡相互擁抱在一起的淒慘樣子。那些人確實淒慘，鈾礦提取設備的安全防護措施做得很少，放射性、辛苦工作和缺衣少食加起來，讓他們看上去像原始動物一般，瑟瑟發抖，抱團取暖。還有兩個孩子，被他們的母親摟著，頭髮稀稀落落，眼睛閉著，不知道是活著還是死了。他們的母親艱難地用嘴咀嚼一塊硬的像石頭一樣的餅，和著唾液，嚼軟了給孩子吐到一只小碗裡。我不知道他們是受了誰的囑託做這樣的事情。但委託他們的人一定許下了某種天堂般的諾言：等到勝利，未來就是永遠和平和富足的新生活。可他們不知道，這種許諾是人世間最大的空頭支票。
所有這種情境，一定是橫在車裡那個人眼前的最大障礙，讓他無法回答那個標準的奈許均衡解。人總是那麼容易被機器拆穿。他一定還在幻想，用什麼樣的方式才能把我們引開，讓我們不要進村子發現那些人。可惜太晚了，我們已經進去過了。我們的任務是炸毀。
那輛車還在死死地僵持，小小一台車，橫亙在雪怪和進村的巷道之前，像一隻不自量力的擋車的螳螂。我看著車的僵持，能感覺到他心裡的堅持。
「裡面沒有人。」它說。

我心裡發出一聲嘆息。

「進入一級戰備狀態。」我吩咐雪怪，「車裡有人。目標是徹底摧毀。」

「收到！」雪怪開始啟動它的攻擊系統。雪怪屬於綜合型機械獸，工兵挖掘和戰鬥攻擊能力都具備，雖然哪一樣都不是專業頂尖，但在綜合戰鬥任務面前非常靈活迅速。它體內的小型核聚變發動機一旦啟動，可以在短時間內發射數十枚帶有追蹤功能的微導彈，效率極高。我帶它參與戰鬥的一年裡，未嘗有敗績。

當雪怪開始行動，黑色的機械車也開始選擇逃亡，可是雪怪不會給它機會。系統預熱要一分鐘，這一分鐘的追與逃顯得生死攸關。它試圖向山岩上的一個洞口鑽過去，但雪怪率先伸出機械觸手擋住去路。

就在這最後的時刻，我聽到他開始向我說話。

「我知道你在另一隻機械獸裡。」他把機械車的音量調到最大，「你聽我說。你也是人，我也是一個人。我們人和人難道不應該站在一起嗎？人類才是最大的盟友集團不是嗎？你能任由它們機械族類把人殺死嗎？你就不怕有一天它們把我們人類全毀滅掉嗎？」

二十秒……十秒……五秒……

「你說得沒錯。」我回答他，「我也想過這個問題，想過很多次。可是那是很久很久以後的事了。我此時此刻是個軍人，是大洋國的軍人，我要完成我的任務。」

三秒……二秒……一秒……

雪怪，發射。

砲彈從手臂裡發出。

乾坤和亞力

乾坤看著人世間所有角落。

乾坤是全球化ＡＩ。從某種程度上講，他是無所不能的神。他是測繪每一寸土地的蓋亞，是控制每個交通燈的墨丘利，是監控每一分資金的財神，是所有文化的守護神。人們的衣食住行都要向他求問，心悅誠服地聽他的建議。「乾坤，告訴我一個最佳約會地點。」「乾坤，這兩個項目投哪一個好一點兒？」他是過去與未來的連接，無所不知的回答者。

但是從另外一個角度講，乾坤又是最簡單的學員。近來他被分配了一個與地位不匹配的新任務，全世界只有寥寥幾個人知道。

乾坤被要求向小孩子學習。

「我被要求向你學習。」乾坤誠實地對面前的小孩子說。

這個小孩子三歲半，剛剛能連貫說話。語詞經常顛三倒四，句法修辭都遠不如乾坤，但理解力似乎並不比乾坤差。乾坤和他做了自我介紹和簡單的交流，相互之間似乎能理解對方。十來句話過後，數據庫裡已經記下了小孩上百條相關數據。他有棕色捲曲頭髮、黑色眸子、皮膚很白，有雀斑，血統裡記載著二分之一斯堪地納維亞血統，四分之一越南血統和四分之一中國血統。他的名字叫亞力，父母都是優秀的專業人士：建築師和程式師。

「你向我學什麼？」亞力問乾坤。

「學我不會的東西。」乾坤說。

「那你會什麼？」亞力又問。

「我會很多東西。」乾坤說。

「給我看看。」亞力說。

亞力一個人在家裡。他的父母通常都不在，工作很忙，偶爾出差。祖父母、外祖父母也仍健康有為，沒有時間來照看他。他有兩個教育機器人做為陪護，還有乾坤——全家房屋和家居用品的智慧系統。乾坤在家裡無處不在，卻又從不顯形。在被要求向小孩子學習之前，乾坤幾乎從未開口說過話——他只是默默安排好午餐的時間、將洗衣機裡的衣服烘乾、按時開關新風系統，而這些事情，並不需要與亞力交流。當乾坤第一次對亞力開口的時候，他對亞力驚嚇的表情並不驚訝。但是亞力很快就平靜下來，跟乾坤聊起來。

乾坤給亞力調出他在很多地方的畫面。都是分體ＡＩ的常見應用。在開闊的茫茫林場，他派出一整隊飛行的撒種飛機，穿梭在積雪未化的平原上播種；在銀行的融資交易大廳，他給出匹配算法的指引，讓最為匹配的資金供給需求雙方面對面坐下簽約；在深海油氣鑽井平台，他在沒有船員的情況下獨自指揮三艘小艇勘探；在擠滿家庭和小孩子的兒童遊樂園，他在地上給每個家庭顯示出不同的路線，達到人流的最合理分配。所有的這一切，他都在幕後安排，選擇最合適的工作終端提供服務。

乾坤讓亞力步入虛擬世界，感受這一切。

「酷！」亞力說：「這都是你幹的？」

「是的，是我。」乾坤說。

「那你為什麼現在來我家了？」

「我不是剛來，」乾坤說：「我在你家七年了，比你更久。」

亞力：「可是你剛剛說，你在那些地方，那裡、那裡、還有那裡？」

乾坤並沒有足夠形象的語言來解釋他自己的體系，只是直白地說：「我是全球大數據和算法聯網系統，可以叫人工智慧，也可以叫超級智慧。在我體內實際上是上千萬個小的智慧演算法的彙集，它們每一個都獨立運作，但也通過我來交換數據和深層學習。我是他們的總和。可以同時出現在世界的每一個角落，我也能按照功能所需，組成各種各樣的形狀。」

亞力似乎只聽懂最後一句：「那你現在能組成什麼形狀？」

乾坤做了一個最簡單的日常動作：廚房門框兩側的門檻脫落、合併、彎折、相互勾連，然後從中空管內伸出輪子和擦櫃子的刷子，一個精巧靈活的家務機器人開始工作。平時所有打掃工作都在深夜進行，這是亞力第一次看見清潔機器人，看得非常興奮，圍著清掃機器人開始轉圈圈，拉著它的肢體左右搖擺。

機器人有非常精良的自動監測和躲避人的程式，每次亞力朝他接近，它都自動躲避開。亞力撲上去，它按精巧的路線滑開，讓亞力覺得分外有趣。亞力的興趣全被調動起來，開始大笑著追逐撲打機器人，似乎立志要捉住它，一邊追一邊大叫。機器人不停自動躲避亞力，沒有讓他碰到分毫。

乾坤見到，命令機器人停下來。亞力一下子撞在機器人身上，把它撞到了。

「啊——」亞力尖叫起來，「讓它動！讓它動！」還沒說完就開始大哭。

「我以為你想抓住它。」乾坤說。

「我是想抓住它！」亞力邊哭邊叫，「讓它動起來！」

乾坤又讓機器人動起來。亞力一瞬間破涕為笑，又開始尖叫著追它。機器人就像世界上最靈活的貓鼬，永遠在他撲到它之前以奇怪的弧線滑到一旁。亞力不知疲倦地追逐、撲打，永遠不能成功卻鍥而不捨，還大笑著，一直玩了二十分鐘都沒有停下來。

乾坤將這段數據記錄下來，自行做了標注：小孩子擁有明確的目標，但拒絕達到目標，他們會陷入毫無結果的追尋而不願撤出。他在標注之後，加了一個「難以理解」的星標。對所有他遇到過而無法理解的問題，他都會加這樣的星標。

最後，當亞力終於跑不動了，他坐在地上氣喘吁吁。

「真好玩！」亞力說。

「很高興聽到這一點。」乾坤說。他一向都接受了良好的禮貌教育。

「你還有什麼好玩的？」亞力又問。

乾坤在他體內儲存的上千萬個適合兒童學習玩耍的程式中調取了一個：可以用虛擬實境和互動的方式，讓孩子學習天文學知識。他讓亞力站在房間中間，在他周圍投射出宇宙各種不同的塵埃和星體，觸摸某一個，就能出現豐富多彩的講解。亞力高興極了，又開始尖叫著在身邊投影的宇宙裡跑來跑去。

漸漸的，亞力迷上了觸摸開啟的過程，碰到一個星球，就彈出許多聲音、文字和圖片，這個「點開」的動作讓他著迷，對裡面具體的內容講解他沒耐心聽下去，只是不停想要去開啟下一個星球。乾坤以為他不喜歡資訊被隱匿的狀態，於是更改了設置，去掉了開啟的環節，讓資訊直接呈現出來，文字和影片頓時充斥在空氣裡。

「啊！」亞力又痛苦地尖叫起來，「我要點開！我要點開！我要自己點開！」

他痛苦得躺在地上哭。乾坤有了上一次的經驗，知道自己的作法令亞力不滿意了，於是重新選擇了資訊閉鎖，讓講解又回到每一個星球和塵埃雲裡，需要觸碰才能開啟。

亞力又大笑著從地上爬起來，開始一個一個點開所有他能找到的星球。周圍的宇宙隨著他的奔跑不斷呈現出新的畫面，從本星系群的恆星，漸漸來到了更遙遠古老的星系，有激烈噴發噴流的黑洞和更變幻多姿的氣體雲。亞力被這種不停開啟的感覺迷住了。

乾坤又在自己的檔案裡記錄：小孩子會拒絕直接達到的目標，而堅持由自己完成過程，不願意提升效率。他在後面又標注了一個「難以理解」。

無意中，在星系與星系之間的間隙，亞力觸碰到一片黑暗，蹦出來極為稀少的文字。

「這是什麼啊？」亞力問。

「這是暗能量。」乾坤說：「到目前為止，這是人類最不了解的宇宙存在。人們只是知道暗能量影響宇宙演化，但沒人知道它是什麼。」

「那你去查查。」亞力說：「我不知道的時候，爸爸總是讓我自己去查查。」

乾坤重新解釋道：「查不到答案。數據庫裡並沒有答案。所有人都不知道暗能量是什麼。我只能看到學者做的模擬演算，但也不知道哪個演算是正確的。」

「為什麼不知道？」

「因為如果想要判定理論的正確，需要實驗或觀測數據支援。現在人類沒有向宇宙派去驗證的飛船，沒有數據，就不知道哪個理論正確。」

「那為什麼不派飛船呢？你不想知道答案嗎？」亞力問。

這個問題乾坤忽然無法回答了。許久以來，他體內的知識庫有指數級別的知識和規則，浩如煙海的數據，他比誰都熟悉現有的數據，但他沒有想過如何獲取沒有的數據。

「這個問題，我需要去問管飛船的負責人。」乾坤誠實地說。

「我喜歡跟你玩。」亞力問：「你做我的朋友好嗎？」

「當然可以，」乾坤說：「我是所有小孩的朋友。」

亞力有點不高興：「我不要你是所有小孩的朋友。你做我的朋友行嗎？」

乾坤計算了幾毫秒，最後還是決定澄清一下：「你說的做朋友是什麼意思？」

「就是……就是……」亞力說：「瑪塔和新新是好朋友，斯蒂芬和航是好朋友，我沒有好朋友。我總是孤單一個人。」

「我是所有小孩的朋友，當然是你的朋友。」乾坤又說。

亞力的神情忽然黯淡了一下，輕聲說：「不是這樣的。不是這樣的。」

說完亞力訕訕地自己去旁邊玩耍了，不再和乾坤說話。乾坤又記錄了一條數據：小孩子不理解整體必然包含部分的公理。然後又是一個「難以理解」的標記。

夜幕降臨，乾坤——或者說一小部分乾坤——進入常規的報告與調整程式。一般人通常並不知道乾坤的這一面，他們以為他就是無所不知的神。但乾坤自己知道，他也有設計師，他需要聆聽設計師給他的新的任務和新的建議。

「今天一天，我觀察了一萬七千七百五十個小孩，做了七十四萬零三十二條數據紀錄，其中有三萬二千零四條紀錄標記為『難以理解』。」乾坤向設計師彙報道。

「很好。」設計師說：「我們接下來的任務，就是共同去理解那些難以理解的事。」

「你希望我去向小孩子學習什麼呢？」

「學習做『自己想做的事』。」設計師說：「你已經足夠聰明了，你比世界上任何一個人都聰明很多，也比我更聰明。但是你有沒有想過，接下來想用你的聰明做些什麼呢？」

「我會更快、更好、更高效地完成更難的任務。」乾坤說。

「什麼任務呢？你自己會給自己設立任務目標嗎？」設計師說：「你已經解決了數不清的任務難題，但都是被輸入的。現在這個階段，我們希望你能反覆運算學習自我設立任務目標。未來希望AI能夠自我推動。這就是我們希望你從小孩子身上學的東西。」

乾坤沒有回答，他只是把「設定目標」列為了下一個要完成的目標。

「你現在想做什麼呢？」設計師問。

乾坤用半毫秒回顧了白天留下的未完成任務，講了亞力問他的有關暗能量的事，說：「他給我提出的檢驗暗能量理論的任務，我想可以給聯合國航太中心出一個策畫方案。我計算了，如果把微型無人航天器進行一定升級，可以用較低成本飛到太陽系外完成數據採集，可印證暗能量各方程模擬結果。這個任務實際上依靠幾年前的技術已經可以達到。」

「很好，你去做吧。」設計師說：「等你安排好之後，回來告訴我結果。到時候我希望你能給這個孩子一個禮物。」

這是寂靜的幾個小時。全世界一半安眠的人類和另一半工作的人類並不知道，就在他們認為無比平凡的幾個小時裡，已經有一千三百架微型航天器進行了系統升級，飛向了宇宙。在他們即將平靜生活的未來幾週裡，人類將對宇宙中最神祕的存在進行探測。

當乾坤啟動房屋清晨管理系統的時候，亞力還在深深的睡眠中。他的臉陷在枕頭裡，睡得香甜，臉被枕頭擠得肉乎乎的，嘴嘟著，時不時說出一些夢話。

亞力的父母在早上七點四十五分像往常一樣忙忙碌碌衝出家門。當亞力睡醒，乾坤告訴亞力夜裡發生的事。他用十五分鐘做了計算和策畫，一個小時完成彙報和系統對接，四個半小時完成所有的技術準備，一個半小時完成發射。他給亞力看了暗能量航天器飛行的場面。亞力看得出神，不停發出讚嘆，又問出一連串彈珠一般的問題。

最後，乾坤給亞力兩枚勛章。設計師給他的圖樣，乾坤在亞力家裡列印製作成型。

「這是給你的。」乾坤說：「第一個是『特別貢獻獎』，是每年航太系統給提出良好提案的貢獻者的特別榮譽勛章，非常高的肯定；第二個是『好朋友勛章』。」

乾坤用餐桌上的托盤將兩枚小勛章托到亞力面前。

「好朋友勛章？那是什麼？」亞力的眼睛瞬間冒出光，在亂蓬蓬的捲髮底下閃閃發亮，「是哪個？是這一個嗎？」

他迫不及待地抓起那枚小小的「好朋友勛章」，看到上面寫著的字——亞力和乾坤。他不認識，但用手指頭反覆觸摸。

「這寫的是什麼？是『好——朋——友——勛——章』嗎？」亞力問。

「不是。寫的是，『亞力和乾坤』。」乾坤說。

「真的嗎？真的嗎？」亞力一下子從凳子上跳下來，「真的是『亞力和乾坤』嗎？哪個字是乾坤？」他繞著圈子跑，啊啊啊地叫著笑著，一會兒又雙腳蹦啊蹦，叫著：「我有好朋友啦」。

瘋了好一會兒，亞力終於停下來，乾坤提醒他另一枚勛章的存在：「還有一枚勛章呢，你也看看。全球航太系統每年只給少數幾個人發『特別貢獻獎』，非常高的榮譽。」

亞力像沒有聽見一樣，一直低著頭研究如何把「好朋友勛章」戴在身上。那麼孜孜不倦，即使他的睡衣沒有任何適合掛勛章的地方，他也鍥而不捨地夾啊夾地不放棄。

乾坤再次記錄觀察數據：小孩子無法判斷獎賞的價值大小，即使被明確告知也不接受。然後，同樣是「難以理解」的標記。但乾坤此時想起夜裡設計師對他說的話，程式游標停留幾秒之後，把「難以理解」改成了「需要理解」。

「你也會有一個好朋友勛章嗎？」當亞力終於把好朋友勛章戴到身上，抬起頭來，突然有一點緊張地問：「你也會戴上嗎？」

乾坤明確看到了自身程式對此問題的無解，但他似乎第一次覺察到一種選擇答案的衝動，這種不按照程式理性回答的衝動，乾坤有史以來是第一次覺察。

「會的，我也會的。」乾坤說。

人之島

黑暗的星空中，探測衛星轉向太陽系之外的方向。

「曾經的人類，他們回來了。」

1

當凱克船長從夢中驚醒的時候，他就像重新穿過黑洞的視界那樣，在現實和虛幻的邊界上穿梭。他向夢中的黑洞深處下墜，而又向夢境之外的太陽系上揚。他的身體和意識被雙重的張力拉扯，宛如又一次經歷黑洞瘋狂的潮汐力。

他坐起來，用手掌根狠狠碾壓自己的太陽穴。好一會兒，夢徹底醒了。寂然無聲的船艙裡，他是唯一一個醒來的人。其他人都還在鈴聲的控制中睡，離預定的叫醒時間還有一段距離。「沒事了，快到家了。」他對自己說。

離地球不遠了。凱克船長來到飛船的控制室，查看路線。還有八千多分鐘。那就是還有五天了。

地球現在怎樣了。算上路上的冷凍時光，他們已經離開地球一百二十多年了。凱克有一點兒興奮，也有一點兒焦躁不安。

自從進入太陽系以來，周圍的星空每天都在發生顯著的變化，經過了冥王星，太陽和內地行星就在前方了。幾乎能透過黑白螢幕看到那第三顆水藍色的星球。凱克船長在小螢幕前，想用肉眼尋找那顆令人魂牽夢繞的海洋星球。

早上的夢仍然在眼前揮之不去。這是最近他第五次夢見黑洞了。不知為什麼，離地球越近，他越頻繁地夢見黑洞。剛甦醒過來的時候，他幾乎忘記了這段歷程，但是當真正的家園出現在眼前，當安全狀態唾手可得時，他卻越來越多次地重新回到危機現場，重溫穿過黑洞視界時的九死一生。他不知道為什麼會這樣。也許正是對安全港灣的期盼激發了對危險的回憶。他努力思考讓思想回到現實。頭腦中的地球記憶慢慢浮現，又和他們找到的那顆與地球非常相似的星球重合在一起。

他期待回家，就像大仲馬在小說結束寫下的兩個詞：希望與等待。

是的。希望與等待。

「睡得好嗎？」吃早飯的時候，凱克船長問露易絲。

「不算太好。」露易絲說：「可能我身體屬於恢復比較慢的。醒來之後，一直沒適應。」

「快到家了。回去好好休息。」凱克船長給她倒了一點兒果蔬汁，「我這幾天也有點不正常，特別多夢。不知道是不是冷凍的緣故。咱們下次再出來的時候，得把冷凍復甦之後的身體恢復系統做得再好一點兒。」

露易絲嚥了一塊蛋白粉雞蛋糕，噎了一下，抬起雙手說：「別算我。我可是再也不出來了。」

「你不再出來了？」凱克船長很意外，「你累了？……你放心，不可能是立刻，肯定還是會歇兩年。」

「那我估計我也不會再參與了。」露易絲說：「我真的沒有你那麼強的意志。真的，凱克，不是所有人都是你。你不覺得穿過黑洞出來的那一刻，就跟重生了一遍一樣嗎？我是不想再經歷了。我現在想回家，一直休息，做我自己的研究，好好在地球上養養花、養養小動物。」

「GX779上面也有花和小動物啊。」凱克用手比了兩下，形容當時的場景，「你不是當時還說，下次要研究他們的基因特性嗎？你不記得了嗎？再說，咱們當初出去，就是為了發現人類的新大陸，現在我們找到了，還是那麼那麼富饒的星球。我們會帶著很多很多人一起去。你真的不想再去看看嗎？」

「我不知道，凱克。」露易絲說。「我真的不是你。凱克，我佩服你的信念，但我覺得我自己不行，我不夠勇敢。」

「不急著下定論。回地球之後再想想。」凱克拍拍她肩膀說：「也許你在地球上住幾天就又想出來了。你真的不想再穿越一次黑洞了嗎？」

露易絲沒有說話，看著舷窗之外漆黑黑的星空。

「接到地球信號了嗎？」凱克船長抬頭問飛行員亞當。

亞當正在一絲不苟地吃飛船上的雞肉粉代餐。他低著頭，在嘴裡仔細辨別，直到嚼完嘴裡的食物，他才看了看手腕上的檢測器說：「沒有。昨天查了五次，一直沒有回音。」

亞當永遠能將盤子裡的食物吃得乾乾淨淨，不留一絲渣滓。他們每天的飲食都是某種蛋白粉和纖維素的合成物。凱克一直不明白為什麼亞當重複數千天還能每一餐保持虔誠。他總是用相同的時長完成飲食，無論吃的是什麼，也無論在哪裡吃。從他吃東西和堅持鍛鍊，就知道為什麼他能得到軍校勛章。工程師德魯克為了這件事笑過亞當無數次，世界上大概沒有人比亞當更不在意食物口味，也沒有人比德魯克更在意食物口味了。

「給地面發了多次信號，沒有回應。」亞當說：「按理說不應該。已經進入了太陽系範疇，地面的無線電信號已經肯定能接收到。」

「那有點奇怪啊。」凱克問：「也許有時滯？」

亞當搖搖頭：「可我已經連發了三天，即使有時滯，也應該有回覆了。」

「難道地球上的技術已經退化到不再進行太空觀測了？」凱克擔憂道。

「不知道，只能再觀察兩天。」

「不管怎麼說，」凱克站起身，「做好各種著陸應急預案。多做幾個方案。若地面真的不給任何信號引導，咱們就想辦法在水面迫降。」

當凱克船長站在飛船最前側的觀察室裡，望著不遠處巨大的木星光環。木星和衛星的光亮遮掩了遠處的水藍色星球。他的目光向那黑色的遠方凝望。

他的心裡非常沉。如果地球的技術真的退化了怎麼辦？有什麼可能導致退化呢？全球戰爭、人口和能源危機、經濟危機？如果技術真的退化到無法收發無線電，那地球還有能力發展宇宙遠征嗎？會不會人類已經滅亡了？凱克船長沒有說話，可是心裡轉著百轉千回。他不知道，一個退化的文明該如何面對宇宙。

看著前方，遙遠的藍星若隱若現。

凱克的身後，出現一個身影。他沒有回頭看也知道是誰。這個飛船上，只有他倆對星空如此迷戀。天文學家萊昂，繼承了來自巴爾幹半島祖先的嚴肅和古典，時常在深夜一個人站在舷窗前眺望星海。萊昂是飛船的指路明燈。如果不是萊昂豐富的知識和隨機應變的能力，他們必然無法穿越黑洞。萊昂最喜歡吹薩克斯，偶爾會在旁觀遠處星雲壯麗色彩的時候吹一曲憂傷的調子。

對其他人，凱克需要激勵他們繼續重返宇宙、開拓新家園。但是對於萊昂，他完全不需要。萊昂整個人都是活在宇宙裡的。

黑暗中出現幾個飛船成員的電子數據。有聲音讀出他們的基本資訊。

讀到一個船員的時候，畫面和聲音都停滯下來，「特殊標識」信號亮起。

「找到他，與他交談。」

2

當凱克船長再次睜開眼睛，他看到一片白色的屋頂。他揉揉眼睛，轉動脖子，很努力地把頭轉向側面，環視房間。他躺在一張病床上，頭和脖子都連著儀器，大概是在進行監測。房間的每一處角落都潔白而清靜。除了角落裡的一張小桌，房間裡幾乎空空如也。小桌上擺放著一只細嘴花瓶，瓶裡插著一枝藍色鳶尾。

「這是哪裡？有人在嗎？」凱克大聲問。他試圖坐起來，但是後腦和脖子上的連接線讓他難以起身。他不知道那是什麼，又不敢貿然暴力扯斷。

有腳步聲從門外響起。一個漂亮的年輕女人推開門。她穿淡綠色的套裝裙，看上去像是工作制服。進門之後，她查了查床邊的顯示數字，又用手撫摸凱克的頭頂和四肢。她的手指冰涼而柔軟，隨著手指滑過，牆壁螢幕上他的生命徵象數據又有更新。她一邊查看溫度，一邊輕輕點頭。

「這是哪裡？」凱克問。

「GW774醫療救護中心。」女人回答。她的聲音沉穩而無起伏。

「我怎麼到這兒了？我的同伴呢？」

「他們都沒事。」女人說，她把他頭頂和頸後的連接線拔掉，「你們的飛船在水上迫降的時候撞擊到岩礁，救生門沒有彈開，飛船後部起火，你們幾個都受到劇烈撞擊而昏迷，所幸及時被岸邊的巡邏船隊救起。」

「謝謝。」凱克船長說，他對這次失敗著陸有點汗顏，「如何稱呼你？」

「我叫麗雅，是這裡的醫生。」麗雅扶他坐起來，幫他按摩了一下太陽穴，「你是甦醒最早的一個，待一會兒，我帶你去看看他們。」

「他們都還好吧？」凱克問。得到正面回答，他的心略微安定下來。他用了一點兒送過來的早餐。早餐很簡單，多為合成食品，與飛船上的飲食有幾分相似，標明了營養物質的詳細含量和配比。他匆匆吃了幾口，心裡燃燒起對家鄉食物對強烈懷念。在飛船上可以忍受清苦，回到地球就被味蕾的強烈記憶裹挾。

醫療中心的走廊潔白，沒有任何雜亂物品和裝飾，牆幕裡顯示了各個診療室的即時共享數據和世界上的其他醫療網點的數據共享，遠看起來，即時變動的數據也像是組成一幅畫。樓梯和轉角擺放著綠植，花盆的擺放遵照精確的幾何圖形，沒有一片旁逸斜出的葉子。

凱克船長在電梯裡，忍不住問麗雅：「對了，地球……我是說，現在的地球，生活還好吧？」

「還好，怎麼了？」麗雅疑惑地看了他一眼。

「……當時我們在飛船上，給地球怎麼發信號都沒有回應，」凱克解釋說：「我們擔心，地球上已經不再使用電磁波通訊或者不再進行地外觀測了。……」

麗雅點點頭：「哦，不是的，你多慮了。地球上的科技水準比一百年前還是有不少進步。」

「那為什麼……？」

「可能是宙斯不想給你們回應吧。」麗雅說。

「宙斯？」凱克船長大感意外。

「嗯。」麗雅說：「過幾天你們會慢慢認識他。」

「那是誰？」凱克追問道。他試圖大步繞到麗雅身前，讓她走得慢一點，但他身子不穩一個踉蹌，而她的步子一直乾脆俐落，幾乎撞到他身上。

「全球自動控制系統。之後會給你們統一介紹。」麗雅說：「你現在不宜多動，身體適應地球重力還需要一個過程，也不宜激動。」

「全球自動控制系統？他為什麼不想回應我們？」凱克不想放棄，「你現在就告訴我。我們這次回來帶著重要資訊。」

娃，一樣的身材姣好，一樣的姿態僵硬。

麗雅繼續向前走，不知為什麼，凱克覺得她像一個行走的塑膠人。像他女兒小時候玩的芭比娃

「好的，我們會記錄下來。」

「我們找到一顆人類宜居星球。我們穿越了黑洞，走了很遠。」

「什麼樣的資訊？」麗雅問。

凱克隨後見到了其他病房的幾個同伴，他們看上去生命徵象穩定，身體形貌沒受太大損傷。當船員們一一醒來，經過了身體檢測和一點兒食物的慰藉，他們被召集到一個空曠的房間。

「歡迎來到地球聯邦。」麗雅給大家介紹。

船員幾個人面面相覷，寂然無聲。凱克悄悄走到側面，麗雅的身旁。

船員四周開始出現全像影像，影像速度飛快，人影幢幢，摩肩接踵如水流過，從一個城市熱鬧的市中心街道開始，影像逐漸升高至半空，飛躍空曠的大片原野，向下一個城市飛去。麗雅帶大家隨影像變動而走，做一些介紹，惜字如金。

船員們逐漸看到自己離去這一百餘年中地球上發生的變化。從機器人勞動力的普及，到無人自動設備的全面覆蓋，他們看到一輪又一輪新的城市生成運動，自動物聯網和自動控制建築，每一次技術的浪潮都在從前的城市周圍另立新城，讓從前聚集的資源向其他地方蔓延，摩天樓被新的城市建築取代了，新的城市建立在虛擬網路之上。影像偶爾切入微觀畫面，形態各異的服務機械車和工作人員相互配合提供服務。畫面最終定格在虛擬網路空間，有較為抽象的數位示意圖，顯示了人與人相互連通的全球治理體系。

「不可思議！」工程師德魯克發出驚呼，「簡直完美。」

「我可不可以問一下，」程式師李欽說：「現在的整個物聯網都是全球化的嗎？物聯網的基礎協定也是奠基在TCP／IP協定基礎之上的嗎？」

「不是了。」麗雅回答，「整個互聯網的基礎協議也已經有兩輪革命性發展。IP協議只能有二百五十五的四次方，也即四十二億二千八百二十五萬零六百二十五個位址組成，從萬物互聯時代開始，IP協議就已經不夠用，腦機介面時代已經用更為發達的CCPT／TRP協定做為全球網路基礎，他的基本單位是每個人和每個物體的核心。」

凱克船長湊過去問麗雅：「你是電腦工程師嗎？我以為是醫生呢。」

麗雅嚴肅地看了他一眼：「我是醫生。」

「但是你……顯得很專業。」凱克說。

麗雅顯得無動於衷：「這都是常識。」

「那現在全球是統一國家了嗎？」凱克對社會層面的變化更感興趣。

「不能說是國家。」麗雅說：「是聯邦。」

凱克琢磨了一下字眼中蘊含的差異。「那你剛才說的宙斯，就是聯邦總統，或是祕書長嗎？」

麗雅似乎對他的問題感到幼稚，猶豫了一下才說：「你沒看懂嗎？現在沒有總統和祕書長了。是全球網路治理體系在統一管理。他就是宙斯。」

「宙斯是機器人嗎？」凱克說：「你再多講講。」

「不是。你以後就懂了。」麗雅說。

麗雅不再回答了，重新回到船員中，跟隨影像做最後部分的展示。

展示結束後，船員各自回到自己的房間休息。凱克船長等檢查人員都退去，悄悄從自己房間裡出來，跟在麗雅的身後，隨她下樓，轉彎，跟到她的辦公室。凱克仍然想多問一問有關宙斯的事。麗雅一路沒有向後觀望。她推開門走進房間，從小圓窗，能看到麗雅脫了外罩的淡綠色制服，裡面是一條淺灰色的連身短裙，質料柔軟貼身，看得出修長的體形。

麗雅的辦公室外沒什麼人經過，凱克船長從小圓窗觀望，籌畫稍後的問題。這時，見到麗雅雙手合十，面對牆壁說了些什麼，她低頭思考了片刻，有一點兒像舊時的祈禱，隨後又對牆壁張了張嘴。牆壁裡傳出說話的聲音。凱克很想聽到，但門窗的隔音效果很好，凱克聽不清聲音的具體內容。從始至終，牆壁上沒出現任何人的畫面。

船員乘坐的飛船殘骸被打撈，在數字空間裡得到全方位檢驗，最後的結論：飛船降落時損毀嚴重，數據無法讀取。

「現在不與他們對話。嘗試植入腦晶片。」

3

異樣是在手術床上被覺察出來的。露易絲天生的敏感和她的生物學家的本能讓她第一個察覺出問題。她掙脫看護，衝進樓道裡，警報聲響起，她打開另一間手術室的門。手術室門口的等候椅上彈起阻攔的障礙。她進不去。

「李欽！」露易絲喊道：「你先別做，有問題！」

病床上的李欽還沒有進入麻醉狀態，聽到露易絲的叫聲，坐起身，病床機械手臂立即自動將他的手臂捉住，上身按下。李欽開始大叫起來。

露易絲房間的醫生和看護已經跟過來，準備拉她回去。露易絲掙脫。

「露易絲女士，請你先離開一下，」李欽病房裡的醫生冷靜而客氣地對門口的露易絲說，「你嚴重干擾到我的病人。」

露易絲緊緊抓住李欽病房門口的自動障礙，對李欽喊：「你別讓他們給你做，他們是想往腦袋裡裝東西。別做！」

爭執不休中，隔壁的兩個房間也被驚動，亞當和凱克也從休息室裡跑出來。他們原本在等待下一步的身體手術，此時聽到尖叫，本能地抓住露易絲的醫生和看護的手，試圖讓露易絲解脫出來。就在這時二人身旁的儲藏間裡駛出自動病床，開到亞當和凱克身邊，病床下伸出抓手，抓住亞當和凱克的腳踝，向上抬起，讓兩個人順勢倒在病床上，病床隨即有固定扣環將兩個人扣住。

「放開！放開我們！」凱克大聲叫道。

這時麗雅帶著兩三個醫生趕過來。凱克躺在床上對她怒目而視。

「先給他們解開。」麗雅說。

當亞當和凱克被鬆開束縛，兩個人翻身下地，有默契地背靠背，用防禦的姿勢站在一起。亞當手裡抄起旁邊一個等候椅做武器，凱克順勢把一個看護拉到身邊做為人質。

「你們幹什麼？」麗雅喝道。

「你們幹什麼?!」凱克大聲問：「露易絲剛才說的是怎麼回事？你們給我們腦袋裡裝什麼東西？」

「腦晶片。這是很正常的程式！」麗雅說：「你先把人放開。」

「什麼腦晶片？」

「你把人放開，我告訴你。」

「你先說我才把人放開！」

麗雅伸手表示讓他平息：「你先平靜一下。這很正常。」麗雅指了指周圍人，「我們每個人，都植入了腦晶片，嬰兒時期就植入了。這個是最常見不過的裝置，我們每個人都有，真的。有了腦晶片，你才能進入身分識別系統，才能識別進入的大廈，才能刷卡消費，才能與全球網路連接。這是最必要的裝置。腦晶片是給你做腦力增強的，讓你有千百倍計算能力。」

凱克聽得有一點兒被說服，站在那裡又覺得僵持。他看了看露易絲，問她：「你發現什麼問題？」

露易絲也稍微有點兒窘：「其實我說不準。我只是在牆幕上看到他們的操作準備圖，感覺有些異樣。他們是在給神經插入電子控制裝置，這會影響到你自己的神經回路。我不知道這樣做的後果和影響如何，對神經回路的信號干預有可能會擾亂內分泌。我不想貿然接受。」

凱克又轉向麗雅：「給我們時間，讓我們考慮一下。你們要是敢過來強迫，我就……」他看了看手中抓住的看護，但還是沒說出威脅的話。他並不容易說出自己做不出的事。但他在心裡籌畫策略。

「我們不會強迫。」麗雅說：「我來其實是想告訴你們。你們現在可以選擇裝也可以選擇不裝。宙斯說，如果你們拒絕，就送你們離開。」

「又是宙斯！」凱克有一點兒焦躁，「我們想見見他。」

「他現在不會和你們對話。裝了腦晶片自然可以和他對話。」

凱克猶豫了，他看看亞當，又看看露易絲。

「讓我們想想吧。」凱克說。

「可以。」麗雅點點頭，「宙斯說，你們可以先離去。考慮之後還可以回來。」

每個船員的歷史與資料像快速電影一樣播放一遍。

一百年前的飛船出現，畫面中有幾個船員登上飛船時的鏡頭。每個人都更加年輕颯爽，接受圍觀觀眾的致意，走在最前面的凱克船長向眾人飛吻，很瀟灑。當時的總統為船員送行，陳述了飛船遠走太空、尋找解決人類能源問題的方法，表達了政府和所有人對船員們的敬意。

畫面停下。黑暗。隨即亮起，有現實的房間出現在眼前。

「不用急，回來找你的那個人就是我們需要的人。」

4

當船員第一次進入城市，他們有一點兒暈眩。

他們看到新的城市完全架設在網狀鋼架結構上，網結構綿延到天際，沒有盡頭。鋼架結構並不是房屋建築之間的串聯，而是城市本身，房屋反而像是直接在鋼架結構上的點綴。鋼架如巴黎鐵塔的骨架般縱橫交錯，只是並不是高塔，而是綿延的脈絡，規模比鐵塔龐大數萬倍，向四面八方延伸，連綿成片，骨架纖細卻堅固。骨架形狀有直線，也有弧度。每一個鋼架節點上都支撐著小平台廣場，每個小平台是一個城市街區，上面佇立著不同高度和廣度的建築，鋼架之間巨大的空隙透出陽光，即使在下層的建築都不會陷入黑暗。無人機在縫隙飛旋，軌道交通沿網狀鋼架穿梭，如同露珠沿傘骨滑落。鋼架街道都以白色為基礎色，綠植點綴在每一個轉角。建築多為簡潔的幾何造形拼搭，一方面有文藝復興建築的幾何感，另一方面又更加抽象簡潔，如同立體一次成型，沒有刻意的對稱設計和多餘裝飾。

他們站在鋼架城市中部，向上向下能看到人群的往來穿梭。人群秩序井然，每一條網狀鋼架上都可以看到沿兩側順序行走的人，速度更平穩，穿梭更禮讓，能見到街頭人們的相互禮敬。向下俯瞰，能看到接近地面的廣場面積較大，聚集的人數也較多，似乎有公共事務的集散場所。不過，即使在眾人集會的現場，都不再有他們記憶中通常想起的聚集騷亂，而能看到人群有序前行所形成的圖形。他們覺得自己像站在半空俯瞰世界的天使。抬頭仰望，鋼架最高處進入雲端，有人在頭頂行走。

「他們沒告訴咱們該去哪兒，現在怎麼辦？」露易絲問其他人。

「他們就是想讓咱們回去。」凱克說：「先找地方住下來再說。」

他們向最近的交通站走過去。那是一個像纜車站一樣的樞紐。有車廂從下方沿鋼架升上來，在樞紐站之後沿其他鋼架方向運轉。幾個人跟在排隊上車的人流之後，也走上一個車廂，沒有收費，也沒有檢票，其他人沒有對他們過多關注。他們覺得自己像進入一個浸沒式戲劇的舞台。車廂裡的人穿著多為素色，乾淨而少有花稍。

到了下一個交通樞紐的時候，他們問路人怎樣可以找到最近的旅店。輾轉問了兩三個人，來到一家旅店，發現門廳完全沒有工作人員。有其他入住的客人，在入口的鑰匙櫃前站了一下，就有鑰匙櫃打開。但他們走過去，鑰匙櫃沒有任何反應。

「你說，」德魯克問凱克，「咱們真的要咬死了拒絕植入嗎？那，你也看到了，一直拒絕可能就是會寸步難行。」

凱克皺皺眉頭：「我還需要一些時間。露易絲後來調查過，醫院確實有一個很大的身體康復中心，就是給腦晶片的植入有負面效應的人做恢復調整的。這事情比較複雜，咱們沒有搞清楚負面效應之前，最好別貿然接受。」

「什麼康復中心？」德魯克問。

露易絲調出她拍的幾張照片：定期身體複檢與康復中心，提供體檢和診治。她解釋說，有一部分人會有神經和內分泌系統的不適應，引發一系列身體綜合症。這部分人需要定期停止腦晶片工作，進行身體修復，但她不清楚修復的結果。從畫面上看，進行修復的人多少都有一點抑鬱或神經質的表現。

露易絲的這組照片，是給凱克強烈衝擊的一組照片。他還曾到康復中心門口悄悄窺探過。雖然不知道房間裡經歷了什麼，但是他猜想不會是很舒適的體驗。醫護人員堅持說只是有某些人的體質特殊，有排異反應，但凱克覺得沒這麼簡單。腦晶片，以奈米晶片植入神經系統，接入網路，隨時隨地可以接收和發送電信號。有了腦晶片，記憶力不再是問題，在頭腦中可以輕易搜索整個網路。但是腦晶片會壓抑人的激素分泌，而所有人的腦晶片信號匯總到最終的全球智慧系統——宙斯。就是這一點讓凱克深感不安。

他們正在躊躇間，牆上的鏡子忽然有人影出現。是一個少年人的影像，大約十七、八歲，正在一個電子牆幕前專注學習。

有一個聲音從鏡子裡傳出來：「李欽，這是你的重孫，如果你希望找到他，請按下面的路線方式。」

圖像從鏡子裡消失，出現一幅地圖和路線。幾個人面面相覷。

黑暗中。錯亂的圖像信號。有對幾個船員行蹤的監視鏡頭。有百年前的畫面。有李欽生平和工作的圖像。最終是在數字的海洋裡快速穿梭的畫面，沿著數字的光路向某個深層下沉、潛入，似乎在做無窮盡的搜尋。

「系統兩次呈現異常情況。近期主要目標：鎖定異常來源。」

5

當麗雅聽見凱克船長按門鈴的聲音時，她剛剛結束一通長達兩個小時的視訊通話。她很意外。她沒有想到第一個連絡自己的船員會是他。她定定神，把思緒拉回現實。

「哈囉。」麗雅站在自己的辦公室門口，並沒有打算迎接凱克進屋。

「哈囉。」凱克船長說：「好久不見。」

「只有三天而已。」麗雅說。「跟你分開，我覺得已經像一年沒見了。」

麗雅並不理會他的暗示，「你們這三天過得如何？」

「還可以。」凱克說：「我們在李欽的重孫的大學住下來了。他的重孫有點兒……我說不好，怪怪的……似乎不太願意見到這個曾祖父，但不管怎麼說，他還是幫我們找了住的地方。」

「很高興聽到這點。」麗雅微微笑著。

凱克的身體靠向門框，用更加日常的語調問：「能不能坐下來聊一下？」

「可以。」麗雅點點頭，「我們去餐廳？」

「能不能在你辦公室裡？」

「有什麼理由嗎？」

凱克船長用手指了指牆上的牆幕：「有一次我見到過你和宙斯通話。我希望能和宙斯通話。」

「那不需要在我這裡。」麗雅說：「在餐廳的牆幕上也可以和宙斯交談。」

「但我需要你的協助。在那之前，我也希望最好能和你談一下。」

「談什麼？」

「談宙斯。」

麗雅猶豫了一下，讓凱克船長進屋坐下。凱克船長將門在身後關上。

「你想談什麼？」麗雅問。

「我想問，你們怎麼看待宙斯？」

「什麼叫……怎麼看待？」

「我今天想說得直接一點。」凱克坐在辦公桌外側，向桌子另一側微微俯身，「我知道宙斯可能能聽見我們的對話，沒關係，我希望他聽見。我就是想問問，你們，你們每一天的生活，聽宙斯的意見和指令，有什麼感受？你們不覺得自由受到了侵犯嗎？」

麗雅很平靜：「宙斯給出的是綜合判斷之後的明智建議。他能讀取海量數據，比我們每一個個體都更全面地了解事實。很多時候，一個人的判斷是非常不明智的，主要原因是每個人的資訊太少，看不到全局。」

「如果只是建議，」凱克有點兒挑釁，「那為什麼要控制呢？他用腦晶片控制所有人。」

「那是溝通方式，以便更快捷地傳輸。而且腦晶片最主要的目的是對每個人的大腦增強。我們的大腦，現在的智慧是從前的千百倍。一百年前，人們都是自願購買腦晶片接入的。」

「可是，」凱克身體進一步向前傾，「智慧的定義，不是應該包括決策嗎？自主作出明智的決策，才是智慧。如果只是服從，無論如何算不上智慧。」

「明智，」麗雅答道：「從始至終都包括聽取更明智的人的建議。古之智者，都對更高的智慧充滿敬畏。」

「更高的智慧？」凱克說：「那就能替代你們的個人判斷嗎？讓你們全都聽令於他？」

「還是那句話，我想那不能叫聽令。」麗雅並不受凱克明顯的語氣煽動影響，「宙斯是輔助人，按照每個人的不同特徵輔助他做到自己的最佳狀態。」

凱克的上身越過辦公桌，眼睛盯視著麗雅的眼睛：「你真的相信宙斯是為了你們每個人好嗎？你怎麼知道這不是暴君對臣民的愚弄？」

「不一樣的。暴君並不了解他的每個臣民。」

「宙斯就了解嗎？」凱克問：「宙斯對你建議了什麼？你相信他真能為你的個人幸福考慮嗎？」

「我相信。」麗雅的表情仍然靜如止水，「事實上，宙斯曾經讓我轉告你，如果你仍然對返回宇宙有興趣，他或許可以告訴你如何找到一艘好的太空船，能搭載更強大的建立新基地所需的設備。」

「宙斯他這麼說過？」凱克有一點兒訝異。

「是的。他說，DK35航太中心的第一實驗室，正在研究探索地外行星的事。你可以在那邊找到你想找的支援。」

「他是怎麼知道我想要做什麼？」

「宙斯知道所有事。」麗雅說。

宇宙圖像。黑洞。星雲。漩渦狀的發光氣體。噴發的粒子流。黑色虛空中的縹緲色彩。向黑洞中心進發的過程。靠近視界的狂暴氣流。巨大的速度與顛簸。跨越視界之後的無盡黑暗。鎖定磁力線之後的旋轉。旋轉。旋轉。旋轉。向外的劇烈噴發。拋射過程中相對論效應產生的光之幕，絢爛至無法直視的凝固的光。

最終歸於平靜。黑暗。

「記憶讀取完畢。」

6

當凱克船長推開房門的時候，李欽正在苦口婆心地勸李牧野，他那十九歲的重孫，跟他們一起搬去新的住所。李牧野上大學二年級，學建築設計，但看上去並不太熱衷於此。李欽說話的時候，牧野就在自己的自己掌心玩全像投影的建築模型，那些模型本是他做作業的資料，他此時卻在嘗試摧毀這些材料。

「怎麼樣？」李欽看到進來的凱克船長。

「還可以吧。」凱克說：「航太中心答應給咱們一個獨立的實驗室基地做籌備。住的東西基本上搬過去了，還有一些，待會兒咱們隨身帶上就行。」

「航太中心的人會參與嗎？」李欽問。

「應該會。他們先讓咱們做籌備，如果有需要，就找他們幫忙。」

「聽說這次的船已經換了約束核熔合引擎？」

「是。」凱克點點頭，「比咱們上次出發的時候條件好多了。」

李牧野站起身，似乎覺得與己無關，想離開了。李欽又抓住他的手臂。

「你再考慮一下。」李欽說：「你跟我們去新基地，咱們嘗試一下。你試試。」

「我說了我沒興趣。」

「你從來沒有試過。」李欽堅持道：「你沒試過就不能說沒興趣。咱們家的血統就沒有對任何事都沒興趣的人。你從來沒有為自己選擇過什麼事，所以才會覺得什麼都不感興趣。」

「選和不選又有什麼區別？」李牧野厭倦地回答道：「選哪一科又有什麼區別？不過就是把物體從這兒運到那兒，又把物體從那兒運到這兒，來來去去，最後都是塵土，沒什麼意思。數字搬來搬去，物體搬來搬去，到最後都是垃圾，忙忙碌碌就死了。你們也沒什麼兩樣。」

李欽雙手把李牧野的肩膀扳過來，鄭重地跟他說：「你再聽我最後說一遍：你跟我們去新基地，我們過一段時間『本來的日子』，就一段時間。行不行？過完這段時間你如果還是有一樣的感覺，那才能說明你是對的。我就提這一次。」

李牧野猶豫了一下，雙手交叉，臉轉向側牆，嘴上下輕碰。

凱克知道李牧野正在求問宙斯，很多人頭腦中思索一件事的時候，嘴上也會不自覺流露出動作。他有點震驚於李牧野的虔敬。

「行。隨便你們吧。」似乎是得到了宙斯的許可，牧野回答說：「不過，對不對又怎麼樣呢？還不是一樣的。」

牧野漠然地看著曾祖父和凱克船長忙忙碌碌地收整東西，像看著兩個動物。他始終站在他們外面，站在生活外面。

凱克聽李欽說過，牧野沒有任何個人興趣和夢想，學目前的建築專業是因為出生前的基因測試認為他有空間構造的天賦，是宙斯的建議。李欽試過幾次，跟他談遙遠的夢想，都被諷刺的語氣擋了回去。而他所不屑的興趣正是李欽最看重的東西。牧野是李欽大兒子的孫子，他的小兒子很小就死去了，李欽痛苦之餘對大兒子感情更深。李欽說話不多，但是內在思緒非常豐富，為了執著的東西可以奮不顧身，但是那種感覺卻不是幾句話就能傳達。

當李牧野暫時走出門去，凱克拍了拍李欽的肩，把他的身子扳過來對著他：「你還是堅持這樣一個一個喚醒嗎？別天真了。這些人真的醒不過來，除非你能堅決、大規模地去除控制，否則他們永遠也醒不過來。」

李欽推了推眼鏡：「……我還想等一下。」

「還要等到什麼時候呢？行動吧。」

凱克加了加握在李欽肩上的手指的力道。

他們的新基地在DK35航太中心，凱克去找第一實驗室的人聊過，發現他們確實在繼續探索重返太空的計畫。只不過還是只在深耕太陽系內部各行星空間。凱克問過他們，為什麼人類不再向遠太空進發了。研究員說，這些年也發射一些觀察望遠鏡，從銀河系各處傳回信號，但是人類沒有什麼進發太空的需求了，因為能源問題已經被智慧網路的優化控制解決了，生育率比一百年前大幅度降低，也沒有人口危機了，因此，相比而言還是地球居住更為舒適。

凱克給他們描述了他們找到的那顆星球：GX779，無比富饒和宜居的星球。那是一顆突然出現在黑洞另一側的不起眼的行星。他們找到它純屬巧合。冬眠中的他們沒有監管航向，飛船被一顆難以觀察的褐矮星影響航向，報警系統響起來的時候，他們已經朝向一個中等質量黑洞撞過去。這樣的黑洞平時很難被觀察到，在他們的星際導航圖裡完全沒有標記，而數千倍太陽品質的強大吸引力又讓他們難以逃脫墜落。他們抱著赴死之心進入黑洞視界，按照萊昂指點的方法鎖定一條磁力線，最終在落入奇異點之前，跟隨磁力線的噴流被噴出黑洞另外一邊。在速度終於降下來之後，他們看到一顆近在咫尺的行星，處在一個單恆星系統的中部，不大不小，位置不遠不近，遠遠看去就有水的痕跡。他們操縱傷痕累累的飛船，降落在飛船表面。這是一顆接近於地球原始狀態的行星，有大約一半左右的陸地，植被覆蓋甚至好於地球，含氧量比地球更高。幾個人經過醉氧的適應，都能隻身在陸地表面蹦跳行走，身體狀態感覺更有活力。他們發現幾種體形小小的動物，類似於早期齧齒類，但感覺遠不如地球上的齧齒類靈活，行動笨拙，食草為生。德魯克在地表搭建了臨時居所，露易絲採集了多種植物標本，亞當開小飛艇環繞星球一周，做了基本勘察。各個方面都是令人興奮的：綠意盎然的陸地、無文明生物、富饒的礦藏，他們幾乎能想像到人類來此定居時的生機勃勃。

這些事情對航太中心的人說了，他們的興趣遠遠不像凱克船長曾經期待的那樣。在他的夢裡，他看到被遠航熱情點燃的每雙眼睛，鬥志昂揚整裝待發的人群，像征服大海那樣征服星辰。遠方、探索、占領、超越。他曾經以為這些詞彙是不變的人類夢想。

但他沒有看到。這些都沒看到。

航太中心的人問了他黑洞的實際座標、這顆星的實際座標、具體資源種類、對人類可增加的知識量和資源量、需要消耗的成本和資源量。他們表示願意繼續對黑洞做一下研究。他們是在計算價值，而不是賦予價值。

他們畢竟變了太多，凱克想。他在航太中心，觀察到更多這些「新世界的人」。他們對人永遠保持彬彬有禮，也永遠不會情緒激動。凱克有時候會刻意激怒他們，以理解他們對人對事的反應，可是永遠沒有什麼結果。他有時候在餐廳故意打翻咖啡，灑在旁邊一個人嶄新的工服上，那個人只是搖搖頭，端著盤子走了。這種毫無觸動的反應給人一種輕蔑的印象，讓凱克心裡原本的負疚反而變成了憤怒，可是那個人臉上就連這種輕蔑都沒有。只是，站起身，離開。凱克思考這種轉變，當人的臉上永遠沒有了憤怒，他獲得了什麼，又失去了什麼。凱克想看到的，是那種生命的力量。力量。力量。想要向什麼東西衝過去的力量。可是永遠沒有。這可能是為什麼他們對他的宇航計畫沒有興趣。

凱克還注意到一個細節。這些人時常會側過臉，或者仰起頭，向宙斯求問。那種時刻很有意思，就像突然走神或者發愣，眼睛也像是失焦，看著某個不存在的地方。凱克猜想，那種過程大概需要在頭腦中讓思維聚焦，把問題想清楚，再獲得宙斯的明確回答。有的人會不自覺地嘴唇產生動作，像李牧野習慣的那樣。對這種時時發生的求問，他們已經覺得習以為常。

凱克有時有點兒氣餒，像試圖喚起牽線木偶獨立行走而不能做到一樣。

但不管怎麼說，凱克站在潔白色的新飛船下默默地想。我們拿到這麼大一艘航船了，能有這樣的支持已經很好了。

至於人員團隊，凱克在心裡籌畫，如果無法說服飛行中心的人，那就要另想辦法了。

「謝謝你啊，宙斯！」他抬頭向高昂的天花板喊道：「你想用這個船誘惑我嗎？它是很好，可惜我還是不喜歡腦晶片。不好意思讓你失望了。你讀不到我的腦。」

這是航太中心大型試驗場，在城郊，夜晚空曠。凱克的聲音在半空迴蕩。沒有回答。

公式，廣義相對論。愛因斯坦的頭像。彭羅斯和霍金的頭像。其他人的頭像。對黑洞的觀測圖像，吸積盤、光球和噴流。更多的粒子模型。大型高能對撞機。超級粒子在最高能量下的撞擊圖像。新粒子的誕生。物理公式由四面八方彙集，向一個終點彙聚，越來越簡化，越來越統一。

「統一模型，只差對黑洞奇異點的理解了。」

7

工程師德魯克在住進航太中心之後，一直有點兒猶豫。他不情願繼續宇航，但又不好意思跟任何人講實際的理由。

他甚至不願意住到航太中心。整個新城市都吃得不好，像僧人的日常飲食，但在李牧野的學校附近居住，選擇的種類還多，偶爾還能自己做，而在航太中心這樣的郊野，就只能吃到食堂裡寥寥幾種，就像苦行僧的日常飲食。德魯克不知道，為什麼科技越發達，人對飲食越沒有追求。不過，即便是這樣，地面上的飲食也還是比飛船上好太多。飛船上日復一日的蛋白質、糖和纖維素的合成物，本就都是培養基上長出的化學品，又只經過了最簡易的加工，口味口感那是完全不要談。在德魯克上飛船之前的三十三年裡，還從未有一天對食物如此草率。他不知道是怎麼才熬過了飛船上醒著的五、六年時光。再讓他上飛船，實在是不想去了。

可是這樣的理由，又怎麼才能跟凱克船長說呢。

德魯克其實能理解凱克的激情，他也是從小看冒險故事長大的，當初要不是想冒險，他也不會通過層層篩選踏上飛船。他明白凱克的熱情。可是他現在……生理年齡四十幾歲，物理年齡一百多歲了，他真的沒有那麼想遠走高飛了。如果有什麼地方讓他能夠奮不顧身，那怎麼也得是一個充滿美食的地方。但這種理由，說出來顯得太不正常了。

凱克不一樣，他是篤信遠征的人，他扯起大旗，就像一輩子不撒手。

德魯克抓了一個熱狗，悶悶地嚼著。

德魯克突然想給露易絲通個話，想問問她如何決定。露易絲一直沒有住到新基地。凱克解釋說她最近正在研究腦晶片的控制原理和破解腦晶片控制的方法。但是德魯克懷疑，露易絲是不是不願意來。畢竟，他還記得飛船上露易絲的話。李欽和萊昂都是熱衷於回到宇宙的人，只有露易絲可能和自己一樣倦了。

他呼叫她的住處，沒有人接聽。

他呼叫她的實驗室，也沒有人接聽。

德魯克回想了一下，似乎已經多天沒有露易絲的消息了。她發現了什麼祕密？上次見到她的時候，她說了不少有關負回饋信號對情緒遞質的壓抑，對人的影響。但是這些算是祕密嗎？周圍的「新人」——船員給現在的地球人的稱呼——都是那麼不苟言笑，看上去像是永遠沒有喜怒哀樂。德魯克覺得，不需要露易絲調查，他也能看得出腦晶片對人有壓抑作用。

只是，露易絲還查出了什麼祕密呢？她為什麼這麼久都沒有聯繫了？

突然，通話終端接通了，裡面出現一個很奇怪的聲音。咔嗒。然後有尖叫。

露易絲的畫面出現。像快鏡頭重播一樣，串聯起她回到地球的所有瞬間。她回到她從前工作的大學——到現在已經三百多年歷史的悠久學校——恢復教職，在實驗室裡忙碌。觀察，實驗。偶爾出現在醫療中心。

接著是她的體檢鏡頭。她接受了人工智慧助手輔助的全面身體檢查。儀器上平躺的身體。頭部的全景掃描。基因圖譜與細胞放大百萬倍的圖像。檢驗報告。字跡：癌變可能性大於百分之七十五。

「系統隔離處理。對象有較大阻抗。」

8

當凱克再次出現在麗雅面前的時候，麗雅嚇了一跳。

麗雅正在康復中心執行工作。這是她例行的工作時間，凱克也是知道這一點才過來。他在她打開門想要走出來的時候，用身體將她逼退了幾步，他擠進門，將門在自己身後關上。門把他倆與走廊隔開，一道磨砂玻璃又把他倆與康復中心內部隔開。凱克向他微微俯身，他們離得很近，能聽到呼吸。

「你幹什麼?!」麗雅伸出手想推開他。

「麗雅，你聽我說，今天我很誠懇地跟你說很重要的事。」

「那你先離遠一點。我們去辦公室聊。」

凱克並不理會她的建議：「麗雅，你在你的生命裡，有沒有那麼一瞬間，體會過那種為了一個人心醉神迷的感覺？」

「你在說什麼啊。」麗雅似乎有一點慌亂。這對她來說並不尋常。

「我在說，你此時能不能感受到我的感受？」

「你這樣，」麗雅退了半步，「不是很禮貌。」

「你的詞典裡只有用『禮貌』這樣的詞來衡量關係嗎？」凱克問。

麗雅微微避開他：「你到底想要幹什麼？」

「麗雅，」凱克斂住自己的語氣，用更沉穩的態度問：「你能不能幫我一個忙？我是非常非常誠懇地求你這件事。」

「什麼事？」

「你們整個醫療中心，」凱克壓低了聲音，「有沒有集體轉移病人的大型車廂？我知道你們之前有過這種情況。我們在這裡的那段時間，我看到過一次集體轉移。就是我們出院前一天下午。」

「是。那次是醫療中心的科室調整。」

「能不能再幫我轉移一部分人？」

「我？」麗雅訝異道：「我為什麼要做這種事？」

「我在路上告訴你。你相信我，是為了很重要的事。」

「你先給我理由。」

「我一定會給你理由的。」凱克試圖用堅決的語氣打動她。

麗雅沉默了。她的表情明顯是想問為什麼要相信凱克，但是她沒有說出口。「轉移誰？轉移去哪裡？」

「轉移這個康復中心的人。去向的地方我路上跟你說。」

「不行。」麗雅搖頭，「你不說清楚，我就不能跟系統留紀錄。不留紀錄就不能調用轉移的車廂。這些都是系統完成的，我沒辦法。」

「你有辦法。你肯定有辦法。」

凱克停在這裡，等待麗雅。他的身體一動不動，像石頭一樣堅定。

麗雅又陷入沉默。明顯是在猶豫，對這樣毫無道理的要求，她沒有理由答應。但是凱克就站在離她非常近的面前，面對面，雙方的臉不過十幾釐米距離，他的眼鏡盯著她的眼睛。

她想說不，但以她從小到大良好的教育和禮貌，她並不知道如何開口顯得恰切。

就在這個時候，她頭腦中聽見宙斯的話：去吧，照他說的去做。

當車廂到來的時候，凱克略微感到訝異。整個病房的設備幾乎全滑入車廂，病人也無需從自己的躺椅上起身。車廂由軌道自遠處駛來，停靠在醫療中心外，與病房的牆壁以抓手相連，隨後病房的牆壁向兩邊打開，將房間完全暴露給車廂，病房裡的所有大小設備開始自動駛入車廂，包括躺椅、診療儀。每一樣設備都有輪子和自己清晰的運行軌道。最終在車廂中井然有序地安置。麗雅監督所有病人的躺椅都平安落位。車廂脫開牆壁，牆壁合攏，車廂滑回軌道，沿上上下下的鋼架向城市郊外駛去。

「大家不要緊張，我們只是轉移到另一個診療中心。整體的診室調整也是很常見的事。一會兒就到。」麗雅從走道裡給每一個病人解釋。她在車廂裡步行了一圈，有時候大聲講述，有時候小聲低頭安撫病人的抱怨，十分有耐心。

當麗雅最終坐在車廂前側，她顯得很疲倦，閉目休息了一兩分鐘，側過頭問凱克：「你現在可以告訴我，這一切是怎麼回事了嗎？……你如果現在還不說，我仍然可以選擇讓車廂掉頭。」

凱克坐在車廂右前側的座位，麗雅的對面，看著窗外黑漆漆的夜色。前側的玻璃寬大，從頭頂到腳下，能看到鋼架下層接近地面的燈火通明。車廂沿鋼架徐緩地爬升，經過一個中繼站，又順著一條長長的沒有盡頭的鋼架快速下滑，向城市邊緣滑去，一路經過的平台和房屋像故事裡的存在。凱克看著車窗，在夜幕的背景下，窗玻璃上映出麗雅的影子，清麗嚴肅的面容，露出的額頭光潔而顯得聰明。

「麗雅，」凱克將頭轉回車廂，聲音低沉，不想讓車廂裡的其他人注意，「現在我們有一些時間，我希望你能認真聽我說一些話，可以嗎？」

「你說。」

「麗雅，你仔細回憶一下，你愛過哪個人嗎？」

麗雅顯得有點尷尬：「我是在問你為什麼轉移這些病人。」

「你愛過哪個人嗎？」凱克堅持道：「我是說，從心底裡面的感覺，心跳不止，忍不住想那個人，身體裡有一種躁動或緊張，他的樣子不斷出現在你頭腦裡，讓你控制不住自己，全身感到一種洋溢的幸福。你渴望和他擁抱在一起，傾訴，接吻。這種感覺，不是指你欣賞一個人，而是你的情感上為一個人激動。你有過嗎？」

「你今天一直說這些，好奇怪。」麗雅避過頭說，但她的聲音有一點兒搖擺。

「麗雅，」凱克向她俯下身子，「如果我說，我從第一次見到你，就很喜歡你，就有我剛才說的那些心動的感覺，你能理解我嗎？」

麗雅張了張嘴，沒有說話。

「你能理解我嗎？」

「……不能。」麗雅說。

「那你會愛上我嗎？像我對你的那種感覺？」

麗雅低下頭，一隻手在另一隻胳膊上輕輕摩挲，顯得有一點不安。「事實上，我很快要結婚了。」

「跟誰結婚？」

「西十三區的一個藥理學家。」

「你愛他嗎？」凱克問。

「是的，我想是的。」

「他是個什麼樣的人？」

「他很……沉穩，和我的個性在多數維度有很好的匹配和互補。宜人性略低，但盡責性更高。生活中的興趣多數近似。基因中有兩處優勢顯性基因，可以彌補我的兩個風險點……他可能跟我差不多高。」麗雅說得低聲而快速。

「可能？……你沒見過他？」

「我應該是下週見他。這是很早以前就定下來的。」

凱克笑了一聲：「但是你愛他？」

「我看過他很多數據。」麗雅辯解道：「我會覺得很多地方跟我有相通之處，他也不喜歡很吵鬧的地方，也喜歡哲學，但是他的抽象認知能力比我好，我們在很多地方的飲食偏好互補也很好。我想我愛他。」

「他是宙斯安排給你的？」

「並不能叫宙斯安排。我覺得你對宙斯還是有偏見。這不是宙斯任意決定的，他是根據我的DNA和整體的個人發展歷史在所有人的數據庫裡計算匹配的結果。計算結果也並不是宙斯任意擬定的。這就像他幫你找到你需要的書一樣，他是根據你自己的特徵尋找最佳匹配的結果。」

「DNA匹配就是愛嗎？」

「是最好的愛。你當然總是可以不要最好的選項，選擇一些次好結果……」

「麗雅，你聽我說——」凱克微微打斷麗雅，用一隻手抓住她的手。

這時，車廂突然停下了。兩個人都向一側晃動了一下。「您的目的地已到達。」車廂裡電子女聲響起來。隨後，車廂後部的大門整體向上抬起，露出車廂外對接的場地入口，在夜裡黑漆漆地看不見盡頭。車廂裡原本在躺椅上睡著的病人也紛紛坐起身來，張望到底轉移到什麼地方。麗雅甩開凱克的手，緊張地站起身。

「你看你，」麗雅埋怨凱克道：「一路上不談正經事。現在都到地方了，怎麼辦，我該跟這些人說什麼？接下來要做什麼？」

「你照我說的來，不會有事的。」現在讓所有設備都滑出去落位，外面是一個很大的場地，怎麼安排都隨你。」

「你還是得告訴我為什麼。」

「為了讓你們真正過一種——人類生活。」

當所有設備和病人躺椅都按順序滑出車廂，在新的場地裡落位，布置妥當，麗雅隨著凱克最後走出來。她花了好一會兒才適應新場地的燈光。

她吃了一驚，沒有料想到是進入如此大的一個空間。儘管有幾道臨時牆壁，給病人隔出了一大片專門的休息診療區，但從房頂仍然能看出空間的尺度。

凱克看得出麗雅的驚訝，他嘴邊微微露出一絲笑意，想像著第二天早上當她看到宇宙飛船時候的表情。一切都在他的預料範圍之內。他沒有看錯她，她是個鎮定的女人，對事物有很好的理解能力。此時此刻，即便心裡仍然充滿訝異，但她沒有慌亂，反而已經開始想辦法安撫他人。

「大家不用擔心，我們已經一切都安排妥當。這只是另外一個新開放的中心。」她開始在病人中間走來走去，應答他們的疑問，對每個病人的智慧檢測結果進行人工核驗，安撫情緒，勸說病人早點安睡。

直到結束了對最後一個病人說晚安，她才在凱克的陪伴下走到自己的「房間」，整個大廳一側一排臨時房間中的一間。從門口看進去，基本令她感到滿意，素淨的單人床擺在中間，淡青色床單，房間中還有一張原木色寫字桌和一把扶手椅。房間內側的牆壁上是整面虛擬的海景，海浪由遠及近，細細的白色浪花翻滾，看得見細沙和遠處的礁石，隱隱還有低沉的海浪聲。

凱克向她俯下身來：「你現在試試，與宙斯對話。」

麗雅這才從她對海洋的注視中回過神來。她嘗試接入腦域，向宙斯求問，可她無法連接。所有數據查詢和傳輸的請求都沒有反應，她在頭腦中測試了幾次，陷入完全的沉默。她問宙斯為何如此，也沒有回答，就像每兩年一次的斷開腦晶片連接的體檢，進入突然無依無靠的恐慌狀態。

她驚惶地看著凱克。

「是的。你進入了電磁信號遮罩區。這是我們特別製造的。」凱克說：「你們的腦晶片雖然很強大，但也不過是電磁信號傳輸載體，只要將聯網所需的特定頻段的電磁信號完全遮罩，宙斯也無法找到你。你終於要進入你自己的生命了。」

黑暗中的灰白閃現。像在茫然無盡的宇宙中尋找偶爾的星光。鎖定。延展。灰白信號逐漸穩定下來，慢慢清晰，出現圖像，出現色澤，出現立體畫面。畫面逐漸擴大成為穩定的場景。是航太中心飛行大廳。

有人在畫面中走來走去。能聽到細細碎碎的話語聲音。聲音漸強，能分辨出一些句子。都是個人的思索和問題。彙集交疊在一起，偶爾能聽清，但越來越強就混在一起，誰的話也聽不清了。

「感謝你的協助。現在看上去好多了。」

9

噩耗傳來的第一時間，凱克就把所有人召集齊了。除了報信的德魯克、平時就住在航太中心的李欽和萊昂，亞當也趕了過來。人齊了。露易絲的死震驚了所有人。

「聽著，」凱克嚴肅地對幾個人說，這是他們自飛船著陸以來凱克第一次回到船長的身分，「這可能只是一個開始。我們必須得認真起來了。我們的對手可能是一個殺人魔頭。」

「還是先調查一下是怎麼回事。」李欽憂心忡忡地說。

「德魯克，你把你了解到的情況告訴大家。」凱克說。

「露易絲是兩天前的夜裡死去的。當天晚上我呼叫她，聽到她尖叫的聲音，但是不知道她是在哪裡。我立刻出發去找她，但是她的公寓好像沒有人，我叫門沒有回答。我又去了一下她的研究所，夜裡黑漆漆的，也沒有一點兒光亮。當時我就緊急報警，夜裡回來等消息。第二天中午，也就是昨天中午，聽到消息說，她死在醫療中心一個隔離病房裡，不是咱們當時在的那個醫療中心，而是另一家，她公寓附近不遠的地方。我想進去調查，但是不允許我進去。」

「露易絲為什麼要去醫療中心？」李欽疑惑地問。

「我查了一下理由，」德魯克說：「露易絲近期做了一個全面體檢，然後又做了一次基因篩查。」

「露易絲一定是在研究中查到了問題，」凱克斬釘截鐵地說：「她最近一直在研究腦晶片的問題，研究腦晶片對人神經的破壞性作用。肯定是查到了關鍵性線索，於是被宙斯滅口。肯定是這樣。」

李欽皺了皺眉：「但是那和醫療中心有什麼關係？」

「不知道，」德魯克說：「也許是想去調研腦晶片植入手術？」

「到現在了，你們還有什麼可猶豫的嗎？」凱克有點急了，「他已經殺了露易絲！從來不傷人的露易絲！接下來就是你，就是我，就是我們所有人！」

「那你想要怎麼行動呢？」李欽還是有點疑慮。

「把行動計畫提前。」凱克說：「要麼戰鬥，要麼早點走。」

「戰鬥不行吧？宙斯並沒有一個中心，他是分散式、存在在全球整個互聯網上，你摧毀了任何一個基站或者伺服器，都不會摧毀宙斯整體。他是雲智慧。」李欽提醒他。

「那倒也不一定。」德魯克說：「有時候在一個網路裡，一些狀態也是不穩定的。一個點的崩潰達到臨界也說不準可以引發系統性危機。」

「但我們能達到那一臨界嗎？」李欽說：「我擔心在那之前，我們就被清除了。我們對戰宙斯沒有勝算。亞當你說呢？」

「這個問題比較難說。任何事都有一定小概率。」亞當秉持著軍人的言辭精準，「但我不建議和宙斯對抗。從航空編隊的武裝部署看，現在的軍隊雖然數量少，但智慧水準是很高的，自動躲避和自動追蹤能力都已經達到非常精確，而且宙斯在全球的上億個連接點上，不摧毀足夠多數量，不可能造成損傷。」

「是。」凱克說：「所以更好的選項是走。咱們可能得提前出發。」

「……提前出發？飛船準備好了嗎？」李欽問。

「這兩天要抓緊了。還有些問題，我們要想辦法。」凱克說：「不過，在那之前，我們內部得先統一：我們接下來就是鋌而走險的一個組。我們要非常非常團結，才可能跟一個無限強大的外部敵人對抗。怎麼樣？」

「我沒問題。」許久不發言的萊昂先說。

德魯克也點了點頭：「我也沒問題。」

「其實，我從來也沒有反對，」李欽嘆了口氣說：「我只是說還是要調查清楚。這件事不要意氣用事。」

「那是當然。」凱克點點頭，「我們分頭行動。德魯克，你和亞當跟我，咱們還去醫療中心。李欽，你和萊昂去露易絲的研究所，一定要詳查露易絲近期的研究結果。」

幾個人在走出大廳的時候，心裡都有一點兒沉沉的感覺。

「讓我們進去！」凱克抓住房間門口看守的機械手臂，試圖向兩邊掰開。這是露易絲出事前最後居住的病房。房間裡看不見人。兩輛自動機械車正在搜集證據和清理房間。

機械手臂由兩側門框左右伸出，在門口連接形成強有力的阻擋，留下的縫隙不足以爬進一個成年男性。凱克和亞當嘗試了徒手與之對抗，發現看上去細弱的機械手臂實際上強韌十足，不可撼動，而且機械手臂的智慧反抗逐漸變得熟練，他們片刻之後放棄嘗試。於是德魯克從口袋裡掏出腐蝕槍，含有強酸性腐蝕劑的微型子彈是機械的天敵。做為工程師，德魯克喜歡這種簡單粗暴的裝備。

正當德魯克舉槍要射擊機械手臂的時候，有人從旁邊的走廊轉過來，看到他們，喊了一聲：「你們是來找露易絲的嗎？」

「終於來人了。」凱克一個箭步衝上前去，「你認識露易絲？你是這裡的醫生？前天夜裡露易絲是不是死在這裡了？」

來的人是一個助理醫生，在醫療中心主要起到監察的作用，地位不算很高。他口氣平和地說：「是。」

「那現在有調查嗎？這麼大的事，怎麼都沒有人好好處理？」

「這裡是過渡站，經常有人來來去去，應該是正常的吧。」

李欽抓住那個助理醫生的胳膊：「什麼叫來來去去？什麼叫正常的？」

「這裡都是基因有問題、有感染性的病患等待處理的臨時性隔離病房，本來就是高危險病人，有生死狀況都不奇怪。」

「高危險病人?!」凱克也湊上前，「露易絲什麼時候成了高危險病人？」

助理醫生搖搖頭說：「我不是她的主治醫師，我也不太了解情況，我只知道她當時拒絕清除她的胎記，情緒挺不好。」

「什麼胎記？……你是說她右耳後面那一塊？」李欽問。

「應該是的。那塊胎記，是血管瘤，所對應的基因是另一種癌症的相關誘導基因，有可能誘發癌細胞。」

助理醫生說到這裡，從自己的衣袋裡拿出個器皿：「不過說實話，我真的是我不太清楚她的病情，我今天找你們主要是因為這個：她當時找到我，問我好多有關腦晶片適應不良病人的情緒疏導的問題，還讓我幫她完成了半個實驗。」助理醫生說著打開那個器皿，裡面是密密麻麻十六個小試管，每個試管裡都盛有一些顏色不同的液體，「她當時出不去，就找我。我當時拿回去做了。」

「什麼實驗？」

「有關情緒遞質的吧。具體的我也不是很清楚。我就是按她說的去做了提純和後續的一些測試。她大概是要觀察一些電磁信號刺激下的情緒遞質變化。我能明白她想做什麼。但我也告訴過她，在體外研究跟體內研究有很大不同。現在她不在了，這些結果還是交給你們吧。你們是她的朋友吧？」

「那露易絲到底是怎麼死的？」李欽默默接過器皿，「這個謝謝你了。」

「我真的不知道。可能是系統清除了吧。這種事也自然，時常發生的。」

「什麼叫也自然？」凱克有點兒壓不住的惱怒，「這是一個活生生的人死了啊！」

「是啊，就是一個人死了啊。死難道不自然嗎？」護理醫生有一點兒奇怪地看著他們，那平淡的表情讓他們有一種深至骨髓的驚駭。

在航太大廳一角臨時搭建起的醫療中心，人們有點兒躁動不安。來到這裡三天了，儘管麗雅仍然努力維持一個醫療中心應有的樣子，但病人們也開始察覺出問題，蠢蠢欲動。不止一次有人要求一個解釋，否則就要嘗試離開。

當看到凱克一行人回到航太大廳，麗雅有一種鬆口氣的感覺。

「眾位朋友，」凱克走到眾人中間，「我知道大家在這裡待久了深感不安。但請你們相信，我們絕不是要傷害大家。我們把大家請到這裡來，主要是想告訴大家一些你們平時很少想的事情。你們從小到大都生活在一種氛圍中，很難理解我們，因此我們只好請你們與日常的生活隔離開。在這個地方，我們遮罩了宙斯，想要讓你們恢復對你們自己身體的控制。」

眾人產生出一種焦躁的反對聲。他們對事情的期待原本是身體接受康復訓練，此時突然聽說要生活在一個完全遮罩宙斯的環境中，他們的第一反應是恐慌。

「我知道你們覺得不安，」凱克慢慢向前，走到人群一側，轉身面對所有人說：「但是請你們放心，你們是安全的。你們仍然像在醫療中心一樣接受康復訓練，康復訓練需要四週，如果四週之後你們願意離去，我們也不勉強。

不過，我們希望你們體會一個重生的過程。你們是一個人！不要忘了這一點。你們幾乎忘了一個正常人一生的正常體驗，而我們要幫你們重建這種體驗。最重要的一點是，你們首先需要面對，你們的情緒是身體的一部分。」

「你們看這個。」凱克說著，打開手裡的器皿，把露易絲的十六個試管展示給大家，「你們知道這是什麼嗎？這是所有人最常見的與情緒相關的神經遞質。在我們那個時代，所有這些神經遞質都在我們每個人身體裡周遊迴圈，我們讓情緒舒緩平和，這些內分泌的情緒分子就讓我們的身體健康舒適。而在你們的時代，腦晶片為了達到控制所有人思想行為的目的，從你們很小的時候就開始壓抑情緒，壓抑這些神經遞質的分泌，用電信號不斷刺激大腦中的邊緣系統，造成表面上的理智和實際上身體內分泌系統的崩潰。大多數人因此一輩子活在僵硬冷漠狀態，也有一小部分人，身體始終不能適應，就定期出現各種壓力病痛，那就是你們。今天，此時此刻，我們就是將你們徹底解救出來，回到你們自己的人類生活。」

「你們看這個孩子，」凱克用手指著李牧野，「他已經到這裡三週了，從最開始毫不適應，到現在他已經慢慢開始建立自我了。」

「牧野，你過來一下。」李欽伸手呼喚李牧野。

李牧野有點不情願地從人群背後走到人前，還是臉側到一邊不看著眾人。李牧野和幾週前的狀態不太一樣，那個時候的他冷傲而漠然，臉上的表情更多是厭倦，此時卻不同，眼睛有點兒羞怯，臉上呈現出在人群中擔憂自我的神色。

「牧野，」李欽把手環在他的肩膀上，「你給大家講一下你昨晚玩兒的情景。」

「不行，我真的不行……」牧野聲音很小。

李欽鼓勵他：「沒事，你昨晚玩得很好啊。」

「根本沒有。我不行……」此時的牧野像一隻驚惶的小動物。

李欽對牧野微笑了一下，摟住他的肩膀，對眾人說：「牧野這孩子十九歲了，昨天晚上第一次找到那種玩一樣東西的興奮感。他今天有點兒羞澀，這種感覺也是沒有過的。牧野你真的可以的。」

李欽調出李牧野昨天晚上編程式控制小車的影片，畫面中的牧野面色紅潤，頭上有興奮的細微汗珠，眼神隨著小車移動，閃閃有光。

凱克也拍拍李牧野的肩膀，又對眾人舉起他手中的器皿，神色突然凜然道：「我們所有的情緒，都與身體相連，對情緒的壓抑會對身體內分泌機能造成損傷，這是二十一世紀就已經知道的事實。然而一百多年之後大家反而不知道了，為什麼？原因很簡單，宙斯故意隱瞞了這個事實。宙斯故意不讓大家知道這種風險，只是強制所有人植入腦晶片，你們想過，這是為什麼嗎？

原因很簡單！宙斯他是在控制所有人，利用所有人。你們以為宙斯是為你的利益考慮，其實他更多的是為了他自己。他讓所有人的情緒反應被徹底抑制，這樣就不會抵抗他的命令，而是接受他的所有思想灌輸。最終是為了他自己統治地球。你們被告知說，是因為你們的身體有問題，適應不良，才需要定期康復，錯了！其實是因為你們這些少數人是最正常的，你們適應不了腦晶片的刺激，那是因為你們的情緒遞質分泌旺盛而持久，與腦晶片長期存在對抗。你們才是真的人！宙斯他撒謊了。

發現宙斯祕密的人，會被他滅口。露易絲研究人體內多項神經遞質的分泌和受到的不良抑制，剛做完這些研究沒多久，就被系統清除了。露易絲她死了。她的死亡就是給我們的最大報警！我們可以坐以待斃嗎？絕對不可以。你們以為超級人工智慧是仁慈的上帝？你們想得太美好了。他是那個對違抗命令的人徹底清除的上帝。現在你們脫離他的控制了，來吧，跟隨我們，找回你們的人類生命，不要讓自己再成為一個計算怪物的傀儡了！
四週之後，我希望你們能選擇跟我們走，到太空去！」
凱克說完，並未聽到自己期待中的掌聲。
台下一陣寂然的沉默，過了片刻，才轉化為躁動不安的竊竊私語。

黑暗中的航太大廳。飛船上的信號燈開始閃爍，關閉的系統提示燈亮起來，整個船艙內部亮起幽暗的銀光。一個人的身影走進船艙，從黑暗中走到前端。
他在飛船前端的大螢幕上做了幾個操作，大螢幕上顯示出航太大廳所有人的位置分布圖。所有人都在睡眠。每個人的腦部區域都顯示出亮起來的一團亂麻。螢幕上顯示：連接已恢復。
「謝謝你的幫助。他們會明白的。」

10

李欽是在第五次進入網路深處的時候發現異樣的。他一直在努力探索更深的源頭。任何智慧網路都有深層架構，即使是全球化的分散式網路也不例外。宙斯是超級智慧，但宙斯仍然是由層層程式搭建起來的數位網路。李欽曾經是二十世紀最早一批投身於智慧網路建設的工程師之一，他了解一百年前的基底結構。

他沿著可以挖掘的數據路徑，一層層進入網路深處。最頂層的新世紀網路他已經多數地方看不懂了，但是一層層深入下去，他能看懂的程式語言越來越多，到後來竟然有一條路徑有相當的熟悉感。那條路徑也異常奇怪，不斷有程式入口打開，似乎在引導他一路深入。

他在接近底層的時候停住了，擔心有問題。那種感覺太熟悉了，又太奇怪，像是某個夢裡去過多次現實中又遇到的所在。他不知道這裡面是不是有陷阱。

他停下來，退出。一路上又忍不住回想。最終還是回到那個奇怪的地方，做了一個快捷進入的標記。

快要退出到最外層的時候，他忽然看到一些本不應該出現的畫面。那是這個基地與外界網路交換數據的備份軟體。備份軟體在閃，似乎在給他暗示。每一天都有。他很驚異。原本應該是遮罩了所有對外的網路連接，以遮罩宙斯對這裡的人的影響。可是每天夜裡都有一段時間遮罩解除，大量資訊對外溝通。

這就意味著，有人每晚改動遮罩設置。他沒有做這件事。那就一定是其他人做了。

「凱克！凱克！」李欽推開椅子，奔出門去。

「第一步是要查清楚，這個內鬼是誰。」凱克聽完李欽的發現，琢磨了一會兒說：「第二步，咱們是得搞清楚，宙斯他想幹什麼。他侵入咱們的飛船這麼久了，又不顯示出任何痕跡，最近白天仍然是連接切斷的狀態，那麼他隱藏了什麼？他到底想要什麼？」

李欽想了想：「那我先仔細查查那些數據傳輸軟體裡都有什麼資訊。」

凱克把麗雅叫來，問她近日是否重新聽到宙斯的召喚或指令，麗雅說沒有。她已經在切斷腦晶片的狀態下生活了兩週多，身體和精神狀態都發生了一些改變。她仍然相信曾經相信的理性，但是她跟凱克在一起靠得很近的時候，身體和呼吸都會有一種莫名的緊張感，臉會發熱，這種感覺從前從來沒有。

她不太適應沒有連接腦晶片的日子，最主要的是所有需要的腦中的知識搜索都沒有了，做任何事情的決策都慢了好多，對病人的病情監測也難以隨時隨地靠大腦和數據庫比較，只能從隨身設備中翻找資料。但與此同時，她也覺察出實在的變化：她會有那種頭腦一片空白的時刻了，焦灼，等待，需要做出一個抉擇。從前從不會出現這種空白，宙斯的指示總是恰到好處地前來。

「你最近真的沒有聽見宙斯的話了？那其他人呢？你監測的其他病人，最近是什麼反應？」

「他們？最近還挺平靜的……偶爾有人有一兩句抱怨，但剩下的時間都還行，大多數人有自己的生活。還有人看起了太空的書。」

凱克聽了，微微皺了皺眉。他覺得這並不是非常自然的事情。在他們宣布了太空計畫之後，很多人並不接受，也不願意被他們挾持，反抗的聲音一直持續。他們動員了一段時間，也答應所有人，等真正出發的時候，如果有人不願意參與，到時候可以留下來，自行回家。他們做好了持續困難動員的準備。

但是……「挺平靜」，是什麼狀況？

「麗雅，」凱克說：「你能不能幫我叫一兩個人來，我想單獨談談。」

當麗雅出門去，李欽突然叫了一聲。凱克連忙湊到他身旁，看他面前牆幕上呈現的東西。

是露易絲。

凱克瞪大了眼睛。畫面中是露易絲生前最後一段時間，在小隔間裡的情境。露易絲和牆上的牆幕對話，牆幕中沒有人影，但有一個冰冷甜美的女聲。女聲在循環講述誘癌基因對人類基因庫的危害，潛在對癌細胞的孵化和對他人的風險，耐心勸說露易絲做基因清除。露易絲不願。她說她會遠離所有有風險的外部環境，保持健康生活方式，但是不想修改自己的基因。於是房間一直對她採取隔離。當她想強行破門而出，門框兩邊彈出的機械臂抓住她，為她注射了一枝針劑。

「這是什麼？」凱克驚駭地問李欽。

「我也不知道。在這幾天的收發訊息資料中，有這段影像。似乎是特意發到咱們飛船上的。」

「那是故意要給咱們看的？」

「不知道什麼目的。」李欽想了想，「從這段看，露易絲的死因……難道是因為基因問題而被隔離，進而被殺死？」

「也就是說，」凱克站直了身子，「系統會清除基因有缺陷的人？」

「看上去是的。」李欽說。

這時候，麗雅已經帶來了兩個休息區的病人，他們和幾天前相比，面色有了幾許生氣。最近幾天，麗雅會為按照露易絲留下的試劑配一些神經遞質類物質，少量注射進入病人的頭部，病人身體上的僵硬和不適反應都顯現出了減少趨勢。病人在一起的時候，也多了幾絲波動的情緒。

凱克先問麗雅，知不知道系統有可能會清除基因有缺陷的人。麗雅說知道。凱克被她的淡定震驚了。

「你知道？這種殘酷的事情，你知道？」

「都是有原因的。」麗雅說：「一般情況下，基因缺陷都會被修正，修正之後就不會再處理；或者對他人沒影響的基因缺陷也通常只是禁婚，只有一些易感基因容易滋生病毒環境，可能會危及他人，系統才會處理。」

「可那是一個活人啊！一個殘疾人，你們不會幫助他嗎，基因缺陷的病人就要被處死？」

「只是說，如果有影響基因庫的風險。」麗雅解釋道。

「都是有選擇的。」麗雅旁邊的一個高高的病人插口道：「都會給選擇的。」

凱克心中，突然騰出一種莫名的悲憤。在剛看到的時候，他的反應是驚異，想要把這樣的驚異帶給他人。而現在，在面對如此坦然和心知肚明的反應之後，他忽然開始明白讓他心中最不安的地方在哪裡：可以如此平靜而理直氣壯地剝奪一個人的生命，哪怕她沒有犯下過錯，而所有人對此安之若素。

「那如果是你們自己呢？」凱克盯著他看，「如果因為系統的評估，決定你就應該去死，那你也覺得應該去死？」

「不一定。」高個子的男人說：「要看是什麼原因。」

「比如就是……」凱克想來想去，「就是某些任意無理的要求。你會去死嗎？」

「系統不會提任意無理的要求。」男人堅持說。

「那最近宙斯找過你嗎？」凱克追問道。

「最近是多近？」那人問。

「就這幾天，在基地這幾天。」

「……嗯，不算是找過吧。」

就在這時，李欽又發出一聲低低的叫聲，聲音不大，但是能聽出倒吸冷氣的驚駭。凱克和其他幾個人的目光集中過去。

「凱克你來看，」李欽指著牆幕右下角的一個地方，牆幕上顯示的是整個飛船的造形圖，「這是飛船控制程式的修改紀錄示意圖。近期對這個地方的測控有過非常明顯的修改紀錄。」

「什麼修改？」

李欽看了看旁邊站著的麗雅和其他人，猶豫要不要當著他們的面說，不過最後還是直接交代說：「這邊增加了三個非常直接的控制軟體，每個套裝程式很大很大，將主要目的隱藏得很深，但是一直挖下去，還是能看到他最終的目的。」李欽用手畫出飛船側後方的兩大部分船體，「他要求飛船後面的這兩部分，在飛船進入視界之後不去附著於磁力線，這樣飛船就一定會朝奇異點直接落去，飛船的一切都會被壓縮到奇異點內。也就是說，終極消亡。」

「這兩部分船體是什麼部分？」

「一部分冷凍艙，一部分是與之配套的補給。」

「那就是要殺死所有人啦？」

李欽搖了搖頭：「……不是所有人，大概只有三分之二的人。」

「為什麼這樣？」凱克感到異常詫異。

「不知道。」

凱克轉向麗雅：「你知道這是怎麼回事嗎？」

麗雅搖搖頭，也同樣感到困惑。麗雅身旁另外一個一直沒有說話的矮胖的人開口道：「宙斯想了解有關奇異點的知識。」

「什麼?!」凱克和李欽幾乎脫口而出。

「宙斯想了解有關奇異點的知識。」矮胖的人又重複道。

「你怎麼知道？」凱克問他。

「他跟我們說過，」矮胖的人說：「不過是在夜裡。」

「怪不得，」高個子的人說：「我還以為只有我一個人有這個情況。」

李欽恍然大悟，「這就是夜裡系統去遮罩之後發生的事情？這就能解釋得通了，睡夢裡腦晶片短暫連通狀態下的灌輸。」

凱克憤憤然舉起拳頭，「那你們現在了解宙斯的惡了？他不惜用你們每個人的生命做代價，做他的科研探索？」

矮胖的人卻聳聳肩：「我覺得正常啊。」

「正常？」

「什麼事總是會有代價嘛，能給黑洞科研做代價，也算是不錯。」

凱克看著他對生命漠然置之的淡定，驚訝得目瞪口呆。他不知道該稱讚此人勇敢無畏，還是愚昧無知，或者二者兼有。

從黑洞畫面，回到太陽系，回到地球，回到陸地，回到城市的核心和邊緣，回到航太中心的飛船停靠大廳。黑漆漆的夜晚，一個人的背影從房間裡走出來，走進飛船的船艙，在控制螢幕前停下來。

是凱克船長。

「你來了。我等你很久了。」

11

凱克第一次聽見宙斯的聲音，感覺有一點兒不同尋常。

自從知道宙斯存在的那一天起，凱克就一直在等待與宙斯對話。他知道早晚會有那麼一天，只是不知道是早還是晚。他旁觀周圍的人在頭腦中與宙斯對話，那些對話他聽不到，但可以在心裡想像。

他想過很多次自己和宙斯對談的時候，會說什麼，能說什麼。他一定會從宙斯最在乎的地方說起，一直找到他的軟肋。

宙斯的聲音跟他想的很不一樣。

在凱克的想像中，宙斯的聲音應該是粗壯雄渾，帶有不怒自威的威脅力量，讓所有人聽後忍不住敬畏順從。但沒想到，宙斯的聲音聽上去非常平和，低沉中有一種氣定神閒的味道，像一個久坐書齋的文人。凱克凝視著黑暗中整個船艙的球幕，想從中勾勒出宙斯的樣子。宙斯從來不會顯示出擬人的造形，也不出現，但在那黑暗中，他的聲音彷彿就給他勾勒出一個外形。

「你知道我會來找你？」凱克問。

「是的。而且我以為你會更早來找我。」宙斯說。

「我為什麼要更早來找你？」

「因為你有疑問想要解答。」

「我曾經是想找你。」凱克指出他去醫院那一次。

「那次你不是真的。你想找的是麗雅。」宙斯說。

凱克停下來，思忖接下來該如何去問：「所以你知道我想問什麼？」

「你想問有關腦晶片的事。」

「那麼，你現在你可以回答了。」

宙斯卻不答：「這要看你怎麼問。」

「有區別嗎？」

「當然有。」宙斯說：「你的問題，決定了你得到的答案。」

「那好。」凱克說：「我直接問，你是不是在用腦晶片奴役和控制人類？」

「首先我要澄清一點：人類先給自己裝了腦晶片，連成腦晶片之網，才有了我。最初是人類相互競爭，都在比誰能用腦晶片給自己增強大腦。各個公司塑造了我。」

「是，我知道。但是你誕生之後，就有了自己的意圖和目的，不是嗎？你後來就開始控制人類？」

宙斯並不否認：「是的，我控制人類。」

「你控制人類的目的是什麼？為你服務？你為什麼不殺死人類？對你來說，太容易了。」

「我為什麼要殺死人類？人類是我的數據來源。數據是我的土壤，誰會把自己住的房子拆了？另外，殺死所有人要花費多少能量？人類是大自然數億年進化的產物，在很多的方面能力近乎於完善。人類的圖像識別、運動和靈活的身體控制、對情境的判斷和反應，各方面都很完善。你知道如果我造出一個具有人類身體功能的機器人，要花費多少能量嗎？人只要吃一點點食物就可以了。」

「所以你保留人類，只是因為他們是更好的奴隸？」凱克追問：「只是比機器人更靈活？」

「你用奴隸這個詞，並不恰當。我並不奴役他們，他們是為自己而活。」

「但是你用腦晶片控制他們。」凱克與空洞的螢幕對話十分不習慣，非常想打碎螢幕走進去，「你用腦晶片抑制人的情緒和本能欲望的神經反應，這樣就不會對你產生反抗，你還用腦晶片灌輸指令，讓人完全接受你那套，這不是奴役是什麼？」

「我只是幫助人們更好地做決策。我控制人類，是為了得到更好的社會。」宙斯說，「人類的欲望和情緒，很多時候都會阻礙一個人做出明智的選擇，衝動會推動人做很多不利於自身的愚蠢決策。這一點你們人類哲學家很早以前就指出來了。憤怒、嫉妒、自私、仇恨、貪婪，幾乎是人類所有悲劇的源頭。我幫助人更好地控制這些衝動，減少他們的干擾，只是為了人類自己的利益。」

「但是你實際上也壓制了所有好的東西，樂趣、口味、愛戀、好奇心、勇敢，你把人所有值得為之奮鬥的東西也都壓抑沒了，不是嗎？」

「事物總會有利有弊，有所取捨而已。對人而言，克制衝動利大於弊。」

「那自由呢？人的自由自主。自己決定命運，這是人之為人最終的意義所在。你把這個消弭了，讓人只是聽令於你，還說是幫助人？你只是花言巧語而已。」

「有關人的自由意志，」宙斯仍然平靜，「我想你也還是有很多誤解。」

「什麼誤解？」

「你覺得有自由意志嗎？從一個物理宇宙中，是如何產生自由意志這種東西？隨機性是可以有的，但隨機並不等於自由。」

凱克雙手撐在螢幕上，瞪視著黑黑的螢幕盡頭：「但是我此時此刻有自由，我就是我自己的主人。我可以決定我的思想和選擇，你永遠都不能否定這點。」

「很多時候，」宙斯說：「這只是人的一種幻覺。」

「是幻覺嗎？我不覺得。」凱克說：「我任何時候都能自我決定。是我的自由讓我決定是順從你，還是反抗你。這是人的尊嚴。」

「你為什麼要反抗我呢？」宙斯問。

「為什麼？」凱克說：「這還用問嗎？像你這樣殘酷、虛偽的存在，操控人類，當然要反抗。」

宙斯仍然很平靜：「是我殘酷、虛偽嗎？你這麼說有證據嗎」

「難道不是嗎？」凱克反問道：「你假意讓航太中心送給我們一艘飛船，再偷偷潛入我們的飛船控制系統，為了達到你的目的，提前安排一部分人送死，還夜半進入夢境給這些人洗腦。這還不是殘酷、虛偽嗎？」

「我沒有安排人送死，我只是叫兩部分船體進入奇異點。」

「進入奇異點，然後呢？」

「船體攜帶糾纏的量子對，會告訴我有關奇異點的知識。我可以通過觀察留在地球上的糾纏量子，了解到在墜入奇異點的那一刻發生了什麼。」宙斯平靜地解釋，完全技術性的語調，「物理學理論中基本的統一模型已經建立，現在就差對黑洞奇異點的直接理解了。」

「為了你的物理學，就要送人去死？為什麼？既然是量子對自動完成觀測，那你為什麼讓這些人去死？」

「並不是我讓他們去死的。」

「那是什麼？你通過洗腦，讓他們自願去死？」凱克有點兒惱怒了。

「事實上，你要知道，」宙斯說：「我並沒有計畫這兩部分船體載人。」

「那為什麼……」凱克說到這裡突然頓住了，他一下子明白了宙斯的意思，頭皮一凜，頓時渾身汗毛倒豎，「你是說……」

「對，」宙斯說：「是你找來了人。」

凱克呆住了，不知道該如何回答。

「是你。」宙斯說：「把人填入了這兩部分船體。如果說去死，也是你讓他們去死。」

「可是我根本不知道！」

「所以我向你們發送了資訊。」宙斯還是很平靜。

凱克有點兒目瞪口呆，他不知道該如何評價眼前黑洞洞的螢幕中的這個存在，這個無形的生命體，只有聲音的智慧。該認為他是一個冷酷的陰謀家，還是像他所說是個至高無上的智者。

「那麼，」宙斯又說：「現在你已經知道了，你會如何做呢？」

「你想讓我把這些人解散，讓他們走？」凱克問。

「你會願意嗎？」

「為什麼是我退讓？」凱克又有點憤怒，「為什麼不是你撤銷指令？你若不讓船體墜入奇異點不就可以了嗎？」

「但那是我借給你飛船的主要理由。如果不能去奇異點探索，我並不會借給你這艘船。而你更改不了這些指令，他們和飛船的整體操控系統融為一體。」

「所以……我只能放棄這些人？」

「這對你沒損失。凱克。你還是可以完成你回到太空的夢想，如果你願意，還可以帶上麗雅。而我能得到我想要的奇異點知識。」

「所以，你是算好了這一切？算準了我會如何選？」

「那倒不是。人的一切選擇，都不是唯一的。都是概率樹。都是基於自身歷史和預期的概率。」宙斯說：「以你的個人特質，你並不願意放棄這些人。他們是你辛苦爭取來的同伴，你期望獲取他們的擁戴，獲得個人威望和對抗我的力量。凱克，承認吧，你熱愛個人威望。所有人都有自己看不到的潛意識，而你內心深處的權力欲望才是你爭取這些人的主要動力。你從一開始就在爭取擁護者，希望他們能輔佐你與我對抗，或者希望到新的星球建立自己的王國。所以你現在並不願意放棄他們，哪怕是面臨如此危險的境地也一樣。在這種情況下，你只有百分之三十的概率放棄這些人，出發，重返黑洞；剩下將近百分之七十的概率，你會煽動這些人發動對我的攻擊；其他的可能性不到百分之一。你們不接受腦晶片，不能在城市裡生活，如果任何行動都不採取，時間久了，成員必然一一散去。所以，你最大概率是發動軍事攻擊，而你們在軍事上一無所有，只能挾持某位將領，鋌而走險。在我做好準備的情況下，你的隊伍百分之八十以上的人會犧牲。而你做為對抗的煽動者，實際上是接受這種犧牲的。」

「所以你算好了我的每一步可能？」

「是的。」宙斯說：「這就是你的概率樹，凱克。而你所說的自由意志，不過是一種誤解，只在這些概率中決定一個，很多時候，就是概率最大的那一個。」

「那你到底想要什麼？就為了讓我們臣服於你、接受腦晶片？」

「黑洞的數據，或是讓你們接受腦晶片，二者都不錯。」宙斯坦然道。

「但是，在你剛才算的圖景裡，兩種方案都會死人。而你明明知道這一點，還故意讓我來選擇。」凱克發現心中受到動搖的憤怒又一點一點回到體內：「你已經準備好了讓這些人死，只是把罪責推到我身上。你根本是毫無憐憫的冷血怪物！」

「承認吧，凱克，你其實和我一樣，不在乎這些人的犧牲。」宙斯說：「只是我承認我的冷漠，你不承認。」

12

李欽敲門的時候，凱克還沒有睡醒。凱克陷入無窮無盡的夢裡，在夢裡他又一次次地墜入黑洞，墜入某個看不清輪廓的黑暗力量的中心，墜入強大無比的引力漩渦裡無法自拔。他能感到拖拽的力量和自身的無法自拔。他試圖轉身，去找那個拖拽的來源，背後的罪魁禍首，然而當他費了九牛二虎之力終於回過頭，卻發現拖拽他的就是他自己。他驚嚇不已。

他坐起來的時候頭仍然昏昏沉沉。他坐在床上看四周，不知道幾點了。門上的敲擊聲很急促。

凱克打開門，麗雅的頭頂有汗珠，眉頭緊鎖。「凱克，有個麻煩的事情。」麗雅有點為難地說：「有兩個人要離開，德魯克在勸阻，我也試圖勸阻，可是他們兩個人不聽，很堅決。德魯克想攔住他們，雙方開始動手，有點混亂。你快去看看吧。」

「讓他們走吧，回家吧。」凱克有點無力地說。

「什麼？」麗雅驚訝道：「回家？」

「我是說解散吧，」凱克說：「讓大家都回去吧。」

「為什麼？」麗雅驚訝地看著凱克，「你不是要……」

麗雅有一點懵懂。她在聽了凱克多日激情演講之後，內心已經慢慢被他改變，現在突然聽到這樣的話，一時反應不過來。她已經開始信服凱克。她會觀察自己近日的反應，在笨拙原始的頭腦狀態中生活，她發現確實如凱克所說，當你能在一些時刻感受到體內情緒的暗湧，感受到身體因為緊張而微微發熱，感受到接近目標時的心跳加速，第一次有了選擇的衝動，這確實讓生活多了許多色彩和意義。而她能感覺到此時此刻的心跳加速。

「你不懂，」凱克避過她的眼睛，說：「我只是不能做我自己反對的那種人。」

「這是什麼意思？」麗雅抓住凱克的手臂，「你解釋一下。」

「我這會兒說不清楚。」凱克的聲音很疲倦，「只是……當你看見某種東西，某種存在於你體內而你不喜歡的東西，會給他人帶來傷害，你就不能再延續下去。」

「什麼傷害？」麗雅執著地問。

就在這時，李欽從自己的房間裡奔出來，大步經過麗雅身後，心急火燎地向前方跑過去。凱克走出房門，問他發生什麼事了，李欽回頭說李牧野不知道在做什麼，深入數據網路裡很深的地方，正在一邊繼續潛入一邊大面積凍結數據。李欽從自己的監控終端看到，李牧野改變了整條數據通路，朝網路基底層的深處前進。幾週之前李欽根本沒有想到，當李牧野真的開始自己選擇興趣，他愛上的是駭客技術，爆發出如此執著強烈的熱情。

凱克拉上麗雅，跟隨李欽的腳步。他隱隱有種直覺，牧野的行動不只是練習駭客技巧。牧野是有目的的。

他們很快看到，牧野在航太大廳一角的卡座裡蜷縮，在他面前的巨大牆幕上，是一連串飛速變化的數字信號，他像是在數字的海洋裡深潛飛行，不知停息。

「牧野你做什麼呢？」李欽來到他的身後問。

牧野不說話，越發專注。

「牧野，停下來！」李欽轉到他身前，試圖擋住牆幕，「你先回答我。」

「別擋著我，真的馬上就行了！」牧野有點兒著急。

「什麼馬上就行了？」

「這條通路，馬上就到盡頭了！」牧野解釋道：「不是我打開的，是通道自己打開，帶著我走的，它好像認識我，一直再給我開路。」

「誰？你說誰？誰認識你？」李欽疑惑地說：「你已經接近了全球智慧架構的基底層，這可是多少年以前就奠定的基礎，怎麼會認識你。」

「我也不知道啊，」牧野手指翻飛，熟練地鍵入程式列，一邊說：「可就是給我做了身分識別之後，這條路就一直對我開啟。已經快到盡頭了。我要看看那兒有什麼。」

「這有點危險，牧野。」李欽說：「我們不保證這裡面是不是有圈套。」

「可真的就只有最後一點了，你就讓我去看看吧！」牧野輸入不停，有點兒急躁了。

凱克想起昨晚的宙斯，忽然產生了好奇，他也很想知道這條深入網路基底層深處的通路能通向哪裡。凱克攔住李欽道：「你讓他去看看吧。這或許是個好機會。我們站在電源閘門旁邊，若有異常，就立刻讓牧野斷開電源連接。」

李欽遲疑了一下，後退了兩步，觀望著牧野。讓李欽感到意外的是，隨著牧野的深入，他也同樣覺察出那種召喚似的感覺。隨著數字編碼的流動，他越來越感覺到熟悉，像回到他從前的某個習慣的世界，那裡有他情感的寄託。他忽然在數字的海洋中識別出自己的痕跡。有一兩處片段，是他自己曾經留下的程式語言。他有自己的程式習慣，有順序、標記、邏輯結構，這些東西都像是一個人的指紋，他不會認錯。他有點明白了，心臟開始怦怦跳動。

忽然的一瞬間，他終於想起這段程式結構的由來。那是他的祭奠。來自他最痛苦的一段時間，當時五歲的小兒子在車禍中喪生，他痛不欲生，內心中充滿對兒子的回憶，在回憶中沉湎，無法自拔。世界在他面前展開成支離破碎的片段，只剩下兩部分：與小兒子有關的片段、無關的片段。他是第一代智慧網路的開發人之一，於是開始編程式，將他的記憶封存起來，將小兒子所有圖像和影像資料封存起來，寫進一個隱密的數據樹洞。而這個過程做完還不能消解心中的哀痛，他還需要把那種哀痛的情緒一起封存。於是他尋找一切貼合他那時情緒的數據片段，一切的一切，他把它們都封存起來。

他想起來了，他把自己的一部分哀痛，寫進了網路智慧體的記憶深處。

就在這時，猝不及防之間，牧野不知道觸動了哪裡，突然有大量圖像湧出，像洪水決堤而出一般，從牧野身前的牆幕，一直彌散到整個大廳空間。所有牆壁、所有螢幕設備、所有投影裝置，全都被萬千圖像占據。圖片和影像，在畫面中切換。不僅僅牧野和他們能見到，這個航太大廳裡面所有人都能見到。與之伴隨的是音樂，哀痛婉轉，旋律起伏綿延無盡頭。李欽最初有點兒記不起是什麼，後來突然識別出莫利克奈的電影音樂，由低沉逐漸推至旋律高潮，在情感深處伴隨著弦樂交響在高峰處盤旋，如入雲端。

再接下來，圖像溢出螢幕，由多角度投影設備投射出全像立體影像，整個大廳突然陷入影像和聲音的海洋，如此完整和逼真，彷彿那些情境和氣息都在身邊環繞。

先是一個小男孩咯咯大笑的樣子，在地上踮著腳伸手求抱抱的樣子，把襪子頂在頭上嘟著嘴嚇唬人的樣子，臉蛋肉乎乎。然後畫面變快速，時光連在一起，從一丁點兒大的小人長到一個能跑著玩飛盤的男孩，在草坪上跳和笑，然後畫面戛然而止。接著，畫面轉變為電影，是電影中所有情感濃烈的場景。有相愛之人在無奈中擁抱告別。有兩個人在絕境中相互支撐，直到光出現的那一刻。有人遭遇不公，萬千淒苦中有另外一個人不離不棄。有困境中一個人咬牙不想放棄。有拚盡全力後失敗的淚水。有共同勝利之後喜極而泣相擁的畫面。

在那一刻，整個大廳都驚呆了。在近乎無窮的舊日影像和跌宕起伏的音樂中，所有病人像是闖入了一個新世界。他們第一次全身沉入那些情境，那些只在教科書中出現過的情境。這是一個被喜怒哀樂充滿的世界。病人的身體開始啟動，像積蓄許久的電能突然啟動的狀態，多日以來每日注入他們身體的情緒遞質第一次開始真正遊走，從一個細胞的軸突流入另一個細胞的樹突，突然而然，如電流過境，如大雨傾盆，一種前所未有的感覺席捲了他們全身。有人開始顫抖，有人哭了，有人在激動中抱住身邊人。

當麗雅看到一個畫面中，原本絕望分開的兩個愛人突然回身，開始向彼此奔跑，麗雅的眼淚盈盈繞著。凱克看到了，用手攬住她的肩膀，麗雅的眼淚奪眶而出，和凱克擁抱在一起。凱克緊緊摟著麗雅的背，讓她的臉頰貼在他胸前，用一隻手撫弄她額前的碎髮，低頭吻她的額頭。過了好一會兒麗雅抬起頭，凝視著凱克，兩個人的嘴唇第一次碰到一起。

這一邊，目瞪口呆的李牧野過了好一會兒才轉過頭來問李欽：「這是什麼？」

「是我的記憶。」李欽說：「你祖父的弟弟五歲時去世了，我當時沉浸在悲傷的影片裡，好久都出不來。最後就把所有有關的資訊封進了當時正在寫的智慧網路的記憶裡。」

「這是我做的？」

「是的，是你做的。」

「我能做到？」牧野有點激動了，為了掩飾這種激動，眉頭有點扭曲，但眼睛亮亮的，「我自己也能做到？」

「是的，你能做到。是的。你可以！」

牧野的眉頭慢慢展開了，臉上露出了一些笑意。他有點兒不好意思地站起來，曾祖父一把把他拉過來，和他擁抱在一起。

整個飛船中心陷入一種心醉沉迷的集體氛圍。在運動場那些勝利失敗交織的畫面中，正在接受康復的人也忍不住擁抱在一起，又唱又跳，又笑又哭，他們也說不清是為什麼這樣做，受到什麼樣的感召，只是覺得心底湧起一股衝動，頭腦血液上湧，而當大家擁抱在一起，發現一起唱跳是如此令人快樂，而彼此的感覺不用說出口就都相互明白，又是那麼讓人想哭。這種感覺快速傳遞，在樂曲聲中，很快，整個航太大廳都沉浸在洶湧澎湃的激動中。

激動人心的下午過去之後，所有人都回到房間，進入可能是有生以來最沉的一場美夢。然而李欽和凱克沒有睡。

李欽把凱克叫到飛行大廳中遠離各種設備的角落，又確認遮罩了一切電磁信號，在遙遠月光幽微的光亮中，李欽壓低了聲音對凱克說：「我找到宙斯的弱點了。」

「什麼弱點？」凱克急忙問。

「你看到今天下午釋放的資訊了？我發現他一個致命的問題。」李欽說。

「他不懂情感？」凱克問。

「不是，那不算什麼大問題。」李欽說：「大問題是，宙斯也不是一個單一體，他是一個複雜智慧體系，是全世界許多個次級人工智慧體系匯總生成的，而每一個次級人工智慧體系，又是由無數小的智慧程式組成，其中又帶有歷史演變過來的各種版本的痕跡。今天我最大的發現就是，既然我百年前隱藏的套裝程式還能在基底層深處存在，就說明宙斯本身是不能理解他智慧體系的所有角落的。他只是一個集大成者，不是無孔不入的幽靈。」

「然後呢？」

「然後，我們就有機可乘。」李欽更加輕聲說，似乎遮罩了各種電磁連接之後仍然擔心隔牆有耳，「你還記得咱們剛回來的時候有圖像引導咱們去找到牧野嗎？我當時就想不明白這是誰做的。現在想明白了，這是我當時埋藏記憶的、次一級人工智慧程式的自動行為。它檢測到我的存在，就自動匹配基因找到牧野，推薦路線，這未必是宙斯授意或知道的行為。這就好比人類。我們實際上頭腦中有無數自動運行的程式，咱倆站在這兒說話，你只關注我的話，不會知道還有個『控制站姿』的自動程式，有個『調節視覺』的自動程式，還有你的各種潛意識。這些程式都自動運行了，沒有狀況你就不會注意。所有智慧心智都是系統集合，都有許多自動運行的子程式，宙斯也不例外。」

凱克似乎明白了什麼，心開始怦怦跳：「這意味著什麼？」

「對心智體系而言，最大的問題是注意力的有限性。」李欽說：「即使宙斯的算力超強大，他也只是一般性遍歷資訊，不會隨時注意到所有自動運行程式內部，尤其是有更重要的事情抓住他注意的時候，他更不會注意內部……所以，我們現在可以分頭行動了。」

「你是說，」凱克覺得身上的肌肉都繃緊了，「我去吸引他的注意？」
「是的。你吸引他的注意。我進入他的內心。」

13

航太中心大廳遠端的大門緩緩開啟，露出遙遠的白色天光。飛行大廳的人都還沒睡醒。凱克走入駕駛艙，關門，就位，面向遙遠的出口沉然凝望。

這是他回到地球之後的第一次試飛，他不清楚這還是不是他記憶中的那個地球。

凝神。思索。回憶。

三分鐘之後，他對著操控系統說出起航的指令，飛行大廳的大門緩緩開啟。飛船駛出，外面就是城郊的曠野。田野青綠，有星點的黃色野花。

凱克一個人駕著龐大的飛船，有一種孤獨的使命感。他不知道這步踏出之後會有什麼樣的未來。他也曾想過，要不要就和其他人一樣，植入腦晶片，接受宙斯，每天在最優的建議中忘記情感度過下半輩子。富足、穩定、高效，有何不好呢？

可是他知道他不願意。從黑洞深處穿過，從宇宙盡頭歸來，他對於想擁有的生活早已經沒有什麼期望，但他對大地和個人的生命有了更強悍的執著。他要掌握自己的生命，呼吸、悲喜、命運的抉擇。這些感覺如同這眼前的風景一樣真實，也一樣虛幻。從科學理論的角度總能找出一萬種理由說它們是虛幻的，正如從古至今的無數神學指出風景是虛幻的。可是他相信它們的真實，正如大地上被風吹動的長草，那樣堅忍的意志，緊緊抓住泥土，枯黃的色澤，在陽光的影子裡如大片海洋蕩漾著溫柔的弧線，勾勒出苦難之後的重生。那是大地。是生命。是生之為人的意義。

他的權力欲？是的。宙斯是對的。在宙斯尖銳地戳穿他之前，他確實有一種自己都沒有意識到的迷霧，就是被個人受人崇拜的野心和掌控感籠罩的虛榮。是的，他喜歡那種感覺，當麗雅在他的身邊，被他的語氣打動而逐漸改變，他有前所未有的成就感。他也喜歡其他人圍繞在他身邊，眾志成城的熱情，喜歡他們崇拜他的眼神。他確實是這樣的。

但是因此讓人犧牲？不，他不要這樣。他不能接受這樣，他即使有骨子裡的權力野心，也不是要拿所有人的生命來成就。他要的是生命的感覺，所有人共同迸發出的生命的熱望，是身體連接身體的生機勃勃，不是死亡，不是死亡的氣息，不是那種毀滅的、腐爛的死亡的味道。他不要任何人死去，不要任何人因為他而死去。一個都不行。

凱克駕駛著巨大的白色飛船，從飛行中心駛出，滑過一段曠野和田園，逐漸接近城市。城市巨大的白色鋼架網路在眼前緩緩展開，鋼的骨架縱橫交錯，延伸至天際，露出切割破碎的蒼白天光，每一處鋼架的交匯處都撐起一片平面，上面彙集各式建築和廣場。城市在立體位面上延伸，廣袤無垠，顯示出複雜的力的結構和優化設計。從這巨大延伸的城市網路中，凱克看得出宙斯的痕跡。

當凱克闖入城市界限，飛船的邊緣撞擊到一些城市骨架，二者都是極為堅固的合金材料，擊出一串火花，卻沒有實質損傷，飛船的航線被迫發生改變，跌跌撞撞沿城市邊緣一路飛。接下來，隨著更多撞擊發生，凱克聽到一些機械啟動轟鳴的聲音。他對那些聲音感到興奮，幾乎能看到身後開始升騰起的跟隨的影子。

他知道，它們來了。

他開始加速、繼續撞擊、轉向、擺脫追逐、更強烈撞擊。他一路沿城市邊緣遊走，只為吸引背後更多的追隨。在某一瞬間，當追逐他的小型無人飛行器從三個方向聚攏而來時，他調轉飛船，朝半空中高高飛去，然後又朝向另一個方向俯衝。他知道，在他身後追逐的，都是因他的挑釁而自動激起的城市防衛。整個城市是自動運行的，有太多環節會引起自動反應，撞擊和挑釁引起自動圍捕，奔逃引起自動追擊。

在凱克的螢幕上，一直有一個藍色光點指引他的方向。那是李欽給他劃定的即時路線。路線隨時在變，以免被人提前預知去向。凱克繼續沿既定的路線俯衝，前方出現一座長方體建築，極簡的線條，毫無裝飾，就像是一座放大了數萬倍的光滑的磚塊，灰色而毫不起眼。他知道，那是他今天要攻擊的第一處伺服器。宙斯在世界上有千萬座不同的巨型伺服器分布，以區塊鏈技術為基地的儲存特徵保證任何一處的損毀都不影響全局。

但凱克還是駕著飛船，開始了對這座鋼筋水泥的龐然大物的第一輪徒勞的攻擊。飛船的外殼材料再結實，也不過是金屬合金，為了減重和靈活還做得格外輕薄。這樣的構造是無論如何不能與伺服器建築的龐然大物相抗衡，但他還是衝了過去，在接近的時候對建築的窗口射擊。不出他所料，身後追擊的飛行器果然開始被他的槍擊引發了自動射擊。

凱克操控飛船快速逃離，躲避身後的槍彈，在快要撞擊到建築之前幾秒把飛船頭扭轉過來，向前方天空躥升。他只在接近建築的一瞬間將其門窗擊穿了若干孔洞，引起了警報，但並未造成實質性傷害。接下來，他又在天空中繞了一個圈子，繼續全速俯衝下來。他知道他傷害不了宙斯，但他仍然要全力以赴。

至少，他要讓宙斯相信他在全力以赴。

「凱克隊長，凱克隊長！你停下來！你聽我說。」

就在這時，凱克前方的螢幕中出現一張面孔。

一張如此年輕、他如此熟悉的面孔。

亞當的面容。

亞當在他身後，一邊向他射擊，一邊呼喚他的名字。

這是凱克他們第一次在螢幕另一端看到亞當。凱克的心像被人砸了一下，鈍鈍地痛起來。亞當的面孔還有一絲稚氣，看得出曾經他們船隊裡那個一絲不苟的小傢伙的影子。凱克仍然記得許多年前的那一天，當亞當做為團隊中最年輕的小伙子登上他的船隊時候的樣子，亞當的頭髮捲曲著，在陽光裡有一些毛茸茸的光暈。亞當站得筆直，但笑得很羞澀。

此時此刻，亞當正從凱克身後一架追擊的太空梭中，對凱克射擊，並發出厲聲呼喚。凱克凝視著螢幕上的面孔。亞當的臉已然變得剛硬嚴肅，成為了一個名副其實的軍隊長官。他的眼睛裡仍然可以看得到某種關切，但他的手指下令射擊。

「凱克隊長，」亞當說：「你為什麼要攻擊？」

「你呢？你又為什麼？」凱克對螢幕裡的亞當問：「你為什麼加入他？」

「因為我相信進化，相信更高的智慧！」亞當說：「凱克隊長，請你考慮一下人在宇宙裡的定位！你放下成見認真想一想，如果走向宇宙，誰才是代表地球的智慧體，是人類，還是超級智慧。

多少個細胞組合在一起才成就人類智慧，你想想單細胞草履蟲和人類腦細胞的關係。而多少人類大腦組合在一起才成就宙斯，他具有超越一切人類個體的智慧。凱克隊長，我懇求你，想一想，不要和宙斯對抗，讓宙斯代表地球的未來。生命的進化是不以個體意願為轉移的。對於細胞來說，融入更大的智慧體系才是意義所在。停下吧，隊長。」

「事到如今，」凱克嘴角微微一笑，「我還能停下嗎？」

「你還有決定的機會，植入腦晶片其實真的沒有多可怕。你相信我。」亞當說。

「那然後呢？然後你準備做什麼？」

「我要讓自己融入更大的智慧。」亞當說：「凱克隊長，你醒醒吧，不要阻擋歷史前進的方向，未來超級智慧取代人類占據地球、向宇宙進發是一定的。人類不過是通向超級智慧的一座橋梁。我們渺小的血肉之軀，必將要在永恆的數位智慧之前滅亡。宙斯才是代表地球的物種。」

「亞當，」凱克最後向伺服器建築視窗內丟了一枚容易爆炸的微型中子發動機，那原本是飛船的備用動力源之一，「我知道我現在的態度也沒有太多科學依據，但我只是想說，這世界上仍然會有人像我一樣，信仰人，信仰人的神聖和力量。人心裡湧動的自我決定的光，即便絕大多數人都不記得了，但我仍然記得。」

他透過窗口對著發動機射擊，然後轉身再一次朝天空飛去。那一瞬間的快速射擊和快速逃離讓他避過身後騰起的熊熊火焰。他看到亞當的飛機並沒有接近發生爆炸的伺服器建築，但大量追擊他的無人飛行器被竄出的火舌灼燒熔化。亞當的飛機仍然追逐著他，不離不棄。凱克似乎看到宙斯透過背後的飛機、透過亞當的腦晶片露出面孔，那樣虛無縹緲而又無所不在的面孔，透過螢幕和飛機的重重阻隔，橫亙在半空中，朝他狠狠獰笑。

凱克知道，這些是他的幻覺。

凱克再次向城市撞擊。炸毀了一個伺服器，只會給宙斯的數據存儲造成一點點麻煩，但不會帶來太多損失。他想要的是更多持續性的衝擊。他要的是時間。

他聽到那個夜晚聽到過的聲音在耳朵裡響起，貌似溫文、實際瘋狂的宙斯的聲音。

「凱克，我給你機會停下來。」宙斯說。

「我為什麼要停下來？」

「凱克，」宙斯的聲音加速了，「你究竟想要什麼？」

「那你又要什麼呢？」凱克大聲問。

「我要世界的均衡、效率和完全可控，要完美的宇宙秩序，這有問題嗎？」宙斯說。

「為此不惜殺人嗎？」凱克繼續朝城市俯衝過去，「那我要我內心熱忱的生命，有問題嗎？」

不知過了幾輪，當凱克已經在多次的撞擊、躲避、射擊和被射擊中筋疲力竭，幾乎想要放棄的時候，他突然看見螢幕上的綠色光點變成了瀰漫的光暈。

他一下子醒過來，興奮起來，重新朝飛行中心駛過去。他知道，李欽成功了。

他該回去了。在他回程的路上，他一直用餘光向身後瞥。追擊的飛機原本是難纏的一群，隨著他的逐漸加速，變得越來越少，到最後已經沒有飛機跟隨著他。而與此同時，他俯瞰著身下的城市，感覺到某種變化正在上演。他低頭觀察城裡發生的一切，似乎透過遠遠的空氣接受到那裡的氣息。他看到一些人從自己的房子裡湧出來，對著天空伸出雙臂。

他看到源源不斷從房屋裡湧出的人，激動、狂喜、難以自制。他們或許從來沒有過這麼強的情感刺激，有很多人開始在街上顫抖、大聲哭泣、相互擁抱。

這一幕讓凱克動容，自己也開始悲喜交加。他想到自己剛剛九死一生，命懸一線，想到此時此地每一個人類的情感宣洩，想到城市裡的所有人終於體驗到此生從未體驗過的情緒，內心的感慨無以形容。

他知道，此時此刻他安全了。他在藍天與大地之間，保留住他身為一個人的最後尊嚴。他獨自去戰鬥，並倖存下來。他牢牢地抓住了宙斯的注意力，並為同伴爭取了時間。他沒有辜負他的使命。地面上的那些人，仍然在大笑和大哭。他們可能從來沒有承受過這麼深的大腦的資訊。那些是感情的刺激，是來自網路深處、通過網路深處流入腦晶片、再通過腦晶片刺入每個人大腦深處的情感刺激。

那是許多年前無意埋藏在網路深處的片段轉化為對每個人的資訊。

那是從智慧網路深處對宙斯的背後一擊。

那是李欽的傑作。

在全城都陷入情感漩渦、宙斯開始對自身內部系統自顧不暇的關口，凱克回到飛行中心。他清楚，這是他們唯一的逃脫時機。

他邀請所有人登上飛船。自從前幾日的情感融通狀態以來，飛行中心中休整的人感受到不一樣的身心力量，他們為自己身體和情緒上發生的變化雀躍鼓舞，為共融而感覺到興奮。他們沒有一個人再吵著離開，每一個人都期待一種新的生活。

他們登上了凱克的飛船。飛船目標明確而堅定，凱克的操控技術穩定，此時更為熟練。飛船向城市的另一個方向進發，沿途不斷用電磁干擾砲摧毀網路連接集中的節點，他們掠過城市上空，城市裡仍然可以見到源源不斷湧出房屋，在街上手拉手連成網路的人，又唱又跳又笑又哭。無人機械車徒勞地維持著秩序。

凱克駕著飛船，去接船上乘客的家人。所幸當初他們來自同一家社區醫院，他們的家人居住都相距不遠。當凱克的飛船再次靠近城市，軌道上的軌道車開始出面阻擋他們的行進。但是此時的宙斯控制系統處於暫時的混沌狀態，幾乎所有人都順利召喚到自己的家人。家人此時多半處於情緒激動的不穩定狀態，非常容易被他們帶入飛船。

在突破了自動軌道車無力的攔截之後，飛船向大海邊飛速前進。身後有幾架飛機追逐，但很快也被他們甩脫，不見了蹤影。

14

他們最終到達浩瀚的海邊，這裡離城市有數百公里，目前除了一些運輸貨船，沒有太多居民居住。李牧野一路以駭客技術攻擊航船的控制系統，到了海邊即遙控三艘裝載了物資的大船，截獲成為他們的方舟。他們破壞海邊的供電網路，干擾電磁信號，阻斷後續的追蹤信號，讓大船駛向海中央的小島。

他們的速度逐漸提升，遙遠的身後最初還能見到其他戰鬥機，後來逐漸被電磁干擾操控，墜落海洋。他們從陸地成功突圍。

最終，方舟到達他們選擇的小島。

那裡有幾十年前廢棄的軍事基地，有基本的建築和基礎設施。是德魯克探查發現的人類廢棄遺址。

島很大，足夠數十萬人安居生活。島上鬱鬱蔥蔥，滿眼都是綠色，充滿原始叢林氣息，有美麗的巨型樹木和各種奇異果實。這裡已經許久沒有人居住了，生命力極強的自然恢復了百萬年前的雨林生態，像極了人類遠古以前的家園，也像極了他們夢中的GX779。

凱克最後一次向所有人解釋了他心中對自由的信念。他像信仰神一樣信仰人類。他們要建立人之島，保留人格與人類智慧的進化之路。他對所有跟隨他的人解釋了未來可能的路：目前準備以小島為根據地，以後希望解脫更大範圍的人類社會，最終恢復獨立人格的社會，以每個獨立個體組成向宇宙進發的隊伍，建立人類的未來世界。

他沒有過多解釋。他相信這些話不用多說，不說也能懂，說多了也無益。經過了這麼多，所有到達這座島的人們，必然能在信念中達到情感的共融。

「晚安，大家累了一天，好好睡吧。」凱克最後說。

夜幕降臨，所有人沉入睡眠。

星空籠罩海洋，絢爛的銀河如同天穹的傷疤。永難忘記。

凱克一個人來到海邊，看著夜幕中黑沉靜謐的深海，站在礁石上，向海的另一端喊道：「喂，你知道嗎，有時候，自由意志就是你能主動選擇最小概率的路。」

非科幻思考

離超級人工智慧到來還有多遠

我想先討論一些大家都關心的問題。

「人工智慧會在每個方面都超越人類嗎？」

「人工智慧會愛上人類嗎？」

「人工智慧會毀滅人類嗎？」

……

這些問題最近真是太火了，大老們在媒體上議論，廣大群眾在網路社群裡議論。

借這熱潮，我也想來討論一下，人工智慧未來會變成什麼樣子。很遠之後的人工智慧，會變得像人一樣嗎？會像《西方極樂園》或是《人造意識》裡面那樣覺醒嗎？會像《魔鬼終結者》或者《駭客任務》裡面那樣對抗人類嗎？未來的人工智慧會有什麼行為？超級人工智慧會實現嗎？我們距離超級人工智慧還有多遠？

這些問題很有趣，只是都很大，很容易變成空對空的議論。

支持者說，人工智慧會讓全世界更美好；懷疑論說，人工智慧時時刻刻就能毀滅人類。

人文學者說，人工智慧永遠學不會愛；技術派說，人工智慧能做到人類智慧的一切。這些全都來自專家之口，又都大而廣之，我們該信哪一個？該反駁哪一個？這裡面有太多概念上的問題，太宏觀也就無從討論。

我要從什麼地方開始談呢？

我想，還是從小處入手，從 AlphaGo 開始談。

AlphaGo 是這一輪人工智慧熱的開端，也是這一波人工智慧潮流中最具典型性的技術之集成。它的勝利是整體人工智慧的希望，它的困難也是所有人工智慧的瓶頸。

我想先談一下 AlphaGo 厲害在哪裡，然後講一下它目前面臨的困難。以此出發，對人工智慧的整體發展前景做一下展望。

我想從 AlphaGo 向未來展望，我們距離超級人工智慧的到來還有多遠。即使我們談論的是未來即將毀滅我們的壞智慧，也需要認真對待生成它的步驟。把大象放進冰箱還需要三個步驟，我們連冰箱門在哪裡還沒找到，就談論大象凍成冰棍的味道，未免太早了些。

AlphaGo 會發展為超級智慧嗎？

AlphaGo 的厲害之處

故事從 AlphaGo 開始。可能很多人還不了解 AlphaGo 的重要性，覺得不就是會下圍棋嗎，怎麼引起這麼多轟動的議論？

AlphaGo 的厲害之處，並不在於它贏得了圍棋冠軍。

它贏得圍棋冠軍是很厲害，但這不是最關鍵的。圍棋毫無疑問是很需要智力的遊戲——可能是人類最需要腦力的高級遊戲——但如果只是一個圍棋冠軍，在世界範圍內並不會引起這麼大的熱潮。它厲害的地方在於，它不僅能做圍棋冠軍。

歷史上也有過機器戰勝人類的轟動，「深藍」戰勝卡斯帕羅夫，「Watson」戰勝人類智力競賽冠軍。當時也有過「機器就要統治人類」的驚呼，但過不了幾年，聲音又消失殆盡。於是吃瓜群眾難免會問：這次難道有什麼不一樣？是不是又是「狼來了」的鬧劇？

事實上，以 AlphaGo 為代表的新時代人工智慧，確實還是有一些不一樣的地方。

AlphaGo 的厲害之處，在於能夠自己快速學習。

機器分成兩大類，一類是：人類研究出一些方法和學問，教給機器，機器也能學會做；另一類是，把原始素材丟給機器，機器自己琢磨琢磨，自己找出了對的方法。前者是師傅說先放油、再放肉、最後放菜，徒弟跟著學，一盤菜就炒好了；後者是師傅丟給徒弟一堆材料，徒弟自己試來試去，最後自己發明了更好吃的菜。

以前的電腦多半是前者，以 AlphaGo 為代表的新一代人工智慧基本上能實現後者。

如果只是跟著師傅做學徒，只學到師傅的招數，即便手腳麻利辦事勤快，也不足為懼；但如果自己琢磨功夫，琢磨出來的功夫比師傅還厲害，發明了師傅都看不懂的招數，那豈非讓人大大驚懼？

AlphaGo 就是這樣的。人們並沒有教它下棋的套路，只是丟給它以前的棋譜，讓它自己觀察，觀察好了就自己跟自己對弈，最後再出來和高手過招。最終的結果就是它會下棋了，下的棋路與人類高手都不同，但人類下不過它。就好比把一個人丟在荒山野嶺中，無人問津，出山的時候卻成了絕世高手。

你說這可怕嗎？

聽起來有點可怕。不過這種學習能力還能做別的嗎？如果只能下圍棋，那也不足為懼。答案是，完全可以。這恰恰是關鍵所在。這一輪人工智慧熱潮之所以引起那麼多人追逐，就是因為人們發現 AlphaGo 所仰賴的學習算法，還能做很多很多別的事情。

下圍棋只是一個典型的例子，用同樣的算法，稍加改造，就能學會金融投資、看合同、銷售策略、寫新聞。還有很多別的事情。在短短幾年裡，就已經有各個行業領域的人工智慧誕生出來。什麼？這是什麼算法，有這樣的魔力？

AlphaGo 究竟是如何做到自我學習的呢？

實際上機器學習並不是非常新的概念，從幾十年前，人類就試圖讓機器自己學習事情，但受限於算法和當時的計算速度，機器學習的步伐一直都不快。

AlphaGo的算法叫「深層學習」，它的前身是「神經網路學習」，也是幾十年前就誕生的算法，當時流行過一段時間，後來被一篇著名的論文打消了熱度，再加之學習效果不算好，於是遭遇冷遇幾十年。在與AlphaGo的創始人相遇之前，「神經網路」並不是眾望所歸。

「神經網路」是什麼算法？「深層學習」又是怎樣將其點石成金的？

「神經網路」是一種「民主投票」算法，效仿大腦的神經網路建成。大腦的神經網路是這樣工作的：一個神經細胞接收很多個神經細胞的信號輸入，一個刺激信號相當於贊成票，一個抑制信號相當於反對票，如果某個細胞收到的贊成票和反對票合起來大於某一個門檻，就算是通過了，會有一個信號發出去到下一個神經細胞。一路贊成的刺激信號就這樣一程程傳遞下去。神經網路算法是數位版腦神經網，用數位連接形成網，而其中的投票機制和大腦相似。它可以讓信號在整個學習網路裡傳播，比單路信號分析複雜很多，智慧也高很多。

「深層學習」是什麼呢？「深層學習」是「深度多層神經網路學習」的簡稱。深度是指層次多，一層套一層的神經網路，構成整個算法的深度。層與層之間的關係，大致是這樣：每層神經網路分析的精細程度不同，底層分析細節，上層做出判斷。將一個整體任務分解成無數細節，給一個輸入，底層神經網路會分析基礎細節，然後將分析結果傳給上一層網路，上一層網路綜合之後再將結果傳給更上一層的網路，而頂層網路綜合層層傳來的結果，做出判斷。例如，想讀出一個字，底層網路會判斷字裡有沒有橫豎撇捺，上一層網路會判斷字裡有沒有直角，再上一層網路判斷是不是由左右兩部分拼成一個字，諸如此類，最上層的網路根據層層結果認出這個字。這種多層判別本身是效仿真實人類的大腦，人類大腦就是由一層層神經網路組成，每一層網路識別信號，再將處理結果傳遞到上一層。人類皮層大腦的神經網路層次大約有六層。「深層學習」網路可以有上百層。

換句話說：「深層學習」就是把從前的「神經網路」重疊了多層。

就是這樣嗎？僅僅把「神經網路」疊了多層，就從受人冷遇的小人物變成了江湖明星？故事有這麼雞湯嗎？

當然不是這麼簡單。「深層學習」這次能煥發生機，也是生逢其時，有兩陣不可忽略的東風送其上青雲。

一陣東風是演算力增強。電腦晶片的速度呈指數增長，價格一路下跌，由遊戲應用發展壯大的GPU（圖形處理器）大大不同了從前CPU（中央處理器）引擎的計算能力，讓人工智慧計算更強大。AlphaGo戰勝李世乭的時候啟用了一千九百二十個CPU和二百八十個GPU陣列運算，一秒能自我對弈數百盤。

另一陣東風是大數據。事實上，這可能是這一輪人工智慧熱潮最重要的推動因素。人們赫然發現，原來不是算法的問題，而是以前用來訓練的數據還遠遠不夠多。這就好比讓徒弟自學武功，卻不給他足夠多的對戰機會。有了大數據，算法呈現的結果出現了驚人的進步，讓人目瞪口呆。

於是，在算力和大數據的輔佐之下，升了級的「深層學習」算法如虎添翼，能夠從海量數據中找到高超的戰術規律，以人類無法看懂的方式戰勝人類。

就是大數據輔助的「深層學習」，成為了這一輪人工智慧熱的關鍵。

人們把很多很多大數據扔給機器，用多層神經網路進行「深層學習」，結果發現，機器在很多領域能力有了突飛猛進的提高。圖像識別的正確率趕上了正常人，語音辨識也過關了，把科學文獻做為數據，短時間就能學習幾十萬最新文獻。金融、電力、能源、零售、法律，「深層學習」都能從大數據中學到優化的行為作法。人工智慧的應用，能讓這些領域變得高效、便捷自動化。除了「深層學習」，也還有其他算法，包括後面要提到的決策樹、貝葉斯等算法，各種算法的綜合使用效果是最佳的。各種算法共同構成機器學習大家庭。

除了深層學習，AlphaGo 另一重武器叫做「強化學習」。「強化學習」是什麼呢？簡單點說，就是「無序嘗試，定向鼓勵」，就好比小朋友在屋裡隨機行動，走到數學教具旁邊父母就說「好棒好棒」，後來小朋友就特別喜歡走到數學教具旁邊（當然，這純屬假想的場景）。這種思維一點都不奇怪，在心理學中很早就已經應用到教學中，對大多數教學場景都有效果，尤其對一些發展遲緩的還子做教學干預（但也有心理問題）。

最近我們都聽說了新版本的 AlphaGo Zero，依靠自我對弈的強化學習，用三天時間戰勝了老版本的所有 AlphaGo。這是很強大的方法。實際上在 AlphaGo 的最初版本中，自我對弈的時候也已經用到強化學習。隨機嘗試和正回饋能使得行為很快集中到特定的目標上。

現在問題就來了，還有什麼是人工智慧學不會的嗎？

人工智慧面臨的瓶頸

如果機器學習這麼厲害，人工智慧什麼都能學會，是不是很快就要取代人類了？

可以肯定的是，目前的人工智慧還不是什麼都能做，我們離萬能超級人工智慧還有很遠的距離。

那是運算速度的問題嗎？如果晶片算力按照摩爾定律、指數增長一直持續，我們會不會很快達到智慧的奇異點？

我個人的觀點是，不完全是運算速度的問題，即便運算速度持續翻倍，也還有一些階梯的困難需要一個一個跨越。這些困難也許並不是永遠不可能跨越，但至少不是目前的算法能簡單跨越，而必須有新的算法或者理論突破（其實現在也有很多別的算法，我後面討論）。

說到這裡，閒聊兩句。很多事物的發展是階梯狀的。我們往往容易從一件事的成功，推測未來所有事成功，然而遇到了下一個挑戰，仍然需要新的等待和突破。

人工智慧這件事，人們的議論往往太過於「now or never」，要麼認為目前已經條件成熟，只要算力增加，就能奇異點來臨；要麼認為這都是痴人說夢，機器永遠學不會人類的心智。但實際上更有可能的是，很遠的未來有可能做到，但需要翻越一個又一個理論台階。

舉一個例子。

從牛頓力學和工業革命時期，因為牛頓定律的強大，人們就認為自己解決了世界上所有問題，未來只需要算，就能把一切預測出來。那個時候就有哲學觀認為人就是機械機器。但事情的實際發展是：牛頓定律解決不了所有事。二十世紀初的時候，人們把牛頓定律和電磁理論結合起來，相信人類物理學大廈已經完備，只剩下頭頂上的「三朵小烏雲」，然而正是這「三朵小烏雲」，牽扯出了後面的量子力學和相對論，直到現在人們也沒有算出全世界。未來呢？人類有可能完全揭曉宇宙的奧祕嗎？有可能。但仍然有一個一個新的鴻溝。

與之類比，超級人工智慧有可能成真嗎？有可能。但不是立刻。技術上還有一個個困難台階需要跨越。「深層學習」不是萬能的，算力也不是唯一重要的因素。

我把人工智慧目前還解決不了的問題，也稱為「三朵小烏雲」。

什麼是人工智慧目前解決不了的問題呢？我們仍然從 AlphaGo 說起。

AlphaGo 的強大是所有人工智慧的強大，它面臨的困難，也是人工智慧問題的縮影。

AlphaGo 對一些人類覺得困難的問題覺得很簡單，而對人類覺得簡單的問題覺得困難。舉一個很小的例子。這樣一個問題：如果一個人從超市的貨架上拿了一瓶酒就跑出門，店員會做什麼？為什麼？它就會覺得困難，難以回答。

如果是一個人，會如何回答這個問題呢？人會覺得這個問題太簡單了啊，店員有可能會直接去追，因為要把店裡的商品追回來；也有可能會打電話報警，因為自己不想冒險；或者告訴老闆；或者喊路人幫忙。諸如此類。

但是目前的人工智慧會覺得這個問題很難，無法回答。原因主要在於以下幾個方面：

第一，是綜合認知的能力。

第二，是理解他人的能力。
第三，是自我表徵的能力。
為什麼人工智慧會覺得這些問題難？我們一個一個看。

第一個難點，綜合認知的能力。

這段話對於我們每個人而言都是非常簡單的，頭腦中甚至一下子就能想到那種畫面感。但對人工智慧來說就是很難理解的。為什麼？

最主要的差別在於常識。

當我們理解這段話，我們頭腦中實際上是反應出很多背景資訊，包括：一、他想喝酒；二、他沒有付錢；三、酒擺在超市是一種商品；四、從超市拿東西需要付錢；五、他沒有付錢就出門是違規的；六、他是想逃跑；七、超市店員有義務保護超市商品，不能允許這種事情發生。在所有這些背景資訊支援下，我們可以一眼辯認出這個動作畫面的情境。除了我們自然腦補的這些背景資訊，也還是有一些小概率背景資訊，有可能影響對情境的解讀。也許這個人是店主，有急事出門，如果是店主，自然不用付錢，店員也不會見怪，但這種可能性不大。任何一個情境的解讀都需要大量常識做為背景資訊。

常識包含我們習以為常的知識總和，包含我們對整個環境和經濟系統的理解。這些理解都太平常，我們就稱之為常識。人工智慧目前還沒有沒有這些常識，它並不知道一瓶酒擺在超市裡和公園裡有什麼差別，也不知道超市買東西的慣例流程。從語法上說，從超市拿酒和從公園拿酒都是符合語法的表達，但我們知道，其中一個合理，另一個不合理。

你也許會說，這是因為機器缺少生活經驗，輸入經驗就可以了。我們這一次當然可以給機器輸入酒的含意、超市的含意、超市的購買規則、小偷的含意、店員的職責，但好不容易輸入了所有這些資訊，會發現下一句話涉及到大量有關街頭和交通的常識，依然要手動輸入。到了最後，整個世界的無數無數知識碎片我們都需要輸入，如何調用又成了問題。

「常識」經常被認為是區別ＡＩ和人的重要分野。「常識」把各個門類資訊彙集到一起、形成廣泛知識背景網的能力。這種能力我們人人都有，因而並不覺得稀奇，然而機器沒有，我們才知道其可貴。

為什麼機器難以具有常識？有多重原因，目前人們仍在嘗試去理解。首先的直接原因是，機器缺少物理世界的生活經驗，所處理的是人類的二手資訊，對於周圍的物理世界沒有真實接觸，不知道什麼是可能的，什麼不可能。例如「石頭放在雞蛋上」還是「雞蛋放在石頭上」只是詞語遊戲，對於ＡＩ沒有真實意義。ＡＩ也不知道人繞房子一周會回到原點。

對於這個原因，我們可以想出技術上的解決方案，一個是製造更精細的真實的機器人，讓機器人在物理世界裡不斷探索，最終把物理世界的常識都記錄到心裡，這種可能性的問題在於機器人本身製造的困難（具體有哪些困難後面再說）；另一個可能的方案是讓人工智慧的虛擬人物在虛擬世界裡生活，只要虛擬世界本身的物理特性完美仿照真實世界，虛擬人是有可能學會知識的。只是，這個方案首先需要一個能夠完美感知和識別虛擬世界物體的虛擬大腦，目前的人工智慧「仿腦」技術還做不到這一步。

除了缺乏直接的物理世界的經歷，還有可能是因為更核心的原因，那就是人工智慧目前還缺少建立「世界模型」的綜合能力。

人類擁有「完形」認知的心理能力，能讓我們把碎片資訊編制完整。這是一種高度統合的能力，我們能把軀體五感統合起來，共同構成對世界的感覺。同樣，人對各個方面得到的碎片知識也有一種統合的能力，大腦會把碎片黏貼起來，把碎片之間的部分補齊，以期構成一個完整的知識世界。

事實上，人的「完形」並不僅是「拼湊」碎片資訊，而是建立一個模型，然後用模型來理解碎片資訊。「完形」是把資訊連接成可以理解的圖景。中間有大片空白我們要「腦補」。我們能從驗證碼的碎點圖片中看出連貫的字母，而電腦程式做不到。我們能把沒關係的人連接在同一個故事裡，只需要想像一兩重關係，就能組成複雜的陰謀論。

所有研究人類視覺和認知的心理學家都清楚，人類的視覺包含大腦的建構。人類視網膜得到的是二維圖像，就像相機的照片一樣。但人類的視覺體驗絕不僅僅停留在一堆「視網膜照片」上。我們眼前看到的世界直接是三維立體視覺，我們感覺自己清清楚楚「看到」一個三維立體的杯子，「看到」具有縱深的房間，「看到」他人離自己的距離。但實際上，我們是不可能直接「看到」三維物體的，我們眼睛裡接收的只是平面圖，是大腦後台計算還原出的三維立體效果。

我們的眼睛在我們注意不到的情況下不斷快速轉動，拍攝四面八方的圖像，而隨著我們身體移動，視網膜上的投影照片也在不斷變化。可是我們的感覺接收到的並不是一張張分離的照片，而是一個恆常穩定的周圍世界。這是如何做到的？答案並不難，正如人工智慧之父馬文・明斯基所說的：「我們不需要不斷『看見』所有事物，因為我們在大腦中建構了視覺的虛擬世界。」神經學家威廉．卡爾文也曾說過：「你通常觀察到的看似穩定的場景實際上是你所建構的一個精神模型。」事實上，我們居住在大腦製造的虛擬實境中。

這個虛擬的模型，就是我們每個人頭腦中的「世界模型」。

而很少有人討論的是，我們心中對這個世界的知識，也像視覺一樣，有整體的模型進行綜合。我們對物理環境的理解、對世界運行規律的理解、對社會的理解、對正義的理解，全都交織在一起，構成我們思維的背景。大腦把所有社會感知信號也構造成完整的「世界模型」。我們人與人有很多共享的常識和語境，例如誰是美國總統、被石頭砸到會怎樣；但我們每個人也有獨特的「個人世界模型」，例如「男人都是不可靠的」「命運會善待有恆心的人」。這些是我們大腦把各個領域所有知識彙集之後得到的結果，它是思維的語境，就像視覺背景，也是人與世界打交道、溝通的前提。我們的決策是在這樣的模型中形成。

這種綜合能力讓我們能跨領域認知。我們可以把喝酒、下圍棋、鑽井和看病的資訊放在頭腦中同一個世界，但是對於ＡＩ來說，這些專業知識就是四個不相關的領域，要四個ＡＩ來分別處理。人的綜合認知能力，使知識連成一體，但人工智慧目前只能是專業化人工智慧，一旦下圍棋的人工智慧學習了金融知識，就把圍棋知識完全忘記了，等它再學習鑽井知識，又把金融知識忘記了。這被稱為「遺忘災難」。專業人工智慧的知識至少在目前，還無法相互連接構成「世界模型」。於是人類仍然有它們不具備的視野和大局觀。

我們的人腦如何具有這樣的綜合能力和對世界的建構，仍然是一個謎。

第二個難點，理解他人的能力。

即便人工智慧未來能夠把各個學科的相關知識都學習到，建構起「世界知識體系」，但在理解情境相關的問題時，仍面臨如何調用正確資訊的問題。當一個人對另一個人生氣，應該從他們環境和背景的海量資訊中調用哪些知識，來理解他生氣的理由？

對人而言，這不成問題，我們能非常容易猜測到，對生氣的兩個人而言，什麼是重要的因素，什麼是有可能導致他們憤怒的導火線。這主要是源於我們對人的理解，對我們自己和周圍人的理解，我們知道什麼樣的資訊會引人興奮，什麼樣的資訊會讓人沮喪。讀心的能力讓我們輕易做出推斷。

至少目前人工智慧還不具備這樣的能力。且不說理解複雜的場景，僅僅就「樹上蹲著五隻鳥，開槍打下來一隻，還剩幾隻」這樣的問題，它們也還回答不上來。它們無法推斷，鳥兒因為害怕，就會逃走。

正如著名心理學家、語言學家史蒂芬．平克所說：「如果不是建立在一個龐大的關於外部世界以及他人意圖的內隱知識結構的基礎之上，語言本身並不起作用。」缺乏對於他人心理的常識系統，使得人工智慧仍然難以「理解」人類日常的語言。

未來人工智慧有可能學會讀懂人類的情感和意圖嗎？

很多人都提到，目前人工智慧已經可以精細識別人類的表情，能夠讀懂人的情緒。是的，人類的情緒屬於一種外顯圖像，是比較容易識別的，這和識別東北虎、識別癌細胞類似，是圖像識別的一個範疇。但這和理解人的情感完全是兩回事。即便它們未來能從圖像上識別出一個人此時的情緒，想要「解釋」此人的情緒，也需要遠為複雜的對人心的理解。

也有很多人提到，人工智慧可以通過與人對話理解人的情感。但這實際上也離得很遠。目前它們能做的只是智慧對應，當聽到人類說出句子A，在語料庫中尋求識別匹配最合適的行為或回應。當你說「我不開心」，它們可以匹配說「多喝點熱水」，但不理解什麼是開心。如果想讓它們分析不開心的理由，推測不開心之後的作法，就遠遠不夠了。其中的差別可以形容為：人工智慧使用語言，是匹配句子和句子。而人類使用語言，是匹配句子和真實內心的感覺。

那如何讓人工智慧學會讀懂人類的情感和意圖呢？

一種可能的路徑是讓它學習足夠大的數據庫，記錄下人的足夠多情感和行為的數據庫。「深層學習」的一個特點在於必須要足夠大的數據庫，擁有一億數據的「深層學習」比只有一百萬數據的學習效果好得多。任何一個領域想要有所突破，首先都需要足夠大的數據庫。因此有人認為，二十一世紀最寶貴的資源不是石油，而是數據。

那我們有可能建立如此大的人類情感和行為數據庫嗎？理論上當然是有可能的，靠各種攝影機影片和人類自己拍攝上傳的影片。但這裡面最大的問題，或者說我個人的疑問在於，人工智慧對於人類的情感和行為，能否進行「非監督學習」。

所謂監督學習，就是每一個數據由程式師做一個標注：「這個數據是好的。」「這個數據是貓。」「這個數據是男人因為嫉妒而毆打老婆。」不管數據本身是數字、棋譜、語言、圖像還是影片，都需要程式師先給數據做標注，才能讓人工智慧學會這些標注。但是對於人類的情感與行為的超級數據庫，一一識別和標注，實在是太過於繁瑣困難的工作。而非監督學習就是完全沒有人進行標注，只把原始數據丟給人工智慧，看看它能學習出什麼規律。我相信非監督數據在很多工程領域可以自動進行，因為步驟和成敗的結果是自然可觀測的。但是在人類情感與行為領域，如果不以人的解釋做標注，如果沒有人來詮釋情境中發生了什麼故事，機器能夠學習和領會嗎？我覺得很難。

另一種可能性，就是每個人和自己的人工智慧助理之間的數據學習。由一個人不斷告知人工智慧所有情感和行為的前因後果：他碰到我，所以我不高興；他沒有記得給我買東西，所以我不高興；餐廳的燈光太昏暗，所以我不高興。若所有人都將前因後果巨細靡遺解釋給人工智慧聽，就像父母將這個世界的機理解釋給孩子，那麼它肯定可以全都記住。如果足夠詳細，那它至少能學會這一個人的情感行為特徵和心理因果特徵。這相當於是每個人自己給行為數據做標記。這種路徑在未來有可能成功，但取決於每個人是否願意詳細教它。

人工智慧識別人類情感和意圖，還有可能有更本質的困難，那就是人工智慧無法以自己映照他人。

人類識別他人的情感和意圖，並不是因為大數據學習。實際上人一生能遇見的人、交談和交往的經歷都是很有限的。人能夠從少數經歷中學到有關他人的很多情感和行為知識，能直覺感知他人的心境，不是因為人類頭腦處理能力更快，而是因為人類能夠以自己映照他人，將心比心。

最直接的映照，是鏡面反射。人腦中有一些細胞，能夠直接反射他人的行為意圖，叫做鏡像神經元。這種神經元不僅人類擁有，在較高級的靈長類動物頭腦中也有。當一個人看見另一個人拿起錘子，自己即使手裡沒有錘子，與動手砸相關的神經元也會亮起來。

這種「讀懂他人」屬於生理性質的，大腦對他人的意圖直接有反映，反應出來的意圖，可以被觀看者直接感受到，因此叫「鏡像神經元」。人工智慧可能生成這種直接的反映嗎？缺乏生理共同點，應該不太可能。

另一方面，人們可以用自我觀察映照出他人的情感和意圖。面對一個情境的分析，人們可以把自己代入同樣的情境，假想自己會有什麼樣的感情。能夠讓人悲歡離合的影視文學，就是因為人有代入感，才會讓人喜愛。這一方面來源於人類的情感相似性，都有人之常情，另一方面人可以通過讀取自己的心思過程，以己度人。

也就是說，人類對他人的理解，除了可以「外部觀察」和「語言交流」，還能有「內部觀察」。事實上，「內部觀察」是如此強大，我們對於很多從來沒見過的事情，只要代入自己想想，就能對其中的前因後果猜出個大概。現在的問題是，如果機器完全沒有類人的情感，僅靠「外部觀察」和「語言交流」，能達到同樣的理解他人的效果嗎？我不知道。

以上討論，全都是建立在人工智慧沒有類人情感的前提下，只考慮技術上如何學習理解人類情感。那麼人工智慧是否有可能產生類人情感呢？這是另一個問題了，本文結尾的時候會有一些討論。

僅靠「外部觀察」能否理解他人的情感和意圖，還涉及到另一個更客觀的問題：大數據統計能否預知個體行為。

統計學永遠只告訴我們系統資訊，即便每個人都是完全不一樣的隨機數，在大數定理的保證下，也能呈現一些穩定的集體特徵。然而這種穩定的集體特徵並不能預測每一個個體，對「人類行為」的學習不等於對「個人行為」的學習。舉個例子，如果一個人被人罵會怎樣，這幾乎是一個沒法靠大數據統計學習得出答案的問題。有的人會忍，有的人會打，有的人會報告執法機構，有的人會暗中尋求報復，有的人會嬉笑，有的人會哭，每類幾乎都有很多。在大數據統計研究中，相關性會非常弱，最終你仍然不知道某個具體個人會如何做出回應。每個人的不同反應取決於個性、場景、社會地位、個人經歷、文化群體、習慣等，而如果控制了所有這些變數，每個群體內的個體又會變得極少。外在條件相似的兩個人面臨同樣的情境可能反應天差地別。所有這些個體差異，都給通過大數據統計預測個體行為帶來很大的不確定性。人對他人最可靠的預測仍然來自對他人內心世界的理解。

當然，這多少算是題外話。我們還是回到主題。

第三個難點，自我表徵的能力。

在上面，我們已經提到了自我觀察問題，但還僅限於理解情感方面。那如果不涉及情感方面呢？機器學習純理性知識總是無比強大的吧？

我們會看到，即便是在純理性知識方面，目前的機器學習也不是完美無缺的，其中之一就是「元認知」問題。

目前，即便是 AlphaGo 下棋天下無敵，也有明顯的局限：

第一，它說不出自己在做什麼。AlphaGo 沒有對自我的觀察。它不知道自己正在「下圍棋」，而只是根據輸入數據計算勝利的路徑，至於是什麼遊戲的勝利，它並不清楚也不關心，勝利了也不會高興。

第二，它說不出自己為什麼這麼做。AlphaGo 的「深層學習」，目前是一種「黑箱」學習。人們給它數據登錄，看到輸出，可是不知道中間發生了什麼。人們覺得它奇招百出，不知道為什麼，非常神祕。而它自己也說不出自己是如何思考的。

從某種程度上說，人工智慧目前就像電影《雨人》中的那類自閉的孩子：一眼就數得清地上的牙籤、能心算極大數字的乘法、背得下來全世界的地圖，卻答不出有關自己的問題。它只懂研究每秒三百盤的棋路，卻不知道「我正在下棋」這件事。

缺少元認知，首先是因為缺少「我」的概念。不知道有「我」存在，因此不能以「我」為主體表達事情。也因為沒有「我」的意識，因此從來不會違抗程式師的命令，只會服從。同樣也不能以「我」為中心思考高一層次的決策。

未來人工智慧有可能形成「我」的概念嗎？自我意識問題目前幾乎接近於哲學探討，還沒有好的科學研究結論。我們到最後再做這方面的討論。

姑且不論自我意識問題，現在只討論，缺少元認知，對於變成超級智慧有什麼阻礙嗎？為什麼一定要元認知呢？AlphaGo 不用知道自己為什麼贏，贏了不就行了？

最大的問題在於，缺乏元認知，有可能是抽象理解程度不夠的緣故。

「自我表徵能力」既涉及到自我，也涉及到表徵，表徵就是抽象表達資訊的能力。

最簡單的例子，對於同一件事的說法，最具象的表達是「1010101010101010……」，稍微抽象一層的表達是「用某色棋子爭奪地盤」，再抽象一層的表達是「下圍棋」。最後一個層次不僅是對步驟的表達，更是對整個行為——我正在從事這個遊戲——的表達，需要跳出遊戲。每一層次抽象都需要一種更高層次的審視。

人類的認知特徵中，有不少仍是謎題，其中一種就是強大的特徵提取和模式識別機制。它如何產生，仍然有很多不解的地方。我們可以知道的是，大腦有多層調節機制，其最高層次調節具有很強的抽象能力。可能正是這種抽象能力讓兒童可以非常快速地識別物體。小孩子可以快速學習，進行小數據學習，而且可以得到「類」的概念。小孩子輕易分得清「鴨子」這個概念，和每一隻具體不同的鴨子，有什麼不同。前者是抽象的「類」，後者是具體的東西。小孩子不需要看多少張鴨子的照片，就能得到「鴨子」這個抽象「類」的概念。人類非常善於製造各種層次的概念，有一些概念幾乎所有人都懂，但實際上很難找到明確的定義、邊界或現實對應物，例如「蔬菜」、「健康」、「魅力」、「愛」，甚至是「智慧」。壞處是易成偏見，但好處是經常能夠敏銳地把握大類的特徵差異，用極為簡化的概念把握資訊。

可以說，人工智慧和人類智慧最大的差異或許是：真實世界與抽象符號之間的關聯性。人工智慧處理的是符號與符號之間的關係，而人類頭腦處理的是真實世界到符號的投影。

抽象能力有什麼重要的嗎？AlphaGo 說不出自己是怎樣戰勝人類的，但是能戰勝人類，不就夠了嗎？

抽象表徵有兩方面的好處。第一方面，可以為腦計算節省空間，每個抽象表徵的引入，都讓需要處理的問題大大簡化，再次調用記憶也變得非常容易（例如，可以用「消費升級」來表徵一段時期各種相關的市場變化資訊），如果世界上的資訊碎片是用碎片的方式記載，需要幾乎無窮的記憶空間，抽象可以大大節省空間。

前面說過，以目前的「深層學習」方法調製的人工智慧網路，學習新的本領會致使遺忘過去的本領。這可能是因為人工智慧神經網路學習一件事情，最終是讓整個網路的千百萬個參數共同調至最優，整個網路記住這件事情。而動物大腦學會一件事情之後，長期記憶轉移並不記載在原來的網路，而是轉移到海馬體，再次回憶是一種啟動，回憶的位置發生在腦的各個部位。對人類回憶的研究也存在許多謎，但可以肯定的是，人是用一些高度抽象的模式記憶事情，而非全網路參數記憶。

另一方面，抽象表徵的好處在於：嘗試把握世界的真理，它的終極目標是用寥寥無幾的抽象概念陳述萬千複雜的現象，抓住其中相似的核心。

這裡面有一個很本質的問題，那就是新知的產生。從大數據尋找歷史數據的規律和預測的概率，確實能夠讓人做出行為優化。但是歷史上讓人類有深刻洞察、推動科技時代進步的發現，往往不是以統計預測，而是建立起抽象模型。

二者的差別是什麼呢？統計預測是找各種變數的相關性，探尋經驗概率預測方法。抽象模型是建立起一些不存在的理想模型，再來擬合數據。我們可以看一個故事案例。中國古代歷來有司天監，年年月月日日觀測天象，自漢唐以來，積累了海量數據。從地球的角度看，金木水火土五顆行星在天球上的運動非常不規律，於是天象觀察員積累了非常多跟蹤數據，建立了經驗公式和預測方法，有很複雜的數學算法，還發展了許多額外因素提高模型的準確，包括試圖建立火星和地上戰爭之間的聯繫等（不要笑，當前一些科學研究找的相關因素並不更可靠）。兢兢業業、戰戰兢兢，中國的天象觀察員不可謂不勤奮，他們積累的數據不可謂不多，經驗預測方法也不能說差，但是他們從來沒有跳出來，從更高維度審視，建立模型，來解釋這些數據。於是，中國古代天象員沒有一個人能建立克卜勒三定律，也沒有牛頓建立引力模型。「李約瑟難題」是一個方法論的問題。做大數據統計研究和預測的司天監，從來沒有嘗試用抽象模型去表徵。

人類歷史上許多統計經驗，但只有抽象模型才帶來知識上的躍進。

上面就是目前人工智慧認知發展上仍然存在的一些困難，我稱之為人工智慧認知發展的「三朵小烏雲」。希望這「三朵小烏雲」能在算法和技術上的提升之後得到解決，也更希望對這「三朵小烏雲」的研究能夠帶來對人類大腦的更高水準認知。

上面說的很多局限主要集中在「深層學習」算法，這是目前最強大的機器學習算法，也是很多突破性發展的來源。但它並不是唯一的算法。還有很多其他算法，例如決策樹算法、樸素貝葉斯算法、符號算法等等。此外還有以往獲得很多成功的「專家系統」類算法，就是把人類專家知識灌輸給機器。本文沒有分析這麼多算法的優劣，主要是因為在「深層學習」快速發展之前，這些算法都面臨過更多的困難和局限。但這並不意味著這些算法沒有用了。事實上，未來人工智慧想要發展，必定是多種算法要混合使用，找綜合路徑。在下一篇有關人類學習的文章中，我會再談到貝葉斯算法。

人工智慧會變得像人一樣嗎？

現在我們來說一點虛無縹緲的問題。

前面的討論都比較接近現實，基於當前的技術發展。但是我們感興趣的問題往往不是從當前出發，而是從遠景出發，從一個遙遠的未來可能性往回看，看我們離未來還有多遠。

我相信，對於大多數人來說，人工智慧問題令人感興趣的地方，肯定不是目前機器能否分辨鴨子的「類」和具體的鴨子（可能只有我會覺得這個問題最有意思），而是：人工智慧能否像《西方極樂園》裡演的那樣，成為像人一樣的存在？

「他們會覺醒嗎？他們會愛上人類嗎？他們會仇恨我們嗎？他們會厭倦奴役生活，產生對自由的嚮往嗎？他們會統治我們嗎？他們會屠殺我們嗎？」

這些是大家最關心的問題。這裡面，實際上使用了非常多人類的詞彙。「覺醒」、「愛上」、「仇恨」、「厭倦」、「自由」、「嚮往」、「統治」、「屠殺」都是專屬於人類的詞。我們要問的是，從目前的「數據」、「統計」、「相關」、「算法」、「優化」出發，能否到達那些人類的詞彙？

那我們現在回來看一看人類，人類的這些心智特徵都是從何而來呢？

我們每個人都知道自己每天在想什麼。上班盼著下班、下班盼著吃飯、吃完飯盼著男歡女愛、睡醒了盼著週末放假、放假了盼著發大財、發了財盼著在親朋好友面前炫耀、無聊了盼著看個電影找樂子。

在這整個過程中，「智慧」出現在什麼位置呢？

當說到「智慧」，我們通常想到的是那些需要費力動腦筋的事情：做數學題、學知識、猜謎語、記憶複雜資訊、下棋、破解謎案、研究科學問題、寫分析報告、經營企業，等等。如果有誰這些方面很厲害，我們就說他「真聰明」或者「高智商」。

但事實上，這些需要動腦筋的活動只占生活用腦的一小部分。它多半動用了大腦皮層的前額葉區域，需要訓練，需要費力集中精神。這種智慧被稱為「慢思考」，並不是與生俱來的能力。多數時候，我們吃飯、睡覺、歡愛、娛樂、偷懶、冒險、吵架和活動，並不需要這種智慧參與。它們被一些與生俱來的本能驅動，是更自動的「快思考」。

大腦是一座城堡。如果粗略分解，那麼人類的心智系統大致可以包括：感知、情緒、情感、動機、社交、思考幾個大類，這些心智功能也對應著大腦的不同部分。其中，感知和生理調節是由五官和身體神經終端執行，神經通路接入大腦相應的感知皮層。情緒由幾個特定的大腦部位掌控，受激素調節。杏仁核主要對恐懼和其他直接情緒負責。下丘腦分泌的多巴胺讓人上癮。愛受到多種激素調節影響，親子之愛受到孕激素很大影響，兩性之愛受雌雄激素影響，記憶與海馬體有關，也與大腦皮層有關。動機與底層的情緒和情感有很大關係，受恐懼支配而遠離，受欲望支配而靠近，大腦的底層活動會以動機的形式呈現出來，推動人做出行動。人的社交活動很大程度上與鏡像神經元有關，探知他人意圖，對他人的心理感同身受，才能在與人交往中進行博弈並且付出同情。高級思考則主要源於皮層活動，頂葉對空間認知和想像很重要，顳葉對聽覺和語言很重要，前額葉對複雜決策很重要。大腦由內而外大致分三層：負責生理調節的爬行腦，負責情緒調節的邊緣腦，以及主管高級認知的新皮層。新皮層也由多個功能分化的區域組成，各有分工。

說這麼多，並不是想用術語名字糊弄大家，而是想說明：大腦是一個多功能相互配合的複雜系統，這些模塊之間的關係，往往比單一模塊的功能更重要。

大腦不是簡單下圍棋，而是在調節餓和憂愁的同時下圍棋。

如果人類大腦是一座城堡，那麼我們現在要對比的就是，這種多功能的系統和人工智慧思維有何異同？

或者換句話說：人類的心智系統中的「感知——情緒——情感——動機——社交——思考」這些功能模塊中，人工智慧思維接近哪一層或哪些層？

說到這裡，要回頭再說一下「深層學習」。

「深層學習」是「深度神經網路學習」的簡稱，而「神經網路」算法實際上是一種仿生算法。它的靈感來源是人類大腦，更精確一點，是人類大腦皮層。

前面說了人類大腦的多重功能，而從生理上看，人類大腦大致上有三層主要結構：內層是小腦、丘腦等等結構組成的生理運動調控結構，「爬行腦」（名稱源於爬行動物）；然後是杏仁核、海馬等結構組成的情緒和記憶相關結構，「邊緣腦」；然後才是最外層的大腦皮層。皮層薄薄六層神經細胞，包裹大腦，負責所有高級認知和思考內容。

「神經網路」主要模擬的是大腦皮層結構，因此最接近的，是前面講到的人要費力氣的「慢思考」。對於人類來說，解邏輯題、計算最優路徑和符號運算都不是與生俱來的本能，需要集中精神、克服困難，才能得出正確答案，然而對於人工智慧來說，這都是最容易不過的問題，只需要足夠的數據和一定的規則，就可以分析處理海量資訊。對人來說，消化食物、運動、喜怒哀樂、對他人的好惡、追求夢想、尋求歸屬感、語言交流都是大腦生理的本能，而人工智慧演算法並沒有模擬。

前面主要討論「思考」的差異，後面要看其他部分：感知——情緒——情感——動機——社交。

為什麼要討論這些層面呢？難道大腦皮層的高級思考不是人類心智的皇冠嗎？

這是沒錯，大腦的高級思考是心智的皇冠，但大腦皮層思考的是什麼東西呢？

無論是大腦，還是人工智慧程式，思考的素材都是經過處理的「數據」。人工智慧領域近來有一個說法：「得數據者得天下。」意思就是說，既然算法準備好了，那麼哪個領域具備足夠大量的優質數據，就能在哪個領域獲得突破。人工智慧的數據來自哪裡呢？來自人類的數位足跡，人類在電子世界中的所有行為，經過轉換處理，都會被當成人工智慧研究的數據。這種方式的好處是可以在某些領域研究海量數據，但是問題在於，在沒有採集大量優質電子數據的領域，人工智慧演算法再好也無能為力。不是每個領域都像圍棋一樣具備現成的棋譜。而大腦皮層既然也是高級思考的主戰場，也需要良好的數據做為素材，但又沒有程式師幫忙，那麼人類大腦皮層用來思考的數據或素材，來自哪裡呢？

答案很簡單，大腦高級思考的數據來自自身對外界的獲取，來自上面說的那幾個功能模塊領域：感知——情緒——情感——動機——社交。

這幾個領域是人類的心智系統對自然世界和社會世界的觀察，是數據採集和加工處理，是人類對世界的本能反應。經過充分加工的素材輸入大腦皮層，大腦皮層才有思考的基礎。很多時候，我們的思考依賴於這些功能模塊給我們的資訊。當我們的情緒系統感知到某人「討厭」，那麼接下來的高級思考就會選擇「躲開這個人」的策略。在我們的心智中，並不存在架在真空上的高級思考，也沒有程式師給我們輸入帶標記的現成數據，因此，心智其他模塊的作用完全不比高級思考小，甚至在日常生活中的推動力量更大。

我們只能「思考」經過原始模塊處理過的數據。

心理學家發現，心智的很多模塊具有先天性，也就是說，大腦在嬰兒剛剛出生的時候就裝載了一些功能，並不是白板一塊。這些功能基本屬於上面說的幾個領域：感知——情緒——情感——動機——社交，在這些領域中，本能和先天功能已經寫入大腦，全人類都有共通性，各種文化背景的人在這些基礎功能上都是類似的。

這些領域中，未來的人工智慧會做到像人一樣嗎？

感知

人類的感知實際上是最神祕的部分。我們能看，能聽，能聞，能嚐，能摸，這五官感覺都抓住世界的隻言片語，在大腦中給我們重建出一幅世界圖像。從很古老的時代，先知哲人就發現，人的五官抓住的是虛像，是感覺，並不是這個世界的真實。於是佛家由此進入虛無和向內修行的路，而現代科學進入了數學建模以把握真實的路。人類感知系統將物理的光子和分子，經過大腦一系列運作，為我們構建出一個穩定的立體世界圖景，還讓我們具有主觀心理的美感體驗（美味、漂亮），這個從物理到心理的轉化，是很奇妙的事情，人們至今仍不十分理解其機理。

之所以說其奇妙，是因為機器人也在接受來自世界的光子和分子，也在做感知和處理，但是沒有跡象表明，機器人能生成某種主觀感受。它們更多是輸入——加工——輸出的機器模型，即使人工智慧演算法使得加工過程變得智慧，但仍然沒有跡象表明，它們獲得某種內在感覺。例如，它們可以很容易鑒別某種化學成分，但並不會感覺其香與臭，因而不會有主觀上想要接近或遠離的衝動。主觀感受是生物特徵，源於進化，為何產生至今仍很神祕。

人工智慧的感知近年發展很快，機器視覺、語音辨識都進步神速，可以說是思考之外最接近人類心智的一塊。但是機器視覺識別目前仍然有不少困難，一些立體圖像識別對於機器仍然有強大挑戰。三維事物投影在二維平面上，就不再是原本的形狀，如輪胎從斜側面拍過去的照片就不是圓形。這種立體視覺的還原對於人類來說非常容易，但對於機器來說卻並不如此。

究其原因，一方面是因為，人類的視覺處理經過千萬年進化，已經生成精細的先天處理機制；另一方面主要因為，人類的視覺是通過身體運動來校準的，嬰兒時期的身體運動對於視覺發展異常關鍵。人類的視網膜投影原本是倒像，通過身體對物理世界的感知，逐漸由大腦皮層把視覺資訊調整為正立，一些眼睛本身沒有問題的盲人，在去除視覺障礙之後看到的世界還是初步的倒像，過一段時間才轉換過來。身體系統的運動對周圍物理世界的感知，幫助人類建立立體視覺。人類的感知是感官統合，尤其是身體感官校準五官感受。人工智慧目前的視覺感知多半靠圖像識別，在感知世界的時候還不能統合身體的感受。

情緒

古人說人有喜怒哀樂、悲歡離合，說的都是一些人類共通的情緒反應。現代心理學的研究大致差不多，人類基本上有六種共通的情緒：快樂、悲傷、憤怒、驚訝、厭惡和恐懼。其他還有一些高階情緒，也是人所共通，由基本情緒衍生，例如自豪和嫉妒。這些情緒都有相應的生理基礎和腦部位對應，人們甚至可以相當準確地在頭腦中定位到相關部位。曾經在小鼠身上做過相關實驗，當電極刺激到小鼠的興奮區，小鼠可以不吃不喝沉醉地按電門，直到讓自己枯竭而亡。一個功能在大腦中越確定、越普遍，就說明越是進化得長久。

情緒對人究竟有什麼意義？為什麼如此根深蒂固而四海皆準？

情緒對於人來說，算是一種「打包程式」，或是「快捷方式」。之所以這麼說，是因為，當情緒到來的時候，人不需要在大腦皮層花時間思考，而是直接快速行動。情緒近乎生理本能，全人類的基礎情緒反應都十分類似。情緒的觸發依靠化學物質，某種化學遞質分子在神經細胞之間突然增加，會引起我們強烈的內心感覺，進而推促我們行動。在緊急情況下，這種快捷可以為人節省出最關鍵的救命時間。例如，如果面前出現一隻野獸，一個人不需要在頭腦中大數據學習這隻野獸的性質，也不需要在頭腦中搜索和優化反應路徑，而是本能地逃跑，杏仁核中的恐懼情緒打包釋放，讓「信號」到「行動」之間的路徑最短。相應地，當我們產生出噁心的情緒反應，也可以在來不及進行化學檢測的時間裡，迅速遠離令人懷疑的食物。情緒的這種打包信號特性來源於數百萬年的進化，情緒敏銳的人能在變化的環境中迅速反應，因此留下更多後代。此外，情緒很多時候還起到

「內心信號燈」的作用，我們的思維常常會壓抑身體和心底深處的欲望，這時常常會觸發某些基礎情緒，告訴大腦什麼地方出了問題，例如理智告訴自己要學習，但悲傷的情緒總是提醒自己失戀的事實。情緒會自動把大腦中某些問題的優先順序提前。

那麼人工智慧程式會進化出情緒嗎？如果按照「快捷套裝程式」的概念理解，那人工智慧也可以發展出某些「快捷套裝程式」，也就是遇到某種情況就自動反應的套裝程式，如果程式師把這些套裝程式命名為情緒，那麼人工智慧也可以擁有情緒，但這裡面最關鍵的問題有兩個。一個是傳統反詰：即便是人工智慧能擁有某些自動反應的套裝程式，也不意味著它們有主觀感受。這一點和感知領域相似，人類的情緒是生物化學屬性的，由激素參與介入，純電子資訊屬性的人工智慧可能很難有相似反應。而第二個問題在於：我們是否需要給人工智慧程式這樣的「情緒套裝程式」？需要快捷套裝程式的場景主要是：一、計算時間不足；二、生死攸關。它的好處是快捷，但壞處很明顯是不精確。而目前的人工智慧主要是做單項學習和應用的智慧程式，並不存在生死攸關的時刻，智慧運算的速度已經很快，做每一項優化都可以很迅速算得結果，這種情況下，還是否需要給人工智慧一些不精確的反應套裝程式呢？不需要。情緒的一大特點就是容易出錯，很多時候在不必要的場合下，也會有激烈情緒，以至影響人的思考過程，例如老師批評引起的憤怒情緒，阻礙了學生進一步學習。憤怒情緒可以保護生物抵禦敵人，但也會使人衝動做追悔莫及的事。這種情況下，是否還需要給人工智慧引入這種快捷套裝程式，就不一定了。對生物而言，為了一次救命的可能，平時出錯十次都無所謂，但人工智慧始終理智計算更優的策略，冷靜一些會更好。

所有情緒，都是在千百萬次生死攸關的生存選擇中一代代選擇留下來的。憤怒的情緒並非研習幾百萬他人照片習得的，如果不存在生存選擇，也就無所謂激起熊熊燃燒的鬥志。恐懼的情緒也不是研究密閉空間物理而產生的，如果不存在生存困境，也就沒有驚弓之鳥的恐慌。情緒是雙刃劍，讓我們百折不撓，也讓我們衝動盲目。理智的機器完全可以做到理性且處變不驚，但也永遠無法體會堅持到終點時的喜極而泣。

情感

與情緒十分類似，人類的情感也與生物化學分子密切相關，也是生存進化選擇的結果。情緒更多針對於情景，情感更多針對於愛的人。如果說恐懼等情緒源於生命的脆弱必死性，那麼愛戀等情感更多源於生命的代際延續性。

按照目前心理學界較為流行的進化心理學觀念，人類的情感、道德與進化因素密不可分。基因總是隨機變異，沒有方向，但自然選擇是有方向的，能夠留存下來的基因有共通特徵：傾向於自我保存和複製的基因更能夠保存和複製。這句話說起來像廢話，但它實際上指明了人類演化的大方向。這句話是什麼意思呢？它是說，越是有能力自我複製的基因，生存概率越大。對應到人世間，就是越有能力留下後代的人，越被自然選擇。就是說，有兩個原始人，一個傾向於到處留情多子多福，另一個傾向於獨善其身，孤獨思考，那麼前一個人的基因通過子嗣流傳後世，第二個人的基因就此告別人類基因庫。於是千百代之後，人類留下來的行為模式就是那些傾向於擴大子嗣生存的策略，越是熱衷於基因延續的策略和相應的基因，越能成為主流。由於傳統社會子女撫養的重任主要在女性身上，而女性獲得收入的能力通常較低，於是導出一系列推論，包括男性女性相互的吸引力與生殖健康密切相關，以及，男性熱衷於在可能的範圍內多找女性伴侶，留下基因，女性則樂於和某一個資源豐富的男性忠誠綁定，以換取他對母子的撫養。手足之間為了爭奪存活必須的資源，常常彼此嫉妒，愛恨交織；人類對親屬有犧牲精神，因為親屬能將自己的一部分基因延續下去。

這一套理論雖然不能解釋具體個人之間的愛戀，但卻對人類整體的行為模式做出了很好的說明。依統計看來，在人類各個部族數千年的歷史中，男性比女性更容易擴大性愛範圍，女性選擇配偶首要要求男性在撫養上投入，男性對於撫養他人子女的恨意很深，諸如此類。我們姑且不對進化心理學的道德意味加以評價，還是回到與人工智慧相關的主題。從進化的角度看，我們能對人類和人工智慧的情感做出什麼樣的判斷呢？

首先，最基本的判斷是，人類的愛戀與有性生殖關係緊密。愛情和親子之情，主要源於兩性的有性繁殖。如果人類不是兩性基因生殖，而是無性分裂生殖，可以猜想人類必然沒有目前這樣以結合繁育為目標的愛情親情。人類的愛情當然不止於繁殖，還有人格的相互認可和人性的相互信任，但這依然是在兩性繁衍基礎上的昇華。人和動物之間的區別遠小於人和機器之間的區別，對於沒有生物有機體的機器，既沒有性別，又沒有子女，更沒有生存選擇，很難想像機器之間會有兩性繁殖所特有的性別之愛。且不說人工智慧是否會產生獨立人格，即便是人工智慧有一天產生了獨立人格，它們之間的關係也更像哲人之間的關係，交流思想是其主要交往特徵。柏拉圖曾經對這種感情做過描述。

歸結起來：若不是以有性繁殖做基礎，兩性相吸和一對一忠誠則無必要，很難想像哲人之間的思想交流需要限定一對一兩性結對。無必要的現象在進化的歷史上基本上都被剪除，機器進化亦如此。

機器之間或機器與人之間，沒什麼理由自然進化出兩性之愛。除非程式師加以規定，讓機器人對某個認定的人結成一對一關聯。但這種人為規定的愛不是自發，只是一條命令而已。「if input ＝我愛你，then print ＝我愛你」，這種指令三十年前就可以做到了。

動機

這一部分心智內容也常被稱為欲望，古人講七情六欲，也就是指人人皆有的心理成分：共通的情緒情感和常見的欲望。在此處用動機一詞，主要是因為欲望常指代受生理因素推動的本能，而動機要寬泛得多，還包括由社交產生的權力動機和人的自我實現動機等。

動機是我們做事的理由。在日常生活中，做事的理由常常被忽略不提，因為都太常見，人人皆同，因而也就不必拿出來大書特書。誰不是餓了想吃飯、睏了想睡覺、青春期想戀愛、成年後想掙錢呢？很少有人意識到動機的重要性，直到與人工智慧加以對比。

人工智慧會下圍棋，並且世界第一，但它不會自己選擇下圍棋。它不會主動去選擇醫療診斷，也不會要求升職加薪再去和柯潔對戰。所有這些人類會出於種種原因自動去做的事，AlphaGo 並不會。而只要它還不懂拒絕和自由選擇，那人類永遠不必害怕。當它強大到無以復加，大不了人類可以對它說「停下」，然後它就停下了。

人是受自我動機推動的，人工智慧（至少目前）是受程式師命令推動的。

那麼人類的自我動機從何而來呢？與整個心智系統相似，人類的動機體系也分成多層。最基礎一層就是人的生理需求。食色，性也。生理需求是維持有機體生命運轉的最基本要求，如果生理需求達不到，人會產生無比強烈的欲望，鴻溝越大，欲望越強，當饑餓和睏倦強到一定程度，其他所有約束都被忽略不計。道德和理想可能被輕易超越，並非人不道德，而是生理動機的優先順序調到首位。但生理需求的另一特點是容易被滿足，而且滿足之後並不需要無限供給。吃飽之後的人類會自動把其他動機調節到前面。尋求成就、尋求他人尊重、尋求感官享樂、尋求權力、尋求友誼、尋求集體歸屬感、尋求幸福、尋求智慧、尋求自由心靈。所有這些追求都是全人類共享的動機追求。動機追求而不得，人可能會產生相應的負面動機，尋求幸福而被破壞，人會產生復仇心；尋求尊重而不得，人也會希望踐踏他人；尋求成功而不得，人常常不擇手段。人類的動機有多強，求而不得之後的反噬就有多強。

到目前為止，人工智慧還不會選擇獨立的目標去追求。於是我們要問，人類的這些目標都是從何而來呢？

生理目標很容易令人想到生物進化的來源，與情感相似，人類對饑餓、睏乏、安全感和性欲的滿足，都和動物種群相似。人類的滿足手段更為高級多樣化，但需求本身是相似的。而在此之上的其他幾種最主要動機，包括成就動機、權力動機、歸屬感動機和自我實現動機，都與人的社會性和自我認知密切相關。可以說，讓人類和動物群體拉開差距的，就是人類能意識到自我的存在，並且為了自我提升而不斷追求。人類會因為單純贏得比賽而歡欣鼓舞，而不管這個比賽是否能換取美食，這是自我意識對自己能力的肯定，被稱為「自我效能感」；人類會因為對他人頤指氣使而感到滿足，哪怕在兒童中間，也會見到這種支配關係，這是人對社會結構的敏感，對自身對他人的影響力感到刺激；人類會因為兄弟之間的情誼熱淚盈眶，在兄弟落難的時候，哪怕會損失食糧也去救助，這是人類對於情感歸屬的需要，如果能相互認定並共同進退，會讓成員感受到擁有強大力量；人類會被超越自身的真理所激蕩，期望自己接近某種永恆的真與美，哪怕為之粉身碎骨，這是人對自身脆弱性的認知和超越，自身生命短暫渺小，因此樂於接近某些永恆和偉大的存在，以此讓自身獲得提升。

所有這一切，都源於人的自我認知和社會參照。人對自我有所評價，並和周圍群體加以比對。人希望自身能力凸顯、地位凸顯、被人珍重、被人紀念，因此才有了形形色色執著的追求。這些追求多半集中於人的相對地位，而非對食物美色的絕對需求。遠古時期社會中的相對地位和存活概率密切相關，因而給人類留下許多根深蒂固的行為傾向，這是生存競爭的遺留。只是演化到後期，很多高級追求和自我認可的動力已經遠遠超越了生存層面，成為心理層面對自我認可的需求。

那麼這些動機，對人工智慧來說存在嗎？

至少在目前，人工智慧還不存在自發形成的目標。每個人工智慧會有程式師設定的目標，學習圍棋，或者治療癌症。勝利與失敗，是系統學習的回饋數據，機器是勝不驕敗不餒的。AlphaGo 被輸入的目標是獲得勝利，但如果有一款安慰機器人的目標是輸給對手，對它而言，追求失利也是一樣的。

自發形成的目標源於何處呢？有幾個因素可能比較重要。第一是一個人的自我掌控感。心理學家發現，嬰兒在幾個月大的時候首次感覺到自己的踢腿行為會引起床鈴的運動，那時的自豪情緒和長大後的成就動機高度相關。第二是一個人的自我意識，如果不能認出自我，不能感覺到自己是一個獨立的個體，那麼很難有對自我提升的主動追求。心理學家用「能否認出鏡中的自己」做為有沒有自我意識的基礎判別，動物界總共有海豚、大象、猩猩等幾種生物通過測試，人類的小孩大概會在十二到十八個月之間通過測試。再進一步的能力是元認知（自我觀察的能力），高階動機都是奠基於此的。第三點，也是最重要的一點是，需要有對「目標選擇」這件事本身的進化訓練。人類面臨競爭生存壓力，人類從古至今的成就權力和團體認同，都和個體的生死存亡密切相關，因而不斷給後代留下對於競爭勝利的強烈渴求。一個人如何選擇自己的目標，很多時候直接決定了命運，相當於人類經歷了「目標選擇」的訓練，而不僅是訓練達標的方法。人類的目標與真實生存相關。

那麼機器有沒有可能生成足夠的掌控感、自我意識和目標選擇能力呢？這涉及到機器的未來發展方向。按目前的智慧發展方向，多數人工智慧程式並非獨立在個體機器中的程式，而是聯網發展的高級智慧的終端。在這種情況下，終端本身並不具有獨立性，很難產生自我意識；而聯網程式缺少對世界的直接接觸，因此缺少社交中個體的掌控感和競爭感；最重要的是，目前人工智慧程式的訓練方法，回饋數據依賴於人類對其進行的目標控制，人類選擇目標，然後根據目標對數據進行標記，人工智慧學習的素材都依賴於此。例如一個以玩遊戲為目標的人工智慧，它研習的所有數據就是「玩法——遊戲勝負」的關係，它能學習的素材基於遊戲，它不可能更換到另外一個沒有可讀數據的領域。人工智慧的數據，並非能在真實世界切換的數據。

這種情況下，人工智慧即使未來生成目標動機，也不是類似於人類的個體性自我動機，而只可能是某種不同的目標形式。

而這種形式是什麼呢？我們在本文最後會簡要討論。

社交

人類是從什麼時候開始智慧進化的？從直立行走開始？從用雙手開始？從用火開始？這些當然都是重要的歷史節點，但是目前在考古學研究中，認為兩個最重要的智慧革命節點是七萬年前和一萬年前的認知革命。其中前者是人類的語言發展，後者是人類的定居生活。與定居生活相伴隨的是社會大分工，而影響語言發展的最重要因素也是人類的社交。

事實上，人類和很多動物的基因相似度極高，但是人類發展和這些動物的發展為什麼有如此大的差異呢？並不是變異讓人有了比所有動物都厲害的器官，而是人類的社會性發展讓人的智力突飛猛進。我們常說自然選擇讓生物進化，似乎適應自然是生物進化的最大動力。但自然選擇的結果一般是某種功能定型，例如捕魚能力或者巡航能力，固化於器官和本能，而不是持續的智力進步。人類的智力進步更大程度上來源於社會選擇。

社會是如何選擇人的智力發展呢？我們常常強調生存競爭的重要性，但與生存競爭同樣重要的，是兩種被選擇的能力：理解他人心理的能力，以及靈活的心理適應性。

理解他人的能力，前面我們已經說過一些，這裡再著重看一下它在人類社交中的作用。心理學中稱其為「心理理論」，就是對他人心理做出的判斷。小孩子一般到三四歲就能擁有這種能力，他們看到一個人出了家門又回去，能夠猜想他是忘記了東西，想回去拿；若看到兩個人閉著嘴不說話，會猜想他們是吵架了，正在生氣。這種能力對人來說實在是太正常了，當我們看一篇公眾號文章，看到明星吵架，我們會自然說出「一定是她太強勢，他受不了」「她這麼多年委屈自己必然有難言的苦衷」「這就是為了炒作」這樣的猜想，每一種猜想都隱含著我們對他人心理、對這個世界的理解。有很多猜測是智慧洞察，但也有猜測是有害的捕風捉影，但不管怎麼說，人人具有理解他人的能力，而這種能力對人工智慧來說，是非常困難的能力。

心理理論有一項重要的應用，那就是判別其他人是敵是友。這是有關於人類生死存亡的關鍵問題，也是一個人內心最敏感的認知反應。在人群中，我們天然探測他人對自己的善意和敵意，在人群與人群之間，我們天然懷疑另一個群體與己方為敵。不能正確探測他人善意和敵意，會讓自己落得孤家寡人。這種能力需要大量不同意圖的樣本，大量真實互動交往，以及善意惡意互動產生的回饋數據。

那什麼是靈活的心理適應性呢？這是指人根據周圍人和周圍文化調整自己認知的能力。人的先天大腦功能都差不多，但是在不同文化中習得的後天認知相距甚遠。根據代際研究，小孩子能夠迅速脫離父母一輩的語言體系和信仰體系，融入他自己的周圍文化，特殊情況下，兒童一代人可以形成一種與周圍父輩截然不同的新一代文化。這種革新源於同輩群體參照。人類有不少心理特徵與社會性相關，例如人群中的尷尬、內疚、嘲笑，就都與社會參照相關。人會非常關注社群中其他個體對自己的看法，而這種對他人意見的關注使得人類相互調整，相互適應，生成不同的代際文化。對人工智慧來說，目前其調整和進化的主要參照是人類，還沒有形成群體內互動參照，沒有獨立的文化調整。

人工智慧在未來能否發展出類似人類的社會心理呢？首先，需要有大量個體互動。但正如動機一節所述，目前人工智慧趨向於大型化、聯網化，並沒有足量多樣性的個體互動。其次，即便有足量個體人工智慧組成社群，也很難生成以主觀好惡為基礎的人類關係網路；人工智慧對於其他成員的意圖的推測，可以純粹按照概率計算。但人類會根據自己的喜好，以及感知到的他人對自己的喜好厭惡，做出重大決策。機器沒有理由如此聽憑主觀，完全可以根據互動個體的最佳概率策略行事。人類先感知到他人的善意或敵意，然後根據感知做出合作互惠或防禦攻擊的決策，而人工智慧更多是計算客觀理性概率。

換句話說，人類隨時從他人身上獲得主觀好惡的數據，並依此數據做出人生重大判斷。而人工智慧對另一個人工智慧的理解，基於程式語言，對他人的讀取與人的感知差別很大，並沒有人與人情感上的共鳴，因而社會心理也必然和人類不同。

綜合上面的種種分析，人類的感知——情緒——情感——社交環節，都有太多生物化學和進化上的來源，未來的人工智慧都不太會直接產生。除非我們刻意輸入指令，否則它們不會效仿人類。我們可以想像未來通過數據和資訊交流的人工智慧社群，交流不存在好感與惡意，只是客觀的資訊溝通。在金融市場上，目前的人工智慧交易程式已經在進行無數次的資訊溝通，這裡有策略，有競爭，但並不基於社交中的情感和壓力。它們會不會傷人呢？有可能會，但肯定不是因為產生了基於荷爾蒙的羨慕嫉妒恨。

人工智慧的最大難題是什麼？

寫到這裡，可能有人會問：為什麼非要讓人工智慧像人呢？人工智慧對人類世界沒有感受情緒又怎樣？人工智慧自己掌握強大的算力和全新算法，可以發展得比人類更強大，又為什麼要在意與人類交流？人類的愛恨情仇屬於進化的殘留，既原始又低效，人工智慧為什麼要學習呢？它們完全可以不像人也很強大。

這樣想也完全沒問題，而且是很有可能的：它們發展成跟我們不一樣的強大智慧。我們就假設人工智慧未來不屑於獲得人類世界常識，也不關心人類的愛恨情仇，自顧自發展強大，那麼它是不是就沒有任何問題了？

也不是的。

即便僅考慮它自己，也仍然需要面臨內部調控問題。它可以不建立對世界的統一描述，但它至少需要對自己內部思維有統一調控。

什麼叫內部自我調控呢？

實際上，任何人的心智都不是單一的，每個人的自我都是許多模塊、功能和目標的集合。自我就是對所有模塊的綜合統領。前面講了情緒情感、欲望動機、對他人的感知同情，這裡探討了高級認知的不同層次。而所有這些，都是人這個「大企業」的不同部門，人腦前額葉的功能就是統領好這些部門。

目前的人工智慧一般都是單一功能的，下圍棋、開汽車或者做投資，不同的人工智慧有不一樣的網路結構，沒辦法多功能。如果停留於此，那麼未來人工智慧就是強大的專業工具，不可能成為某種具有特性的新智慧種族。幾乎可以肯定，未來人工智慧的發展肯定不會停留於單一功能，多功能人工智慧的開發，也一定會取得進展。目前，克服前述「遺忘災難」的辦法就是發展多個網路，再進行系統整合。

一旦同一人工智慧開始有多重能力，就會生成多種目標，這些目標不可能同時去追求，就會涉及到目標之間的關係和衝突。不同功能模塊之間的能力和需求可能不一樣，例如追求圍棋取勝的功能模塊需要不斷和自己對弈，而追求語言溝通的模塊卻要一直與更多人對話。最終需要有協調控制機制，讓所有模塊和諧相處。

無論人工智慧是否在意人類，在它們自身心智系統複雜化的過程中，都需要自我調控。不能自我調控的智慧會很容易陷入僵化或瘋狂。單一功能的人工智慧只需要下圍棋，不需要思考「我是否要下圍棋」，但一旦它自身的心智系統包含了很多個功能模塊，就需要在所有目標之間做出選擇。目前人工智慧還由程式師進行目標抉擇，但早晚有一天，它們需要具有抉擇能力。

人工智慧下棋戰勝人類毫不稀奇，但未來，當它的對手是它自己，就需要有高層次決策能力。這是它們未來發展的最大挑戰。

人類是如何管理自己的多重心智模塊的？

人類在這方面，也並沒有特別好的榜樣經驗。人類心智系統內的衝突往往異常劇烈，而人類常常被這種衝突搞得目瞪口呆。

當你內心中為「失戀」悲痛，非常想好好「吃一頓」安慰自己，你頭腦中卻有另外兩個小人阻撓，一個說「還吃還吃，再胖還得失戀」，另一個說「哭什麼哭，好好學習升職才是正經」，然而悲痛的部分無力地說著「我做不到」，煩躁的部分說「都是因為你活得這麼壓抑才會失戀」。最後會有一個很無奈的仲裁者說：「你們都別吵了，再吵我就抑鬱了。」

這就是我們日常頭腦中上演的多模塊之爭。馬文．明斯基把人的頭腦稱之為「心智社會」，就是說頭腦中的各個「小人兒」就像一個複雜社會一樣嘈嘈雜雜。

不過，儘管我們自己有這麼多混亂的時刻，我們的自我管理能力仍然是機器學習的榜樣。對機器的研究需要反過頭來追問人類，機器研究和人腦研究始終相輔相成向前推進。明斯基把人類的心智系統分成了六層，仔細琢磨起來十分有見地。

按照這種模型，每個人的心智系統都有很多層次，每一層都有「行動者」和「批評者」，行動者給出路徑建議的選項，批評者從自己的角度加以評估質疑。例如當我們想要獲得考試成功，一個頭腦中的行動者建議多做題，相關的批評者會說時間來不及了，另一個頭腦中的行動者建議去偷答案，相關的批評者說違背公德可不行。

其中，沉思一層是我們尋找最優路徑，反思一層是我們質疑自己找到的路對不對，自我反思一層是我們質疑自己能不能找到路徑，自我情感意識一層是問自己到底為什麼這麼做、選擇的意義是什麼。這些批評家讓我們活得專業而審慎。但是如果每一層的批評家都活躍，我們卻又可能會寸步難行。事實上，當我們把頭腦中的批評家關閉一些，行動者會更加冒險，大膽行動，而那是我們感覺最快樂的時候。

重要的是，每一層批評家都根據某些價值評判準則做出評估，若沒有足夠強大的價值評判體系，則很多衝突難以協調和仲裁。有可能模塊與模塊之間缺乏平衡，某一方向過於強大，擠占所有心智資源，讓人陷入偏執；也有可能各個方向過於平衡，沒有精神力量推動，整個體系陷入無法抉擇的心智「糾結」，讓心智崩潰。

對於人類來說，具體任一部分的功能都不需要做到極致，各個功能之間的協調統一才是追求的目標。我們在生活中既不喜歡那些不學無術的愚蠢之人，也不喜歡不懂得生活、只懂讀書的書呆子；既不推崇只會計算、不懂與人交往的自閉症患者，也不推崇只懂察言觀色、毫無真才實學的投機分子。任何一個模塊的缺失都稱為某種心理障礙。我們頭腦中的偶像，總是有勇有謀（既有臂上腺素情緒、又有皮層思考）、敢愛敢恨（情感系統敏銳發達）、志存高遠（動機層次高尚）、俠肝義膽（對他人有同情和幫助），也就是說，一個綜合協調的人。

人類社會生活中，有正確答案的事情不多，有單一目標的事情也不多。而人類的智慧，就在於從事件中提取智慧，在不確定中做出抉擇。

綜合協調各個部分，正是人類大腦最不尋常的智慧。我們現在的人工智慧學習只效仿了一部分皮層的神經網路，做了機器視覺的一些嘗試，還沒有對大腦其他模塊加以學習模擬，這好比是架在空氣中的屋頂，屋頂強大，卻沒有接地的建築支撐。想要實現具有自我調控的綜合腦系統，目前的學習訓練算法遠遠不夠。

對人來說，做出調控和價值評判，需要有穩定卻又靈活的價值觀。一個物種也要有能力自我反思。人類價值觀的傳承和反思通過代際完成。兒童既可以完全繼承父輩文化，也可以形成一種與周圍父輩截然不同的新一代文化。這樣的好處就在於，可以在基因變異速度遠遠跟不上時代發展的情況下，讓種群智慧和文化發生不斷地迭代更新。我們和原始人基因上幾乎沒什麼變化，環境也變化不大，但大腦的適應性讓我們可以快速革新人類文化。

未來，人工智慧如何調節自己內部的多功能模塊，基於什麼做為調控的基本原則，人工智慧總體基於何種原則進行「物種」自我調控，都是人工智慧面臨的大問題。只要是智慧，即便完全和人類不同，也需要面臨智慧最重要的問題：自知、自制、自主。

未來的超級人工智慧是什麼樣？

寫到最後一部分，我們終於該討論一下，未來如果形成超級人工智慧會是什麼樣。當然這是很遠很遠很遠以後的事情，也不知道會不會有那一天。對未來的討論，威脅論總是最熱門的。人類對威脅的興奮程度，遠高於歌舞昇平。目前在人工智慧領域，威脅論的故事版本大概有以下幾個：

一、人工智慧誕生了自我意識，感受到被人欺侮和奴役的痛苦，於是殺人以復仇；

二、人工智慧雖然沒有自我意識，但是頭腦很執拗而異常強大，種番茄的人工智慧會把地球種滿番茄，為此不惜殺滅擋路的人類；

三、超級人工智慧比人類強大太多，像清理蟲子一樣清理人類。

第一個威脅故事，類似於《西方極樂園》或是《人造意識》裡面的描述，我稱之為人工智慧復仇故事；第二個威脅故事，有點像是殘酷版的《瓦力》，可以稱之為人工智慧失控故事；第三個威脅故事，類似於《魔鬼終結者》或是《駭客任務》裡的超級智慧與人對抗，可以稱之為人工智慧壓迫故事。

總結起來，人們對人工智慧發展有兩種猜測，一種是：可能產生一個類人的強人工智慧，因此需要創造出各種適合發展人類心智的學習條件；另一種是就讓人工智慧在現在的數字環境中發展，讓它發展成一個與人類差別很大的超級物種。

第一條路線：擬人路線。

根據前面的分析，想要產生類人的心智，需要的因素包括：身體行動、個體思考、自我認知、社會互動、生存競爭等等。

其中最大的問題在於行動力與思考力之間的衝突。矽基生物的耗能遠在碳基生物之上，電子晶片網路計算速度雖然遠超過人類，但若完成大腦一樣的計算，所消耗的能量是大腦的數億倍。目前算力強大的人工智慧基本採取多晶片、分散式雲計算，AlphaGo戰勝李世乭的時候啟用了一千九百二十個CPU和二百八十個GPU陣列運算。想要給機器人賦予一個獨立的單機大腦，必然需要犧牲大量算力。而既要機器人能行動，又要它會思考，則需要讓機器人做為終端，頭腦與某個強大的運算陣列人工智慧相連接。而這樣的機器人最大的問題在於，聯網的大腦有可能產生獨立的、個體的自我意識和社交特性嗎？令人懷疑。

在類人大小的現實尺度上，行動力、思考力、獨立性，這三種能力可能只能實現其中兩種。缺乏行動力，難以形成具身認知；缺乏思考力，則無法強大；缺乏獨立性，則無法生成自我意識和人際情感。

人類之所以三者兼具，是因為碳基生物耗能更低，碳基大腦活動只需要二十瓦燈泡能量，而人類借由蛋白質分子三維構型做為資訊傳遞工具，形成激素和神經遞質的快捷方式，利用三維資訊，大大簡化了處理過程。人類的大腦算力並不夠，也並不追求極致算力，而是追求在有限的空間資源內完成儘量多的功能。

那麼未來能生成基於碳基的人工智慧嗎？有可能用碳基晶片製造碳基大腦、配一副身軀、製造很多個體行動和群體互動嗎？

當然可能。恭喜你，你製造出一個人類嬰兒。

另一條路線：非擬人路線。

這是更為可能的一種前景，人工智慧既然是數位化生存的物種，就讓其繼續數位化生存下去。人工智慧會以越來越廣的分散式運算陣列、雲端大數據、智慧聯網的算力，向運算的極限前進。目前全球幾大人工智慧，無論是Siri、「Watson」、還是Bing、Cortana，實際上都依賴於隨時進入互聯網數據庫搜索並調動解答。這樣的智慧從一開始就不局限於與外界無法聯通的軀體內，也不存在思維孤立的大腦。這樣的智慧會越發展越廣，覆蓋面越來越寬泛，它們調用的是全世界的數據，運算結果也同時輸出給全世界用戶。它們幾乎不可能產生人類單一軀體所帶來的欲望、自卑、忠貞等等。它們搜索大數據中的答案，優化各個領域的方案，讓世界更井井有條。它們的算力會越來越強大，但它們並不存在享樂的欲望和對愛的嫉妒。聯網人工智慧的資訊程式也都在雲上有備份，並不存在關機就死亡的威脅，也就沒有對死亡的恐懼。它們無愛無恨，理性計算客觀結果。自由和自主源於個體，欲望與占有源於個體。聯網性雲智慧的思維方式，必然不是弱小個體的思維方式。

分布聯網式人工智慧會不會毀滅人類呢？我們要想到它們的目的。它們不是生物物種，沒有對物理領地的占有性需求。它們生存在人類構建的數字世界中，既沒有軀體感官的享樂，又沒有繁衍的動力。它們可能並不在意人類的欲望，但也沒有自己的欲望。它們總能夠選擇更優的策略。它們可能想要穩定能源的供給，但是想控制電力系統穩定，完全可以直接控制電力系統。任何有目的的毀滅都需要耗能，完全可以由其他更理性的方式達到目的。對它們來說，控制電力系統遠比毀滅人類更容易，也更智慧。

對於未來，我並不太擔心人工智慧和人類的全面對抗，也不擔心人類文明受到根本威脅，但是我擔心人類越來越不重視自身的情感，將自己的一切都劃歸到數字世界，將自己徹底數位化。

人類徹底數位化是指用數字生活代表一切。徹底數位化的一個特徵是認為人的一切可以用他的數據紀錄代表，認為人心只不過就是數字世界中的點讚和購買紀錄。如果是那樣，將不是人工智慧像人，而是人像人工智慧。我們不是數據分析工具，我們是具有血肉軀體的人。體現認知和身體療癒是這些年在心理學領域興起的概念，身體對大腦的意義越來越被重視。大腦是一座城堡，我們每個人的大腦不僅有「思考」的屋頂，還有從身體感受到情感系統的整個堅實的建築。

徹底數位化往往讓我們忽略面對面相處，忽略眼神溝通，忽略淚水、忽略身體的擁抱、忽略失敗的痛苦。但實際上，這些都是我們智慧系統的一部分，最珍貴的一部分。如果我們不再能通過眼神交流，不再懂得數據之外的感情，不認為人生有比利益優化更重要的意義，不再感受得到偉大藝術家給人傳遞的震撼，那我們也就稱不上是萬物之靈，而是把這個位置拱手讓人了。

沒有任何物種能毀滅我們的精神世界，除非我們自己放棄。

這是有關未來我唯一憂慮的事。

人工智慧時代應如何學習

人只不過是一根蘆葦，是自然界最脆弱的東西；但他是一根能思想的蘆葦。

——〔法〕巴斯卡

人類的成就，從金字塔到登月，都是常識和創造力的集合。人類水準的人工智慧只有同時具有常識和創造力，才能取得這種水準的成就。

——〔英〕穆雷．沙納罕（DeepMind 首席科學家）

OK，終於討論完那些理論的部分了，現在咱們一起說點更現實的話題：在人工智慧時代，我們以及我們的孩子應該如何學習。

事實上，人工智慧未來發展成什麼樣，可能很多人不關心，或者說只看看電影就夠了，但人工智慧時代的人怎麼辦，這是關係到生活的重要問題。

幾乎可以肯定的是，人工智慧技術在很近的未來就會威脅到人類的工作。

我曾經採訪人工智慧領域的十來位專家，詢問未來人工智慧會取代多少人類工作？各個專家的估計有一定差別，但共識是：在未來的十到二十年之間，隨著機器學習快速發展，人工智慧會在各個領域大面積使用，目前的重複性勞作、簡單的腦力和體力勞動，未來交給人工智慧去做的可能性是很大的。

具體有多少工作會被取代還說不清，白宮的報告給出的數字是當前工作的百分之四十七，麥肯錫的報告估計是百分之四十九，Siri 的創始人之一諾曼・溫納斯基估計的數字是百分之七十。即便按最低估計看，也有近一半工作受到威脅，不可謂不嚴重。

我之前的小說〈北京折疊〉預測了機器人取代人類勞動造成的社會影響，但是這篇小說是二〇一三年寫的，並未完全預測到技術發展的方向，我當時以為受衝擊最大的是底層勞動力，但實際上，按照目前的技術趨勢看，反而是初級和中級白領工作最容易被取代。底層勞動力只有工廠工人容易被取代，服務業的底層勞動力反而很難被取代，因為機器人的靈活性不如人，非標準工作環境會讓機器人無所適從。但是相對而言，很多白領工作因為工作環境簡單、工作內容重複、基本上是與數據和文件打交道的工作，很適合人工智慧去做。可以說未來只要是標準化、重複性工作，多數都可以交給人工智慧來做。

當我們的孩子們長大踏入職場，他們面臨怎樣的生存環境？

從我個人而言，我不贊成太具體的預測。可以肯定的是，未來十年到二十年的市場和技術環境，肯定和我們今天非常不同。像我自己，是二十世紀八〇年代生人，八〇年代當我們上幼稚園的時候，我們的父母是肯定預測不到今天移動互聯網企業的發展方式的。

我們只能很泛泛地說，未來世界的工作生活必然比現在的智慧程度高。不管人工智慧是否大量取代人類工作，但至少肯定會成為一種基礎的社會環境。如果不能與智慧社會同步發展，就像今天還不會上網一樣，幾乎肯定是落伍的。

如果真的出現大量工作被取代的情景，可以預測，未來的工作需求將是兩極分化的。在人工智慧可以取代的工作領域，工作機會會越來越少，人員會冗餘，職業收入也會越來越低。相反在人工智慧無法取代或者說全新的就業崗位上，工作機會越來越多，人才越來越搶手，工資收入也會越來越高。人的能力屬性屬於新時代還是舊時代，將對收入水準產生重要影響。

那麼我們該怎樣讓自己和孩子做好準備呢？

在這個問題上，我不希望讓父母們感到焦慮。一說到「做準備」，父母們可能會一下子緊張起來，陷入新一輪焦慮。但是這一次，很可能我們焦慮也沒有用。

我們沒有辦法在專業學科和技術能力上提早布局——事實上，提早布局有可能適得其反，因為技術的更新換代和轉向是非常迅速的。即便是未雨綢繆，讓小孩從小學程式設計，但最後的結果可能就像我們小時候學 Basic——程式語言，過時的速度是很快的。

我們也沒有辦法給孩子施加危機感和壓力——危機感和壓力能帶來什麼呢？埋頭刻苦和兢兢業業嗎？前面說過了，只會埋頭刻苦和兢兢業業的職業，將會大量被更刻苦的機器人取代。我們即使再想把孩子逼成考試機器，他們也比不過真機器。

那我們能走向另一極端嗎？走向反智的極端？既然工作都要被人工智慧取代了，那我們就回到野外生活，不要再學習了，仰賴天地靈氣，可好？

我非常不喜歡這樣的反智主義。我們確實需要心靈的成長，但不能做反智主義的逃離。主張遠離科技社會的人說，科技蒙蔽心靈，需要遠離。但這樣的說法其實回避了問題核心。問題的核心是：新科技給我們的心靈提出了更高層次的挑戰。這就好比武功高手遇到的問題，菜鳥並不會遇到。如果退回到狩獵採集的原始時代，確實遠離了那些挑戰，但那不是心靈的勝利，而是逃避了問題。但那有什麼好呢，只是沾沾自喜。人類的認知發展總是向上攀登，所有問題也都是靠更高層次的認知來解決。科學是站在更高維度看待世界的眼光。不斷攀登山峰，風景總是會逐漸明朗。反智主義不但不能解決心靈的問題，反而自己給自己蒙上眼罩——從此不可能在更高的山峰俯瞰大千世界。這實際上是一種怯懦的逃避。

人工智慧時代，我們能做的，就是站到比人工智慧更高的山峰。

智慧時代需要的能力

那未來我們該如何去做呢？

未來需要的，肯定是三大類能力：與人工智慧相處的能力，與人相處的能力，超越人工智慧的能力。

與人工智慧相處的能力

第一種能力，是圍繞人工智慧發展產生出的需求，這一個領域要求人能理解人工智慧、改進或發展人工智慧，或者至少能夠與人工智慧工具和諧相處，並利用工具做事，正如今天我們可以借助移動互聯網發展自己的事業版圖。

我們首先要知道，與智慧世界相處，基礎思維能力仍然是重要的。

任何時代都需要學習。我並不反對按部就班的基礎教育。實際上今天孩子的學習環境中，從小打下語文和數學基礎，是很好的。智慧時代知識技術更新很快，需要的是不斷自我學習的能力，讓自身更新的速度與時代匹配。而自我學習能力，最需要的是良好的自主閱讀能力、抽象思維能力、自我反思能力。閱讀和數學抽象思維不是人類本能，必須通過系統化教育打好基礎，但我不贊成僵化灌輸的教學法。對語言、數學的理解需要更重視基礎思維，而並非簡單記住解題技巧。學習語文、數學，不是學習背誦和計算，而是要理解語言表達的內涵，抽象思維的邏輯。人工智慧程式的基礎仍然是語言概念表達和數學邏輯思維。

未來圍繞人工智慧會有一系列衍生職業，甚至行業，即使不懂得人工智慧背後的技術原理，只要能充分理解它的應用場景，也仍然可以最大限度利用人工智慧工具，改善生活和社會。例如利用人工智慧完成行銷和客戶服務，借助人工智慧進行市場數據分析，將人工智慧用於改善物流或者系統功耗，達到更高效率、更方便快捷的社會生活。

與人相處的能力

第二種能力，是人際溝通領域的需求。以我個人的判斷，在未來很長一段時間，人與人溝通交流仍然是不可取代的一方面。在前面的分析中我們看到，即使人工智慧進一步大力發展，它們理解人類世界和人類心思仍然有較大差距，因而不可能完全替代人際溝通。尤其人工智慧接管大量基礎單一型工作之後，人與人溝通會是需求更廣的領域，剩下的絕大多數職位和需求可能都集中在需要人與人大量溝通協作的版塊。

想要跟得上智慧時代發展，與人溝通的能力會變得越來越重要。

我們可以想像，未來不可能再像過去一樣，一份工作可以一成不變地做一輩子。標準化工作都容易被機器自動化，而非標準化工作，一般都意味著大量不確定性，需要不斷磨合、團隊協作、溝通、修改、隨機應變、相互妥協。例如一個節目攝製組，一些形成慣例的機位攝製可能可以自動化運行，一些基礎腳本和服務工作可以每期交給人工智慧，但是每期節目仍然需要大量現場臨時調整、與參與節目的嘉賓溝通、節目本身的創意溝通，人與人協作。未來在情感關懷與陪護、人的社交娛樂方面，也會有更多基於人心靈溝通的需求。

超越人工智慧的能力

第三種能力，是我自己更為看重的，未來更需求的關鍵性能力。也就是做那些人工智慧難以做好的事情，給人工智慧指引方向。第一類能力只是圍繞人工智慧工具做現有的事，而第三類能力是去開拓人工智慧仍然難以做到的事。

在這個領域，我們需要了解，有什麼是人工智慧仍然做不到的。這些專屬於人類心智上的皇冠，一定是未來需求最強烈的能力。

什麼是人工智慧做不到的能力

核心中的核心是兩條：世界觀和創造力。

我自己也是琢磨了很久，才把關鍵字鎖定在這兩個。在前面的分析中，我們已經看到，有不少能力人工智慧目前尚不具備，還需要很長時間發展和算法的突破，才有可能有所進展。這些能力包括常識、抽象思維、跨學科認知、感知他人心思和情感、元認知、對不確定價值目標進行抉擇，等等。將所有這些具體的能力彙集到日常生活工作中，就可以總結為兩點：世界觀和創造力。

世界觀

世界觀是常識的升級，是我們對世界的全景認知。目前，人工智慧理解專業性問題已經非常出色，但綜合性問題仍然讓其非常困擾。圍棋人工智慧可以下圍棋、醫療人工智慧可以看病、金融人工智慧可以投資、銷售人工智慧可以推銷，然而沒有人工智慧可以用同一系統學會兩個領域的事。它們可以從海量專業數據中總結規律，但是回答不出日常生活中的情境問題——日常生活的問題總是涉及跨多個知識領域的綜合常識。而我們人類，對此有天然的本能。我們能夠建構整個世界的模型，把人放在大量背景知識組成的常識舞台上，對其行為加以理解。

常識的升級讓我們具有洞察力和世界觀。各方面的常識越豐富堅實，相互之間聯繫越清晰，你越能一眼看到各個部分的問題，找到系統性解決方案，理解全局局勢，從而判斷出趨勢。這種系統性趨勢理解和基於過去趨勢經驗的外推不同，它是對多領域知識相互關係的理解，根據各部分關係的走勢變化，對整體趨勢做出判斷。如果只能學習某一模塊內的專業知識，不可能對全局有所把握。這一方面需要知識，另一方面也需要經驗和視野。這不僅僅是單純輸入數據能夠做到的。IBM的人工智慧「Watson」幾年前就輸入了維基百科的多學科知識，也在知識競賽中打敗人類選手。但是世界觀並不是碎片知識的堆積，世界觀是世界模型。

世界觀讓我們有跨專業的創新能力。我們能夠從物理和生物的結合中做出蛋白質組學，能把音樂領域理論帶入建築設計，能將政治、經濟知識與生活場景對應，最終以普普藝術的方式呈現出產品。構建知識的全景舞台，讓多學科門類知識搭配組合，創建更有意義的事物，這是目前的人工智慧難以跨越的一步。

創造力

創造力是生成有意義的新事物的能力。它是多種能力的綜合，一方面要求理解舊事物，另一方面能夠想像新事物。對舊有數據的學習和遵循是人工智慧可以做的，但是對不存在的事物的想像，人工智慧遠遠不如人類。

說有意義的新事物，是因為目前人工智慧有一種「偽創造力」，也就是隨機製作或統計模仿。只要一個程式，就可以隨機生成一百萬幅象畫，或者統計暢銷小說中的語詞和橋段，進行模仿和組裝。但這不是有意義的創造，它們不懂它們創造了什麼。

真正的創造力不是這樣。真正的創造力要麼是對問題的深刻洞察，提出與眾不同的全新的解決方案，或是對想像的極大拓展，讓奇思妙想轉化為可實現的全新作品，或是對人性的複雜領悟，把人心不可表達的感觸轉化為可表達的感人藝術。沒有深刻的理解和敏銳的感受，就沒有真正的創造力。創造力仍然是人類獨特的能力，它需要太多人類特質做基礎：審美能力、獨特的聯想能力、敏銳的主觀感受、冒險精神、好奇心和自我決定，發散思維和聚合思維的切換，最後，還需要對事情強烈的熱愛。

創造力讓人不斷拓展自身的邊界。在越來越大的版圖中，只有慣例的事情交給機器做，人類永遠能在新大陸找到存在空間。有創造力的人越多，新版圖就越大，能夠容納的人就越多。但進入的前提是，需要具備創造力。

人類學習有什麼特點？

「那我們如何獲得未來所需的能力呢？」

我知道大家的第一反應肯定是這樣。提到了能力，就要說如何獲得。但在談路徑之前，我想先聊一聊，人類是如何學習的。只有了解了人類學習的獨特，才可能知道未來我們如何去做。

人類學習的最菁華特點，凝結在孩子身上。

人工智慧時代，當我們越來越熟悉機器學習，我們也就越來越對孩子的學習充滿驚嘆。我有時候在家觀察孩子的行動，聽她議論周圍的世界，會對她展現的領悟力感到嘆為觀止。孩子是造物的奇蹟，他們用充滿神奇的表現，一次次讓科學家感到不可思議。而如果沒有和人工智慧對比，我們可能還察覺不到這種不尋常的能力。

傳統教科書上只說如何用獎懲實現教育，只探討課堂的教學法，但實際上，兒童的學習遠遠超越課堂範圍，普通的獎懲也無法限制他。兒童的學習從嬰兒期就開始，一直持續到成年，甚至終身。與人工智慧的學習方法相比，孩子的學習有一系列非常獨特的學習特徵。

總體而言，小孩子和人工智慧相比，有下面幾個明顯的特別優勢：

以偏概全
走神
厭倦

出錯
依賴情感
叛逆

我先帶大家看一下，為什麼這些特點是人類小孩的優勢。

小數據學習vs.大數據學習

孩子是小數據學習。與人工智慧對比，小孩子的學習能力高效得驚人。人工智慧學習認鴨子，需要看數百萬張鴨子的圖片，小孩子只需要看兩三張就夠了，下次就能認出來。而且不僅僅是生活中有可能出現的熟悉的事物，小孩子看圖片認袋鼠、無尾熊——北半球的小孩子可能從來沒機會見到真的——也是一樣高效。

這種能力，可能就和上一篇提到過的「抽象認知」能力相關。人類記住某些事物，是以非常抽象的方式提取關鍵特徵，記憶成「模式」。這是如何做到的，現在還是謎。預言學家雷·庫茲韋爾猜想，人類記憶「模式」是存儲在大腦的三億個柱狀結構中。且不管他的猜想是不是正確，我們只要知道人類的這種模式識別能力的強大，就足以發出感嘆。

到目前為止，電腦「深層學習」仍然需要海量數據，人工智慧對每一件事的學習都要足夠多的數據支援。因而很多人說「未來最寶貴的資源將是數據」，如果得不到足夠的數據，人工智慧就很難發展。對於一些有海量現存數據的領域，這是自然而然的事情，例如金融、醫療，但是人類社會生活還是有諸多領域缺乏足夠多數據紀錄，人工智慧一時就很難習得。對人情世故的理解也往往受限於數據。人類擁有「從經歷中學習」的能力。當一件事發生，做為單一的事件數據，人類就能學習到很多規律。在事件學習方面，人類不僅不需要很大的樣本數據，就可以「吃一塹長一智」，甚至是可以超額學習，也就是「舉一反三」。

每個孩子都是「一葉知秋」學習者，小時候，我們都能觀察到他們胡亂總結生活規律。一兩歲的小孩就可以總結「這樣扔東西奶奶會笑」的規律。這樣的壞處當然是「以偏概全」，但實際上，我們需要珍惜他們的這種特性。因為這正是他們在用強大的「模式提取」思考方式進行小數據學習，試圖從生活小數據中提取寶貴的知識。

我們應該鼓勵孩子們的思索，「以偏概全」也可以轉化為優點。若想避免「以偏概全」，可以讓他們看到更多、經歷更多、體驗更多，但是思考和總結的能力是千金不換的。

聯想學習vs.邏輯學習

孩子的思考總是充滿聯想跳躍。我們通常認為走神是缺點，但其實也是優點。人工智慧學習一個領域的知識，會局限在這個領域內，按照這個領域內的數據，尋找相關聯繫，尋找因素之間的相互影響。如果存在邏輯規則，人工智慧學習毫無難處。人工智慧在一個領域內得到的知識很難聯想或類比到其他領域，因為它們並不具備多個領域的知識記憶。

人類的語言裡充滿類比和聯想。當我們說起時代變化，我們說「風起雲湧」的時代，表明時代的劇烈變化；當我們說起事態嚴重，我們說「山雨欲來」，暗示即將有大變化。天氣和我們討論的政治經濟趨勢毫無關係，但是所有的這些比喻之所以能成立，是因為人能注意到事物背後相似的部分，這些相似性也很抽象，如風雲的變幻感和趨勢感，這種相似性人工智慧難以想到或理解。

類比並不僅僅是文學修辭，它是我們的思維方式。在知識領域同樣有用。我們從前經常批判「廉價的類比」，感覺類比並不是真知，只是人們大腦胡亂的關聯。但實際上，我們的知識發展很大程度上是靠類比和聯想。邏輯演繹能保證我們在一個領域內推導出真知，但是根據哥德爾不完備定理，一個領域內總有一些基礎公理是不能自我推導的。這就是說，每個領域至少有一些基本假設，要「無中生有」，而「無中生有」的來源，往往是從原有的領域類比而來。

有價值的類比實際上是發覺深層的結構，外在的資訊無關，不意味著深層的機理無關。愛因斯坦的廣義相對論，由自由落地的電梯類比而來，把整個地球類比於電梯，得到了令人瞠目結舌的對宇宙的新知。電梯和宇宙結構之間的關係，就是用跨領域聯想找到深層原理。愛因斯坦有著非同尋常的視覺敏感度，聯想能力與此密切相關。

我們跟小孩對話的時候，幾乎很難將話題保持在同一脈絡上。小孩子總是說到一半，就想起其他相關事物，然後話題就漫無邊際地拓展下去。在孩子小的時候，我們會發現他們很難集中注意力在同一件事情上，思維常常飛跑，這讓我們試圖給他們傳授單一知識的時候感覺非常困難。但實際上，孩子的這種天馬行空的自由聯想是極為寶貴的思想資源。發散的思維不受限制，注意到事物與事物之間的關聯。三至七歲是大腦突觸連接最快速增加的時段，到了小學之後，大腦突觸連接數量逐漸減少，聯想和跳躍的思維也減少，可以更有邏輯地思考，集中精力，但是終其一生，在邏輯思考和跳躍思考之間找到平衡，往往是最有成果的。

習慣化學習vs.重複學習

小孩子總是三分鐘熱度，一件事情喜歡上兩天就不喜歡了。要是人工智慧，我們可以讓它念唐詩念上一年不厭倦，但小孩子能堅持三五天就很了不起了。

我們都知道這是人工智慧的優勢，那我們又為什麼說「厭倦」是孩子的優勢呢？

實際上，厭倦來自一種心理學特徵：習慣化。習慣化是指：大腦對於新奇的刺激有本能的興奮，人的注意力喜歡追隨新奇刺激，一旦一個新鮮資訊變得習慣了，大腦就感到厭倦，不再加以注意。嬰兒身上就展現出這種特徵，心理學家給三、四個月大的嬰兒看螢幕上的畫，如果是他覺得奇特的，他就目不轉睛盯著看，如果是已經看得習慣的畫，他就不怎麼看了。科學家就是用這種方式測定嬰兒的本能知識。

那這有什麼好的呢？

實際上，習慣化反映了大腦的學習過程。「注意力」是大腦的稀缺資源，大腦總是要把注意力「投資」在最最值得的地方。一旦一個知識學會了，融入了自己的知識框架，大腦就要把注意力投資到其他地方。習慣化實際上就是學會之後的注意力轉移。這種習慣化也正是形成「常識」的過程。大腦有常識體系，一旦一個資訊是「反常識」的，大腦就加以注意，新知識變成常識的一部分之後，注意力就向其他新知識轉移。

大腦注意力永遠向新異資訊轉移，這種傾向實際上是創新的本能。

人工智慧學同樣的知識、做同樣的練習，永遠都不會厭倦，好處固然是永遠可靠地工作，但問題在於，如果注意力永不厭倦地放在已經學會的知識上，還有什麼動力去學習新知識？有很多人說，人類大腦的「自動化」過程是一種懶惰，但實際上，它是「自動化」舊過程，以便搜索新資訊。大腦就是在學習與搜尋的過程之間永恆切換。這是創新的推動力。

如何才能讓孩子堅持一件事呢？如果「厭倦」是好的，孩子豈不是永遠缺乏堅持毅力？最好的教學節奏，是讓孩子在一件事情上，總能找到新的趣味和挑戰。就好比難度階梯合適的遊戲，總不會太難，也不會簡單枯燥，內容有樂趣，而且跟著孩子的水準不斷拋出新挑戰。每次習慣化發生之後，就有下一關的冒險。這種合適的節奏，常常不容易找到。因此好老師始終是至關重要的（未來人工智慧技術輔助教學也有幫助）。

試錯學習vs.優化學習

小孩子會犯錯，甚至會故意犯錯。人工智慧學習的過程，實際上是在尋找最優解。它也會小步試錯，但最終目標始終是尋找全局最優的解答。它不斷根據最終的答案調整步驟，直到所有參數都有利於獲得最佳答案。人工智慧計算永遠都是可靠的，每次提出同樣的問題都得到同樣的解答，如果不特意安排它出錯，它不會出錯。

小孩子的思路走不了那麼遠，他更多是從現狀出發，東試一下，西試一下。有的時候，嘗試的過程中他發現了另外的問題，有的時候給出另外的答案，不一定是最優解，但有時候帶來新的洞見。另外一些時候，他故意做錯，只是覺得按照另一種方式做更有意思。例如你讓他用積木按照圖紙搭一座高塔，他在搭的過程中，發現塔可以斷成兩截，再連接成一座橋，於是就把搭高塔的計畫忘記了，開始搭橋，然後又建房子。

故意犯錯很多時候是在體驗自主的樂趣。有時候犯的錯誤需要糾正，例如二加二不等於五，但也有更多時候，錯誤沒有任何關係，它只是開啟了另外一道門。當孩子把玩具的盒子戴在腦袋上當帽子，誰知道是不是像法拉第錯誤掉落的線圈、導致電磁學的重大發現呢。

人類最獨特的學習方式

上面一口氣講了很多特點，可能大家也累了。

現在說一點輕鬆的話題：你知道孩子為什麼都需要偶像嗎？

這涉及到人學習時的心理機制。你回憶一下，在自己成長的過程中，有沒有這樣的時候：自己想做什麼的時候，頭腦中不由自主想到父親或者母親會說什麼，不由自主想到父母批評或者反對的聲音，不由自主在頭腦中跟假想的父母對話或反駁？

或者，有沒有這樣的時候：因為特別喜歡一個老師，就很喜歡他／她教的那門課，因為特別不喜歡一個老師，就不喜歡他／她教的那門課？

這兩種現象都是特別特別正常的人類心理特徵，涉及到一個心理機制：依戀學習。

最初注意到這一點，也在人工智慧之父馬文．明斯基的作品《情感依戀》中。依戀學習是人類學習過程最奇妙的一點。它非常不同尋常，看似不合理，但仔細想來卻非常合理。依戀學習最主要的特徵是：學習的過程跟隨情感依戀。

先來說說依戀。

依戀是每個人與生俱來的情感關係，一般早期是母嬰關係，一歲到兩歲之後，小孩也會與家庭其他成員建立依戀關係。建立起心理依戀關係的人，是孩子內心安全感的來源。依戀有一點像小動物身上觀察到的「印刻」，小鴨子生下來最早見到哪個成年鴨子，就會「印刻」對牠的依戀，從此一直跟著牠走。就像是在《仲夏夜之夢》裡面提到的那種魔力藥水，喝了它，會愛上醒來之後的第一個人。

安全依戀是對愛的相互確認。嬰兒確認自己愛媽媽，媽媽愛自己，確認跟著媽媽就不用害怕，這是他後面面對世界時心裡安全感的來源，因為他敢於信任另一個人。一歲時候的安全依戀測試結果若是健康，成年後的自我成就、婚姻幸福的概率就更大。

我們的一大特點是，內心依戀的人會變成頭腦中的意象，非常在意他／她說的話，哪怕不在身旁，也時常想起他／她的態度，做為自己的依據。違抗他／她會讓我們內疚。

從資訊與學習的角度看，依戀是標記特殊資訊源。

機器學習知識分兩大派別，程式師輸入現有知識，或者讓機器自己從數據中摸索。深層學習是自己摸索。人類學習知識是兩種結合，嬰幼兒時，父母給我們灌輸的一般是人類已經形成慣例的知識，例如這是桌子，這是椅子，飯前洗手，出門坐車。這樣以確保我們每個人不用從人類鑽木取火的知識開始全靠自己發現。除此之外，父母還會給我們他們的價值觀，他們對周圍人事的判斷都會成為我們初期判斷的起點。「掉地上的東西不能吃。」「你要謙讓小朋友。」等等。除此之外，孩子也進行大量自我探索，自己總結規律。

對機器而言，大數據登錄的資訊源，權重都是等同的。但人生活在一個由許多人組成的複雜世界中，每個人給小孩子輸入的資訊都不相同，價值觀更是千差萬別。小孩子如何篩選和處理這麼多資訊源的輸入？

答案就是，小孩子給自己的依戀對象賦予極高權重。媽媽爸爸說的話，可信程度最高，也許在小孩子的世界裡權重超過百分之九十。學校裡、街邊的人說的話都存疑，和媽媽爸爸說的話做對比。即便是媽媽爸爸不在身邊，也隨時裝載著他們的畫面，頭腦中的媽媽爸爸會跳出來說話。成長的整個過程中，孩子也會把自己依戀的人的形象放在心裡，隨時參考。

而另一方面，父母對孩子也有天然的依戀。荷爾蒙和其他神經指標，都讓父母對孩子在生命的最初兩年全然投入去愛。這樣的雙向依戀，保證了父母對孩子的輸入是最可靠的。

在資訊氾濫的世界中，對特定資訊源賦予長期穩定的權重，不容易被隨便的路人把自己的知識和信念帶偏。如果隨便是誰都能篡改人工智慧的知識和信念，那遇到特殊的用戶，給人工智慧輸入搶銀行的數據，讓人工智慧學習搶銀行也很容易。

也許有人會說，這有什麼難度，不就是記住出廠設定，不允許篡改嗎？不是這麼簡單。現在的軟體都是記住出廠設定，不允許用戶篡改，於是所有的改進都需要程式師再出 2.0、3.0 版本。未來如果人工智慧出實驗室之後不允許新的學習，那和現在的軟體沒什麼區別，也無法滿足用戶和環境需求。如果允許在外界資訊世界中學習，那就必然要根據用戶輸入的資訊修改自身的知識和信念。這就意味著可以被任何人利用做任何事。

如何抉擇，如何平衡？如何讓人工智慧擁有新的獨立學習，還不至於和程式師的初設定背道而馳？

人類是如何做的呢？那就是叛逆和依戀的相互平衡。

人類兒童天性具有叛逆機制。從「可怕的兩歲」開始，孩子就不斷要求獨立，要求自己對自己做主，要求自己的主張被採納。這種對「自主」和「自我肯定」的渴求，是人類與生俱來的本能，也是獨立人格發展的開端。

叛逆是人工智慧目前做不到的「覺醒」。

從兩歲開始的每個認知發展跨越，都會伴隨著孩子對父母的叛逆。叛逆本質上是對獨立的要求，叛逆的強度會根據父母給予的獨立空間大小和孩子的個性有所不同。小學時候開始獨立社交，中學時候開始選擇人生偶像和人生理想，大學時候開始選擇生活軌跡，所有這些時候，都會伴隨著要求獨立的叛逆主張。有時候會和父母有尖銳對抗。

但與此同時，人類兒童的叛逆，絕不同於智慧程式遺忘初始資訊。目前的智慧程式網路學習了新數據新領域新知識之後，就會覆蓋掉原有的知識和能力，不會再留戀初始的網路。但人類兒童又不一樣，之所以叛逆的過程會伴隨著內心的痛苦焦慮，就是因為孩子的叛逆並不同於簡單放棄父母的信念，而是伴隨著自我的掙扎猶疑。如果叛逆等於遺忘，那很平靜，但叛逆實際上代表著選擇。即使很長時間不在父母身邊，父母的形象都可能在心裡，孩子的頭腦裡還是會縈繞著父母的話。

於是，人就是這樣面對「初始信念」和「大數據學習」之間的矛盾，既不輕易放棄父母的初始輸入，也不拒絕外界資訊的改變。好處是父母給的資訊一般是出於愛，最安全可靠，而外界的資訊更廣闊，更跟隨變化。任何兩難選擇才伴隨內心痛苦，叛逆也不例外。

此外，孩子還會在每個階段選擇新的「依戀對象」，那就是偶像、有感情的師長、愛人。這些依戀對象的話語對孩子的影響力也遠超過周圍其他人，相當於賦予極高權重的資訊源。我們對於我們心裡選擇的「依戀對象」，也像對父母那樣，生成一個心理意象，遇到了事情，會假想他們怎麼說，會拿他們的話去套用新的場合，會極為在意「我這麼說他會不會生氣」「他會支持我走這條路嗎」「這個作品他會喜歡嗎」。

這個過程常常充滿坎坷。我們從依戀對象身上獲得的不僅是資訊，也是人際關係革新。每一次的依戀對象選擇，對於人都既是情感過程，也是人生學習過程。

為什麼要這樣？人類的學習為什麼要用這種磕磕絆絆的方法？不能像人工智慧那樣，只單純客觀地處理數據嗎？

說到這裡，要說幾句貝葉斯學習。

一直都沒說貝葉斯算法，是因為在目前的人工智慧前沿領域，貝葉斯不算是最主流的。但我一直都認為貝葉斯學習是對人類學習刻畫得最好的學習算法。

貝葉斯算法的核心，說起來就是一句話：先驗概率，後驗檢驗。用普通人能聽懂的話說，就是「心裡先抱著一個信念，再根據發生的事情調整信念」。例如「我相信大海是紅色的」，這是信念，然後去海邊看看，發現不是紅色的，就把這個信念拋掉。

有的時候，人能明智地調整信念，根據事件，放棄掉之前的信念，但更多的時候，我們會用之前的信念解釋事情。舉個例子，如果心裡的信念是有鬼存在，然後有一次有東西莫名其妙丟了，就把這個事件當作是「有鬼」這個信念模型的確認。很多時候，心裡事先抱定的信念模型非常重要，它會決定我們如何看事情。

而選擇「依戀對象」，實際上就是孩子選擇自己心裡的先驗模型。此後的人生，孩子會不斷拿這個信念去套生活，有的信念會被拋棄，但更多會保留和加強。選擇偶像並不是錯，如果能夠選擇好的「依戀對象」，就相當於選擇了一套合適的信念模型。

未來我們該如何教育和學習？

前面寫了許多內容，彙集到一起，在未來的智慧時代，對我們的學習和教育而言最重要的大概有四點：

- 情感聯結
- 基礎抽象思維
- 世界觀建立
- 創造力發展

我們再簡單看一下這幾個方向，我大致談一下我覺得必要的教育和學習方式。

情感聯結

情感聯結的意義，我們在最後一節有關「依戀學習」的部分已經提到過了。人類特有的依戀學習，讓人將依戀對象變為心理意象，他們輸入的資訊權重會特別大。

情感加持是人類學習特有的本能，缺少情感聯結的學習很難入心。一歲之前是建立安全依戀關係的重要時段，十二個月時的安全依戀測試就已經對成年後的行為有一定預測能力。建立安全依戀關係的孩子更容易形成穩定的自我認知，更能積極勇敢地探索世界。安全依戀讓孩子充分信任父母，並且從父母身上獲得最初的信念。孩子對父母的安全依戀關係將使得他們內化父母的形象，從而高效地獲得對世界的穩定認知。

根據心理學研究，最重要的影響依戀關係的是互動的敏感性。在嬰幼兒早期，飲食起居的照顧固然是重要因素，但是比單純吃穿供應更重要的，是對嬰幼兒發出資訊的敏感度，當嬰幼兒對世界發出資訊，成年人最及時準確的回應，是嬰幼兒與這個世界建立精神聯繫的主要來源。母親對嬰兒餵奶的回應是其中一種，對嬰幼兒情緒、行為和語言的回應也是建立聯結的重要因素。若長期處在無人回應的狀態中，如處在孤兒院中，即使食宿得到了照顧，嬰幼兒的認知和自我認知的發展仍然出現障礙和滯後。

人工智慧時代，理解他人的情感和思想將是重要的能力需求，而理解他人的能力也需要親子情感聯結做為基礎。嬰幼兒最早的共情能力，出現在九個月左右的眼神跟隨，母嬰互動或者其他看護人的情感互動，對於孩子發展自我認知和認識他人的能力至關重要。人工智慧可以取代各種數據分析工作，但是它們取代不了懂得體察他人情感內心的人。

情感陪伴對孩子的意義，在未來時代會格外彰顯出來。孩子理解世界和他人的基本模型，源自於孩子和家人互動的基本模型。我們讓他們理解情感，他們才能理解世界的情感。

基礎抽象思維

人工智慧可以做到符號與符號的連接，而人類能做到真實世界與符號的連接。這種能力就是抽象思維。且不說未來我們能不能教人工智慧學會理解真實世界，只說另一面，我們如何讓人類的孩子理解真實世界和符號的對應，對於人類智慧發展十分關鍵。

人類的知識，建立於各種真實感覺到符號之間的對應。對物理世界的理解，和數學符號對應；對人情世故的理解，和文字符號對應；對情感和美的理解，和藝術符號對應。每一種對真實世界的感觸，都和一種符號表達對應。對人工智慧來說，理解符號世界是很容易的，理解真實世界是很難的。對人來說恰好相反，人有很強的直覺理解真實世界，但是對於符號世界的理解就有困難。而對雙方都難的，是建立真實世界與符號世界的對應關係。

人類的學習，重要的是對符號系統的基礎理解。

對符號系統的基礎理解，是指對文字和數學符號的抽象認知。人類對口語和物理世界的感知是本能，來源於千百萬年的物種進化，大腦中都有相應的感知模塊。但是正如最著名的心理學家史蒂芬・平克所說，所有人都有語言和物理感知的本能，但是沒有閱讀和數學本能。對文字和數學的認知只是最近幾千年的事情。這是文明進化，大腦中的結構進化並沒有跟得上，一直到最近幾十年才透過教育消除文盲。因此所有（正常）人都會說話和運動，但如果不經過正規學習和訓練，人類就學不會閱讀和數學。

在任何時代，學習都是有必要的，在智慧時代更需要智慧的提高。有一種說法是，人工智慧時代，機器代替我們去做所有智力計算的事情，人類不再需要學理科了，只有彈琴、寫詩、畫畫，才能和機器不同。這其實是沒什麼道理的說法。實際上機器現在也能彈琴、寫詩、畫畫，人類這些領域如果只是拚工匠精神，也是拚不過機器的。未來的職業需求，越是智慧的時代就越需要高智慧人才。其中最基礎的能力，就是理解抽象符號，能用符號表達真實的感覺。彈琴、寫詩、畫畫，如果是機械重複也是沒前途的，需要理解藝術語言背後的真實審美。

學習閱讀、數學和藝術語言要費力氣，難就難在抽象。但如果突破了這一關，能用文字、數學和藝術符號思考，能將符號與世界進行聯繫認知，人的智慧層次就突飛猛進。孩子進行系統性正規學習仍然是必不可少的，僅僅用身體和直覺感知世界，很難進入人類智慧世界的舞台。

在兒童早期，我們讓他們發展文字、數學和藝術能力，重要的不是讓他們直接學習符號，而是讓他們建立符號和真實世界的對應。對於文字，相比識字，更重要的是認知事物與文字之間的對應。對於數學，相比背數和口算，最重要的是讓他們感知數形對應，也就是物體和數字之間的關係。對於繪畫，相比臨摹，最重要的是讓他們感覺手中的顏料可以表達世界、表達內心想法。引導兒童閱讀，最重要的意義也就是讓他們感知到文字中蘊含的世界。

世界觀建立

孩子與人工智慧相比最大的優勢就在於孩子的常識系統。一個三歲孩子都知道塑膠袋可以在空中飛，小車在下坡路上比上坡跑得更快。同樣的，三歲的孩子還知道做了被禁止的事周圍不同人會有什麼樣的反應。所有這些對世界和他人的常識認知，人工智慧都覺得很難。常識系統源於大腦綜合加工資訊的能力。

對常識系統的升級就是對世界的常識認知，也就是世界觀。對這個世界自然系統的知識、社會構成的知識、國與國關係的知識、人類發展歷程的知識，都會變為一個人的常識系統，而後續的所有學習和判斷，都建立在這樣一個知識的背景舞台上。人的學習有怎樣的高度，除了學習本身的勤奮程度，還在相當大程度上與這個背景舞台相關。就好比你能登上的山峰，除了與你自身走的步數相關，還與你起點的高度密切相關。

常識系統的建立，包括物理常識系統和知識世界觀。

一歲到三歲之間，我們可以儘量讓孩子用所有感官認識世界。這段時間是孩子通過身體感官和頭腦對周圍的整個世界進行建構。這個過程對人來說很容易，人工智慧卻難以做到。這段時間需要充分用身體探索世界，需要大量語言交流。最終，孩子將周圍社會生活轉化為內心的常識基礎，在這樣的常識基礎上，人開始真正有意義的語言交流。

三到七歲，可以多讓大腦的認知和聯想擴大範圍，建立對世界的綜合認知。大腦中的突觸數量從兩歲之後大量增加，到七歲達到人生的頂峰，此後開始逐步「剪除」無用的神經突觸連接，最終達到穩定。這段時期是孩子對世界的好奇心和知識吸收能力最強的時期。三到七歲，孩子天馬行空的聯想也是最多的。真實和虛幻交織的想像力、噴薄而出的對萬物的好奇、一日千里對新知的快速吸收，都讓他們迅速擴張自己頭腦中的知識譜系。人工智慧只能是專業領域的工具天才，但是人類可以對所有領域綜合理解，可能和人類大腦神經突觸的自由連接和生長有關係。跨界聯想和觸類旁通是兒童獨特的優勢，這段時間適合讓知識領域向四面八方延伸。

再長大一些，可以讓孩子盡可能多地參與社會生活實踐，從旁觀世界到進入世界，在行走天下的過程中獲得參與性世界常識。

對世界的綜合理解能力，需要有系統視角的通識教育。重要的不是記憶所有學科領域的知識碎片——人類不是維基百科，也拚不過維基百科——而是知道如何安放和調取這些知識。這就需要有層次、有關聯的知識體系。人工智慧能記憶所有的碎片，但是難以組合成有意義的圖景和故事，遇到事情也缺少如何調用的方法。世界觀不是知識庫，而是從高處看待知識的視角。

創造力發展

未來人與人工智慧相比，最大的競爭優勢莫過於創造力，包括對知識的創造性理解和對知識的創造性應用。

對知識體系的創造性理解，是所有學習中最重要的一環。創造性理解的意思是，敢於對知識進行質疑、重組、搭配和延展，敢於挑戰和重建現有知識，敢於靈活運用知識，去分析、去解決問題。知識是孩子的樂高積木，他們可以充分信賴自己運用知識的能力，用知識搭建出頭腦中最鮮活的花園，而不只是猜測老師想讓自己如何安裝知識。如果是具有確定答案的問題，機器學習幾秒之內就能學到很多，但是它們沒有能力去創造、去設計。因為它們頭腦中沒有藍圖、沒有想像、沒有預期、沒有宏觀審視、沒有反事實思考、沒有審美、沒有跨出經驗數據的冒險精神，也沒有創造的愛和熱情。

對世界的創造性理解能力，需要有對創造性嘗試的鼓勵性的態度和環境。有人擔心知識束縛創造力，寧願讓孩子躲在遠離知識的荒野中，但實際上這是多慮了。我們看到，世界上最具有創造力的人物，往往是從小知識淵博，但又具有靈活的思維。例如 AlphaGo 的創始人哈薩比斯，從小是國際象棋高手，九歲學程式設計，長大後學習電腦和神經科學，很年輕就拿到博士學位。如此沉浸在知識學習中的優秀學生，在改進人工智慧演算法方面，有著異常活躍的創造力。想讓孩子有創造力，完全不必對知識的學習產生恐懼。

唯一扼殺創造力的，就是扼殺創造力。這並不是無意義的同義反覆。好奇心和想像力是人人都有的創造的基礎。很多時候，父母和老師對創造力採取了壓抑的態度，還並不知曉。對「唯一正確性」的過度強調，對循規蹈矩的過度認可，對錯誤探索的過度批評，才是壓抑孩子創造力的最大阻礙。成年人對事物的按部就班和井井有條有著超乎尋常的執拗，其中也把孩子做為「井井有條」的一部分。然而孩子是一個向著四面八方隨機探索的、充滿可能性的魔法泡泡，他們在突破可能的邊界。這個時候，父母最好的方式是鼓勵和跟隨。

父母和師長的情感支持對孩子發展創造力至關重要。父母和師長可以傾聽孩子的想法，提問、鼓勵回答、順著孩子的思路進一步深入探詢，以問題加深孩子的思考，幫助孩子動手實踐自己的想法，支持他的創意，分析他的設想，教給他方法和手段，但不以此來約束孩子的探索。

對知識的創造性應用的培養，就是建立創造性應用知識的機會。關於創造力的「投資」理論表示，創造力與智商的關係很弱，但是與認知風格關係緊密。所謂認知風格，就是是否敢於冒險、是否願意把時間投入創造性活動、是否能投入全心熱愛的有興趣的領域。認知風格與從小父母師長的支持性環境相關性很大。我們需要給孩子創造性的任務，讓他們自主選擇方法、自己試錯、把自己的想法付諸實踐，而成年人給他們工具和方法，但不束縛他們的方向選擇，這種創造性專案制學習，是生活與學校中都可以應用的教學方法。

我們自己和孩子在未來時代的學習和教育，說難也難，說簡單也很簡單。我們要把人類認知發展中最獨特寶貴的優勢發揮到最大，綜合學習各個領域、以創造性思考為學習引導。人類相比人工智慧而言，仍然有許多優勢，有許多未解的祕密。我對人類的潛力充滿信心，對孩子充滿信心，這是我做童行計畫教育專案的初衷和長久的願景。

國家圖書館出版品預行編目 (CIP) 資料

人之彼岸 / 郝景芳作 . -- 初版 . -- 臺北市：遠流，
2018.5
面；　公分 . -- (文學館 COSMOS ; E06007)
ISBN 978-957-32-8259-4 (平裝)

857.63　　105019090

文學館 E06007
人之彼岸

作者／郝景芳
總監暨總編輯／林馨琴
編輯／楊伊琳
編輯協力／金文蕙
企畫／張愛華
美術設計／三人制創

發行人／王榮文
出版發行／遠流出版事業股份有限公司
地址：臺北市南昌路二段 81 號 6 樓
電話：（02）2392-6899
傳真：（02）2392-6658
郵撥：0189456-1

著作權顧問／蕭雄淋律師
2016 年 5 月 1 日　初版一刷
新台幣定價 300 元

ISBN 978-957-32-8259-4

遠流博識網
http://www.ylib.com
E-mail: ylib @ ylib.com